小学館文庫

左京区恋月橋渡ル

瀧羽麻子

小学館

左京区恋月橋渡ル

もくじ

9	8	7	6	5	4	3	2	1
葵祭	ぶらんこ	お守り	虹	姫	春の味	熱病	嵐	たからもの
178	150	127	105	088	061	049	030	009

装画　マツモトヨーコ
装幀　高柳雅人

左京区恋月橋渡ル

1　たからもの

夜明け前の鴨川は、しんと静まり返っている。

河合橋の上で自転車から飛び降りて、山根《やまね》は大きく息をついた。車が一台、エンジン音を立てて後ろを通り過ぎ、また静寂が戻る。耳をすませば、橋の下を流れていくせせらぎが聞こえる。

デルタに来るなら、今の時刻が一番いい。自転車をとめ、道沿いの街灯が届かない暗がりを川べりのほうへと下りながら、山根はいつものように考える。賀茂《かも》川と高野《たかの》川がまじわるこの三角州は、ちょっとした公園のようになっている。晴れた昼下がりに近所の人々にまじってのんびり本を読むのも、夕方から仲間と飲み会を開いて盛り上がるのもいいけれど、誰もいないこの時間帯にここをひとり占めできるのはやはり格別だ。

時間の次に、季節も重要である。川の中に足を浸して蒸し暑さをやり過ごす夏、川《かわ》面《も》をわたる涼しい風を受けつつぼんやり考えごとにふける秋、折々に魅力があって甲乙はつけがたい。他の時季に比べて人影が減る冬も、きりきりとしめつけられるような寒さがかえって潔く、心地よい。しかしあえて選ぶなら、山根は春先に一票を入れたい。新年度や新学期がはじまってしまってからではなくその直前、三月と四月の境目あたりは特に、なにかがはじまる予感に満ちている。

それから、天気だ。雨はまずい。ぱらぱら降っているくらいならなんとかなるが、大雨は困る。服が濡《ぬ》れたり地面に座れなかったりというのはがまんするとしても、山根にとってはここに来る目的そのものが半減してしまう。いや、半減どころか全滅だ。梅雨は本当に気が滅入《めい》る。あとは強風も勘弁してほしい。

つまり今日は、いわば絶好のデルタ日和なのだった。

なんとしても夜が明ける前に着きたくて、大学から出町柳《でまちやなぎ》まで人気《ひとけ》のない今出川《いまでがわ》通《どおり》を自転車で飛ばしてくる間も、ペダルを踏む足につい力が入った。顔に当たるそよ風はほのかに薄甘い草のにおいをはらみ、夜空には雲ひとつなかった。

山根は三角州の真ん中あたりで立ち止まると、ぶらさげていたビニール袋をおもむろにひっくり返した。ばらばらと乾いた音とともに、袋がいきなり軽くなる。空になった袋をまるめてジャージのポケットにつっこみ、かわりにライターを取り出して、火を点《つ》ける。

ぽちりと小さな炎がともった。揺らめく光をたよりに地面を見下ろして、山根は思わず頬をゆるめた。はやる気持ちをおさえ、頭の中でメニューを組む。まずは手持ちをざっと流し、ねずみを挟んで、メインは打ち上げ。それから食後のデザートがわりに、問屋のおやじに売りつけられた新作を試してみようか。あるいはそっちを先に片づけて、打ち上げで景気よくフィナーレを飾るべきだろうか。考えながら、知らず知らず鼻歌がもれる。

花火である。

一緒の袋に入れてきた小さなバケツに川の水をくんでから、五、六本の手持ち花火を拾い上げ、まとめて火を点けた。火花が噴き出すと同時に、一気に気分が上がる。山根は花火を両手に数本ずつ分けて持ち、大きく腕を広げて、デルタの突端まで全力で走り出した。

三角形の頂点に着き、辺をたどるような形で右に曲がる。しばらく走ってまた右に折れる。ぐるぐると駆け回っているうちに、だんだん自分が三角州のどのあたりにいるのかわからなくなってくる。バターになってしまった虎の童話を思い出すのは、しかし走っている最中ではなく、帰りに自転車をこぎながらのことだ。この瞬間には、なにもかも忘れてただ走る。ぱちぱちとはじける火花の音だけが耳に届く。

賀茂大橋の上に通行人の姿はないが、もしも下を眺めたとしたら、山根の手もとからこぼれ落ちる光の筋が、小さな流れ星のように見えるだろう。綺麗《きれい》だな、と立ち止まるひともいるかもしれない。でもその正体がわかってしまえば、足早に立ち去るに違いなかった。こんな時間に大量の花火を握りしめて走り回っている学生とかかわりを持っても、ろくなことはない。両手の花火に負けない、輝かんばかりの笑顔も、どうにも異様だ。

ふいに、がくんと明るさが落ちる。そこからは早い。あっというまに火花は力を失い、最後の光をしぼり出す。だしぬけに、周囲はまた闇に包まれた。

山根はふらふらとその場に座りこんだ。さすがに息が切れている。浅い呼吸を繰り返し、でも完全に回復するまでは待てず、再びはじかれるように立ち上がる。デルタの中央へ駆け戻って、右手で燃えつきた花火をバケツに投げこみ、左手で次をつかむ。

同じようにデルタを何周かした後は、新作の手持ち花火を手に、水辺へ近づいた。流れの上にかざして指揮棒を振るように動かしてみると、星の形をした火花がちらちらと水面《みなも》に散る。発売されたばかりでやや割高だったものの、それだけの値打ちは十分あった。店主が得意げに説明していたようにもちがいいし、火花も大粒で存在感があり、色もすばらしい。赤、黄、青、と普通よりも短い周期でくるくると入れ替わるのは、どういう技術を使っているのだろうか。波に揺れる七色の光に、山根はほれぼれと見入った。

それからいよいよ、主役の打ち上げ花火だ。

研究室での実験が深夜にまで及んだとき、まっすぐ帰らずにこうしてデルタへやってくるのは、専攻が決まった一昨年以来の習慣になる。ただし打ち上げ花火のほうは、手持ちとは違って毎回持ってくるわけではなく、なにかいいことがあった日に一発だけと決めている。ここ数週間ほどは実験が思うように進まなかったので、お預けになっていた。

今晩、ようやく仮説を裏づけるデータが手に入った。ほしかった数値がモニターに並んだのを確かめて、教授に報告するより先に、山根の足は自分の机に向かっていた。その下に置いた段ボール箱には、買いためた花火が詰めこんである。研究室の連中は、全員がそれぞれのデスクの下に同じような箱を持っている。中身は数本の焼酎だったり数十本のアダルトＤＶＤだったり、清涼飲料水のおまけについてくるフィギュア数百体だったり、とまちまちだが、皆が愛情をこめて「宝箱」と呼ぶところは共通している。

山根は地面にひざまずいて、太い筒を垂直に立てた。慎重な手つきで導火線に火を点け、すばやく数歩後ずさる。ひゅう、とすがすがしい音とともに伸びていく、白くまぶしい光の軌跡を、固唾を呑《の》んで目で追った。喉を思いきりそらしたら、口がぽかんと半開きになった。

どん、と豪快な音が轟《とどろ》く。同時に、紺色の空に金の花が開く。

「うああ」

山根は低くうめき、デルタの上にひっくり返った。仰向《あおむ》けの姿勢でうんと手足を伸ばし、大の字になる。夜気を吸ったコンクリートは無情に硬く冷たいけれど、浮きたった気分はなかなか静まらない。頭の芯がじんじんとしびれている。

そっと目を閉じてみる。花火の残像はまだ鮮やかにそこにある。まぶたの裏に浮かんだ大きな輪っかが、きらきらと溶けて闇になじむ。一拍置いてまた新たな星が上り、じわじわとまるく広がって再び消える。それが何度も繰り返される。何度繰り返されても、ちっとも飽きない。

目を開けたときには、すでに空は白みはじめていた。山根は横になったままぐるりと首を回した。左手には、先ほどまで黒く闇に沈んでいた東山が姿を現しつつある。山肌に刻まれた大の字も目に入った。

おそろいやん。空から見た自分を想像して、山根は小さく微笑《ほほえ》んだ。

川端通を見上げていたら、犬の散歩をしている老人と目が合った。すかさず顔をそむけた主《あるじ》とは反対に、飼い犬のほうは欄干の間からこちらをしげしげと見つめている。不審げに首をかしげている犬に向かってにっと笑いかけ、山根は勢いをつけて立ち上がった。

「やば、はよ帰らな」
腕時計は六時過ぎをさしている。ポケットからビニール袋をひっぱり出し、山根は花火の残骸を手早く片づけはじめた。朝食に遅れるわけにはいかない。

急いだおかげで、食堂には一番乗りだった。

長年使いこまれた細長いテーブルには空の茶碗《ちゃわん》と湯のみが人数分、箸の左右にふせてある。味噌汁《みそしる》のいいにおいが漂ってきて、山根の腹は情けない悲鳴を上げた。そういえば夜通しなにも食べていないと思い当たり、気づいてしまったことでますます空腹感がこみ上げてきて、よろよろと自分の席についた。

階段を下りてくる足音が聞こえた。

「おはよう」

山根が見当をつけた通り、入ってきたのは安藤《あんどう》だった。古い建物なので誰が歩いても響くのだが、縦にも横にも幅のある体格の安藤が立てる物音は、ひときわ大きい。

「早いな、山根」

安藤は山根の隣にどすんと腰を下ろした。まだ完全に目が覚めていないようで、もともと細い目をさらにしょぼつかせている。髭もじゃの口もとに、よだれの跡らしき白い筋がついている。

「うん。今、帰ってきた」

「そうなんや、おつかれ」

安藤は無造作にうなずいた。一応はねぎらいの言葉をつけ加えたものの、特に同情するふうでもない。徹夜はたいして珍しくないのだ。

五分ほどのうちに、何人かが立て続けに食堂へ入ってきた。

「むさ苦しいなあ」

すべての席が埋まったテーブルを見回して、山根は誰にともなくつぶやいた。ふだんは自分も寝ぼけていて意識していないが、あらためて眺めてみれば、そうとしか言いようがなかった。男ばかりが十人、起きぬけのだらけた格好で、さらに眠気をひきずって生気もない。窓からさしこむ爽やかな朝の陽光に、あまりにもそぐわない。

「え？　なに？」

聞き返してきた安藤に説明するのも面倒で、腹へった、と山根がむっつりと答えたそのとき、天井の古めかしいスピーカーから軽やかなピアノの音色が流れ出した。全員がいっせいに立ち上がる。

学生寮の朝食は毎日六時半、ラジオ体操からはじまる。

テーブルを挟んで五人ずつが向かいあい、互いにぶつからないように前後にも間隔をとって、腕を振り上げる。ただでさえ広いとはいえない食堂でむさ苦しい男十人が体を動かすのだから、窮屈きわまりない。しかも皆、動作のひとつひとつがきびきびとダイナミックである。入学当初はびっくりした山根も、今はもう条件反射で手足が動く。明るいリズムに乗って肩を上下させたり足首を回したりしているうちに、だんだん頭がすっきりしてきた。見た目に似合わず軽快に跳躍をこなしている安藤の目も、今しがたより三割ほどは大きくなっている。

最後は深呼吸だ。ゆったりとテンポを落としていくピアノに合わせ、両手を指先までぴんと伸ばしたまま、三回大きく弧を描く。四度目だけは腕を下まで降ろしきらず、かわりに手のひらを胸の前でそろえたところで、音楽が鳴りやんだ。

「いただきます」

十人分の声がぴったりと重なる。野太いなりに、澄んだ唱和である。そこはかとなく儀式めいた趣さえ漂うこの瞬間を、山根はけっこう気に入っている。こんな言いかたはおおげさかもしれないけれど、どこか祈りの言葉にも似た、厳粛な響きを感じるのだ。たとえば仏教の南無阿弥陀仏、あるいはキリスト教のアーメン、といったようなな。

この声を合図に、厨房《ちゆうぼう》から料理長が現れる。学生寮の賄い係を料理長と呼ぶのは多少大仰すぎる気がして最初は違和感があったものの、これもなじんでしまえばどうということはない。寮での決まりごとのうち、外の世界では理解されにくいだろうものを数え上げたらきりがない。いちいち気にしていては、ここで生活できない。

料理長は右手にしゃもじ、左手に大きな炊飯器を抱えて、定位置であるテーブルの端に仁王立ちした。身長は二メートル近く、寮生の中では最も大柄な安藤よりも、もっといかつい。彼が陣どると、テーブルについている全員がさっと自分の茶碗を上向け、バケツリレーの要領で隣へと順繰りに渡していく。料理長の手もとまで届いたものからどんどん炊きたてのごはんがよそわれて、逆の流れで返ってくる。

素焼きふうの茶色い茶碗は、入寮にあたってひとりひとりに支給される。一見どれも同じに見えるが、実はすべて違う柄が入っている。山根の茶碗にはねずみ、安藤のものにはくまが描かれていて、持ち主のイメージに合わせて模様が決められるのかと思っていたら、他の寮生たちの分も見てみるとそうでもないようだった。達磨《だるま》だったりトカゲだったり、あるいは意味不明のギリシャ文字がびっしり並んでいたり、とりとめがない。

「よっぽど腹へってるんやなあ」

安藤が感心したように言って、ねずみの茶碗を山根によこした。てんこ盛りになったつやつやの白米が湯気を立てている。茶碗の主がどのくらい空腹かによって、料理長が盛る量は変わる。どうやって見極めているのかはわからないけれど、判断がはずれることはほとんどない。

他のおかずも、同じくバケツリレーで流れてくる。献立はいつも通りだった。大根おろしの添えられた焼き魚と味噌汁が人数分、卵焼きと漬物はそれぞれ大きめの器にひとつ盛りになっている。

「うまいな」

念願の食事をかきこみながら、山根は安藤に声をかけた。米が甘い。その上から流しこんだ熱い味噌汁が、舌を焼く。

「うまいわ」

安藤が応じる。こういうときにきちんと返事をしてくれるのが、安藤の美点のひとつだ。もっとも、こと食べものに関しては、安藤はうるさい。錦市場《にしきいちば》で珍しい京野菜を買ってみたり、西京《にしきょう》にある老舗《しにせ》の漬物屋まで足を延ばしてみたり、金もないのに高価な食材を買いこむ癖がある。そのくせ、安っぽい駄菓子を大量に貪り食ったりもしているから、舌が肥えているのかそうでもないのかよくわからない。

そして安藤に限らず、この寮にはうるさい人間が多い。

騒がしいという意味ではない。主義やこだわりと呼ぶほど立派なものでもない。単に、うるさい、と表現するのが一番しっくりくる。

てんでばらばらに見える十人の寮生たちの、唯一似ているところを挙げるとすればそこだろう。愛情なり情熱なりが向かっていく先は、昆虫であったり、アニメであったり、数式であったり、各人によって違うものの、その注ぎかたや偏り具合が同じなのだった。たとえば安藤は、パンツを三枚しか持っていないくせに、塩とカレー粉はそれぞれ五種類ずつ持っている。たぶんなにかのバランスがおかしいのだ。本人の専門である生物学的にいえば、なんとか器官だかなんとか神経だかが壊れているのかもしれない。

山根の場合は、火薬である。

花火だけではない。バーベキューでもキャンプファイヤーでも、なにかが燃えているのを見るだけでわくわくする。ただ、今後の人生をつつがなく送っていくためにはおそらく非常に幸いなことに、火事の炎はまったく受けつけない。テレビや映画の戦闘シーンにも興味がない。そう考えると、純粋に火そのものが好きだというより、その周りで繰り広げられるお祭騒ぎに惹《ひ》かれているのかもしれない。

研究内容も少し近い。厳密には火薬それ自体ではなく、水素をはじめとしたエネルギー全般が対象になる。爆薬担当、と研究室の仲間にはよくからかわれるが、山根には兵器を開発するつもりはなく、あくまで平和利用に向けて研究に励んでいる。爆発のエネルギーを安全に効率よく保存して利用できれば、世界的な燃料問題の解決につながる。クリーンなエネルギーは地球にも優しい。とはいえ、灰と煙と二酸化炭素をまき散らす花火の魅力もやはり捨てがたいのが、山根にとっては悩ましいところだ。

他の寮生も、たいてい山根と同じように、多かれ少なかれ趣味嗜好と研究対象が重なっている。食い気が頭の九割を占めている安藤は、バイオ技術での野菜栽培に取り組んでいる。その正面、真剣な表情で急須を傾け、即席の茶漬けを作っている後輩の寺田《てらだ》は、電気電子工学科で三次元ゲームの開発に携わっているのではなかったか。

「すみません、お先でした」

寺田は自分だけでなく、山根たちの湯のみにもなみなみとほうじ茶を注《つ》いでくれた。

「はい、どうぞ」

おっとりと丁寧な言葉遣いと清潔に剃《そ》り上げた坊主頭には、なんとなく徳の高い僧侶めいた気品さえ感じられて、美少女ゲームに目の色を変えるようにはとても見えない。鼻息荒くコントローラーを握っている様子は、まさに煩悩まみれとしか表現できないけれども。

「川本《かわもと》先輩も、いかがですか？」

山根の向かいで卵焼きをほおばっている農学部の川本は、ダニを研究している。地域によって種類が異なり、その数は一万とも二万とも言われているそうで、中南米やアフリカに渡っては、土偶や化石といった風変わりな土産をくれる。日本にいるときでも、川本はたいてい下を向いて歩いている。地面にくまなく目を走らせ、めぼしい落ち葉や土くれをすばやく拾い上げて、ポケットに常備しているビニール袋へ大事にしまう。古くからある自然林はもちろん、そのへんの道端や街なかの植えこみでもそれなりに収穫はあるらしく、外出のときは気を抜けないという。

個性あふれる面々に囲まれつつ、しかし寮の居心地は決して悪くない。そうでなければ、いくら生活費が助かるにしても、学部時代の四年間、さらには院へ進んだ今年まで、住み続けることはなかっただろう。中にはとっつきにくい性格の者もいる。会話が嚙《か》みあわないことも珍しくない。それでも、同じ釜の飯という言葉もあるように、お互い朝だけとはいえ毎日こうして食事をともにしていれば、通じあうものも生まれてくるのかもしれない。外国語を聞かされているに等しい。特に専門領域の話題では、

あとは、素質もあるだろうか。寮に入る前に、あらかじめ適性を見られている。入寮試験は、一次がペーパーテスト、二次が面接だった。やっと受験地獄を突破したのに、また試験か、と山根はうんざりしたが、それはテストというより簡単なアンケートに近かった。共同生活を送る上で必要になりそうな、協調性や一般常識を測るらしき問いが大半だったものの、関係があるのかないのか微妙な設問もまじっていた。

――食べものの好き嫌いやアレルギーはありますか？

この問いは、「ない」と答えるのが正解だったと山根はにらんでいる。現に、寮生たちは皆、出された食事を残さずたいらげている。

――あなたの特技はなんですか？

打ち上げ花火の点火、と山根は書いた。安藤はたこ焼き作りと答えたらしい。

――あなたの欠点はなんだと思いますか？

これが難しかった。素直に短所を書き連ねて落とされても困るし、かといって、わざとらしいのもどうかと思う。山根はしばらく悩んだ末に、集中すると周りが目に入らなくなるところ、とした。安藤の回答は「食べすぎ」だったそうだ。

その安藤は、まだ味噌汁のおかわりを啜《すす》っている。魚の皿には、レントゲン写真さながらに、骨だけが綺麗に残されている。

食後は流れ解散になる。空腹がおさまったら今度は本格的に睡魔がやってきて、山根は安藤を待たずにひきあげることにした。

食器を厨房まで運んだ後、食堂の出口で寺田に呼びとめられた。

「山根先輩、ちょっとお時間ございませんか？　友達に新しいゲームを借りたんですけど」

「悪いけど、今めちゃめちゃ眠いねん。徹夜明けやから」

山根が断ると、寺田はいかにも残念そうにがっくりと肩を落とした。

「そうですか。今回のヒロインはとってもかわいいんですよ」

「すまんな、また今度」

山根には、ゲームの登場人物に肩入れしたり画像の美しさにこだわったりする趣味はない。だから寺田の感覚はいまひとつぴんとこないし、披露される解説や薀蓄《うんちく》を多少わずらわしく感じるときもあるけれど、口は挟まないことにしている。今や他の相手、たとえば安藤と普通にゲームをするとかえって物足りない気もしてしまうのだから、慣れというのはおそろしい。

同居人たちの「うるささ」に対する耐性は、寮生活で求められるいくつかの資質の中でも、かなり上位に位置するだろう。重要なのは、敬意と無関心のバランスを適度に保つことだ。

「じゃあまた、ぜひ近いうちに」

僕ならエリナにおはようって言ってもらえば目が覚めますけどねえ、どんなに眠くても一発で、とぶつぶつとつぶやきながらも、寺田も無理強いしようとはしなかった。階段の手前にある自室に入りしな、アニメのポスターで覆いつくされた壁がちらりと見えた。

そういえば入寮のテストにはあとひとつ、たぶん合格者の全員が同じ答えを返しただろう設問があった。

——恋人はいますか？

いません、と山根はためらうことなく書きこんだ。悩まずに答えられる質問が出てきてほっとした。

　女の子はよくわからない。中学のときからの、それが山根の実感である。

入寮した後、あのアンケートにはほとんど意味なんかない、明らかな嘘《うそ》でなければ通る、と先輩には笑われた。確かに周りを見る限りでは、協調性や一般常識が基準だったとも考えにくい。偏食とも恋人とも縁のない者ばかりがたまたま合格してしまっただけで、やはり先輩の言う通り、合否は面接で決まったのかもしれない。

　面接官は珍妙な三人組だった。

　色白で整った顔だちの小柄な男と、そのボディーガードといっても通りそうな大男、それからしわくちゃの老人。体の大きさがあまりにも違うせいで、並んでいるのに変な遠近感がついていた。それが寮長と料理長、そしていつも寮の受付に座っている管理人だというのは、後から知った。

　体型だけでなく表情も三人三様だった。寮長は涼しげな微笑みを浮かべ、料理長は退屈そうに視線を宙に泳がせ、好意的とはいいがたい険しい目つきをした管理人は、山根を値踏みするようにじろじろと眺め回していた。その顔全体に刻まれたしわと彫りの深い眼窩《がんか》から、管理人がかなりの高齢であることだけは見当がついたけれど、残りのふたりの年齢は想像できなかった。今でもそこは謎に包まれていて、ときどき寮生の間でも話題になる。料理長は管理人の弟だとか、息子だとか、あるいは孫だという説まであって、どれもありえないとは言いきれない。長年勤めているという寮長のほうも、三十代と推測する者もあれば、四、五十代だという意見もあり、さらには、あれは整形に違いない、実は管理人と同年代だと言い出す者さえいる。

質疑応答は寮長が担当した。山根がなにを答えても、管理人は気難しげなしかめ面をくずさず、料理長はひたすら無表情を保ち、寮長の口もとに浮かんだ柔和な笑みは消えなかった。特に難しい質問はなく、そのかわり、手ごたえのようなものもなかった。

寮長はひと通り質問を終えた後、寮のしくみも簡単に説明してくれた。門限はない。友達を連れてくるのもかまわない。他の寮生の迷惑にさえならなければ、原則として自由にやってもらっていい。

「もちろん、いくつかルールもあります。でもどれも、本当に基本的な、必要最低限のものです。人間として守れないわけがない」

寮長はきっぱりと請けあった。そのひとつが毎朝六時半きっかりにはじまるラジオ体操であるなどとは、あのときは考えてもみなかった。

「どうでしょう。守れますか？」

「守れる、と思います」

山根は注意深く答えた。聞いている分には、寮生活は予想よりもはるかにゆるやかなものであるようだった。面接官たちの迫力に気圧《けお》されて萎《しぼ》んでいた士気が、やや持ち直していた。

「本当に？」

寮長が念を押す。

「はい」

間髪いれずにうなずいた山根の顔を、寮長はじっとのぞきこんだ。料理長もよそ見をやめ、管理人とともに山根を注視している。山根はどぎまぎしながらも、目をそらさずに耐えた。

「すばらしい」

寮長が言った。三人がお互いに目配せをかわした。

「大事なのは」

寮長は重々しくしめくくった。

「毎日の積み重ねです。それが自分を作るということを、覚えておいていただきたい」

山根は何度もうなずいた。面接に合格するために好印象を残そうと意図したわけではなかったし、寮長の言葉に共感したというのでもなかった。むしろ、なにを言われているのか判然としなかった。それでも無意識のうちに、首が勝手に動いていたのだった。

寮での暮らしも五年目にさしかかった今なら、あのとき寮長の言わんとしていたことがなんとなくわかる。

毎日の積み重ねが、自分を作る。それが、寮の教育方針といってもいいのかもしれない。朝を大切にするのもその一環なのだろう。日々を積み重ねていく土台として、一日のはじまりを重んじているのだろう。

寮長はルールと言っていたものの、六時半から朝食の席に出てくることは、特に規則として徹底されてはいない。さぼったところで誰にもとがめられないし、まして罰が与えられるわけでもない。今日の山根のように、食後に朝寝してしまう確率もかなり高く、必ずしも規則正しい生活が保証されるともいえない。それでも、寮の流儀は住人の間にいつのまにか染みこんでいる。だからこそ、皆が早朝から食堂へ集まり、仮に寝坊してしまうと一日中なんだか落ち着かなくなるのだろう。

「毎日をきちんと積み重ねていると、わずかな変化も見逃さないようになりますから」

寮長いわく、たとえばある国の要人は、出かけるときの道筋をあまり変えないそうだ。道順は数種類だけ厳選され、それをランダムに組み替える。同じコースをたどることによって、昨日なかったものがあったり、逆に昨日はあったものがなかったり、あらゆる変化が際だつので、異常事態をすぐに察知できるという。

「大きな事件が起きるときには、必ずなにか前触れがある。注意深く見渡せば、わずかな異変がどこかに見つかるものです」

山根は今後、このなんの変哲もない朝のことを、幾度も思い返すことになる。実験がうまくいったかどうかなんてことは、「前触れ」や「異変」とはいえない気がする。他になにか、いつもと違うできごとはなかったか。ひょっとしたらどこかに変わった兆しが芽生えていたのではないか。大事件をほのめかす手がかりが隠れていたのではないかと、考えをめぐらせることになるのだった。

2　嵐

仮眠を取ってから寮を出て、十時過ぎに研究室に着くと、山根の机には先客がいた。もしゃもしゃの白髪が、鳥の巣のようにこんもりと頭に盛り上がっている。山根のつややかな黒髪のおかっぱとは、対照的な髪型だ。

「おはようございます」

山根が軽く頭を下げると、教授は椅子ごとくるりと振り返った。にこにこしている。朝に弱い教授としては珍しい。

「おはよう、山根くん」

朗らかに言い、依然として満面の笑みで山根を見上げる。なにか様子がおかしいと山根は気がついた。ふだん教授は学生を呼び捨てにする。

「気持ちのいい朝だねえ」

不自然に静かな研究室に、教授の猫《ねこ》なで声が響いた。山根の背中に冷や汗が浮いた。

教授は常に完璧な関西弁を喋《しゃべ》る。朝だねえ、なんてありえない。

「これは、なんだろうね」

せめて、これはなんやねん、とどなりつけてくれたらいいのに。目の前につき出された白い紙を両手でこわごわと受けとって、山根は小声で言った。

「実験結果です」

「わたしも帰りがけだったから、細かいところまでよく読めてなかったんだけどね。これ、ひとつ桁がずれているんじゃないかなあ？」

山根は唇を嚙んでうなだれた。

「こんなに少量の反応結果じゃ、証明できたとはいえないよね？」

日頃はそんなにそそっかしいほうではないのに、山根はたまにこの種の失態を演じてしまうことがある。

実験の途中で気が散るとまずいのだ。昨日は夜ふけに反応結果を待つ間、近くのコンビニまで出かけた。コーラと漫画雑誌と眠気覚ましのガムを調達し、百万遍《ひゃくまんべん》で信号待ちをしている間、夜空を見上げたのがよくなかった。ぱらぱらと星が散らばっているのを眺め、花火にうってつけの天気だなどと余計なことを思いついてしまったのが、よくなかった。

「どうしてこういうことになったのかな？　不思議だよなあ」

いつも穏和な教授は、めったに学生をとがめたりしない。たとえ実験がうまく進まなくても、しゃあないなあ、もっかいやってみ、と励まし、次はこういうふうにしてみたらどうやろ、と助言をくれる。反面、分量の量り間違いや、機械の操作ミスといった初歩的な失敗に対しては、非常に厳しい。少し気をつければ避けられるはずのことが起きてしまったのは、本人の怠慢だという考えかたなのである。

教授は、研究に対して手を抜いたり怠けたりする者が嫌いだ。憎んでいるといってもいい。

「四月一日、四時一分、〇・〇〇四一ミリグラム。非常に綺麗な数字ではあるんだけれども、ここでは〇・〇四一くらいはほしいよね」

「エイプリルフールや！」

横の席で神妙に顔をふせていた先輩が、驚いたようにつぶやいた。

教授の気持ちを和ませようとしてのことでは、むろん、ない。黙ってて下さい、と山根は念じる。頼むから、教授をこれ以上刺激しないでほしい。ここの連中は場の空気を読む能力が低すぎる。自分だって偉そうなことは言えないものの、こういうときに状況をくみとってくれないのは厄介きわまりない。

「エイプリルフール？」

案の定、教授はひきつった笑いを浮かべた。

「そういうことですか。上等、上等」

怖い。教授は、怒っているときになぜか笑う。あまり怒らせると変身する、といつか先輩が真顔で言っていたが、変身しなくても十分怖い。

「じゃあ明日になれば、嘘偽りない本物の実験結果が出てくるってわけだね。楽しみにしてますよ」

目の前の試験管で、炎がはじけた。ぱちんと威勢のいい音が立つ。

山根は装置のスイッチを切り、机に頬杖《ほおづえ》をついて、正面の窓を眺めるともなく眺めた。曇ったガラス越しに、昼下がりのうららかな光がさしこんでくる。タオルを首に巻いたジャージ姿の学生たちが数人、駆けていく。のどかな光景も、しかし気分を軽くしてはくれない。

実験室には他に誰もいない。教授は山根に留守番を言い渡すと、研究室の学生たちをひき連れて出かけてしまった。京阪神工業化学研究開発学会というやたらと長々しく堅苦しい名の学会は、年に二度、大阪で開かれる。名前とは裏腹に、中身はとても面白い。今回の目玉は元素エネルギー開発の第一人者の講演で、山根も楽しみにしていた。ひとりぼっちで居残りだなんて、本当についていない。

実験結果が示されたモニターを確認して、舌打ちが出た。また期待はずれの数値だ。

再び腰を下ろして机に肘をつく。左右の頬に当てている手のひらがだんだんとこめかみのほうへとずり上がり、頭を抱える格好になった。

この実験はけっこう時間がかかる。複雑な形をした器具を丁寧に洗い上げて間違えないように配置し、数十種類の化合物をすべてきちんと量り、それからややこしい操作をひとつひとつ進めていかなければならない。化学の実験というものに手間ひまがかかるのは山根もとうに思い知らされていて、ふだんはさして憂鬱になるわけでもないのに、今日はどうも調子が出ない。

いつもなら、こういう細かい作業を、山根はむしろ得意としている。もともと手先は器用なほうだし、ひとつの実験を集中して丹念に組みたてていくからこそ、成果が出たときの達成感があるとも思う。準備は後輩に任せきりにして最後の計測しかやらない学生の気が知れない。思い通りのデータが手に入ったかどうかなんて、実験全体からすれば、ほんのわずかな部分を占めているに過ぎない。

山根はひとり深くうなずいた。肝心なのは、結果ではない。試行錯誤からいろいろな発見が生まれることもある。失敗が思いがけない大発明につながったりもする。

たとえばレントゲンは、クルックス管を使って真空放電の実験をしていたときに、偶然エックス線を発見した。それから、医学史上に残る重要な発見とされる感染症の治療薬、ペニシリンの例だってある。発見者のフレミングは、ある日培養していた実験材料の細菌にかびを生やしてしまった。捨てようとしてよくよく見たところ、かびの周りだけ細菌が繁殖していないのに気づき、それがペニシリン誕生のきっかけになった。もっと最近では、ノーベル賞を受賞した田中博士もそうだ。実験の補助材を作ろうとして間違えてグリセリンとコバルトをまぜてしまい、やり直すかわりに試しにそのまま使ってみたおかげで、たんぱく質のイオン化に成功した。

偉大なる先人たちの功績に思いをはせ、山根は元気を奮い起こそうとする。それでなんとか気が晴れてくる場合もあるのだが、今回はうまくいかなかった。

「どないしよ」

山根は力なくひとりごちた。現実問題として、一介の大学院生にとっては、ここまで失敗が続くのもやはり困る。

伸びをして、凝り固まった背筋をほぐした。尻の下で古びた椅子が不安定にきしむ。座面に張られたビニールはすっかり色あせ、かつてクッションの役割を果たしていたのであろう薄汚れたスポンジ地が横からはみ出している。こういった場所――小学校の理科室から今いる大学の研究室まで――に置かれている椅子は、なぜか一様にみすぼらしい。大多数の生徒はこうして山根のように長い時間を過ごすわけでもなく、座り心地など気にもとめないだろうけれど。

中学校の理科室は、中でも印象に残っている。

正確には、授業で使う教室ではなく、隣にくっついている準備室のほうだ。そして、印象に残っているのは、椅子ではなくまた別のものである。

はじめてそれを見つけたとき、山根は箒《ほうき》を手にしていた。担任が理科の教師だったので、クラスの生徒は順番に掃除当番を割り当てられていたのだ。昼間でも薄暗く、うつろな目をした動物の剥製や得体の知れないホルマリン漬けがひしめくその部屋の掃除は、クラスメイトたちの間で圧倒的に不人気だった。山根も例外ではなかった。重く澱《よど》んだ空気はかび臭く、なにかの薬品のにおいも染みついていた。呼吸をするたびに、自分までガラスケースの中に閉じこめられ、身動きが取れないまま少しずつ風化していくような気分になった。

「さぼらんといてよ」

一緒の当番だった女子生徒にちりとりで背中を小突かれ、ぼんやりと立ちつくしていた山根は我に返った。

「なあ、これ」

壁に貼られたポスターを指して、山根は言った。

それは元素の周期表だった。横長の模造紙に長方形の升目が描かれ、そのひとつひとつに数十種類の元素記号とイラストが行儀よくおさまっている。構図自体は普通の周期表となんら変わらないのに、理科の教科書のそれとはまったく別物のように見えたのは、大きさが違うからというだけでなく、カラフルな色あいと手書きらしい書体のためだろう。元素の粒はそれぞれ淡い色の水彩絵具で塗られ、普通の活字のかわりに筆記体の筆文字が添えられていた。一見すると抽象画のようでもあり、理科よりも美術の教科書にのっていたほうがよほどふさわしかった。

要は、とても美しかったのだ。芸術の素養なんて今も昔もまるで持ちあわせていない山根の心さえ、強く揺さぶるほどに。

「なにそれ？」

でもその美しさは、女子中学生の気をひくものではなかったらしい。表をちらと一《いち》瞥《べつ》し、いかにも興味がなさそうに眉をひそめた彼女の反応は、山根にとっては意外だった。女の子は綺麗なものやかわいいものが好きなはずだ。教室でもちゃちな小物や文房具を見せあっては、いつまでもはしゃいでいる。

もちろん、「女の子」と全員をひとくくりにしてしまうのはあまりに乱暴だと山根も頭ではわかっている。ひとによって好みの違いもあるだろう。ラットにだって個体差があるし、それによって実験結果は異なる。そう理解しているつもりでも、山根にとってこの種族は謎に満ちていて、ついざっくりとひとまとめに区切ってしまいがちなのである。当時も、今も。

「ちょっと、それ貸して」

感動と混乱が入り乱れ、動けなくなってしまった山根の箒を、彼女は奪いとった。床にたまった埃《ほこり》をちりとりに掃きこみ、ごみ箱の上でさかさにする。携帯電話のストラップだろうか、ばかでかいくまのキーホルダーが、セーラー服のスカートからのぞいていた。つぶらな瞳はかわいいというより不気味だ。

「悪いけど、うち急ぐから。先生に鍵返しといてくれる?」

言い残して、彼女はさっさと準備室を出ていった。

依頼というより命令口調だったのも、ちっとも「悪いけど」の表情ではなかったのも、山根には特に気にならなかった。むしろ好都合だった。鍵を渡すついでに、担任の理科教師にぜひ確かめたいことがあった。

「ああ、あれはね、僕が学生のときに描きました」

彼は唐突な質問を訝《いぶか》るふうもなく、あっさりと答えた。

山根はやや拍子抜けした。考えてみれば、入学してからひと月以上経《た》っているにもかかわらず、この初老の教師とまともに会話するのははじめてだった。山根だけでなく、他の生徒と話しているところもほとんど見たことがない。授業でもホームルームでも低い声でぼそぼそと話すだけであまりやる気が感じられない彼は、生徒から嫌われてはいないだろうが、まず間違いなく好かれてもいなかった。

「美術の授業で、好きなものを描けと言われたので」

美術の教師はきっとびっくりしただろう。

「絵が上手なんですね」

伝えたかったこととは少しずれるものの、山根はとりあえず言ってみた。教師はひどく驚いた顔をした。それから照れたように笑い、山根に問いかけた。

「君はどの元素が好きですか?」

山根は一瞬あっけにとられた。しかし、相手は真剣そのものの表情で返事を待っていた。

「ええと」

なにか答えなければ、と山根はあせった。考えてみたこともないとか、別にどれも同じだとか、そういう素直な回答は思い浮かばなかった。先ほどの周期表を思い起こし、一番はじめに浮かんできたものをとっさに口にした。

「水素」

原子番号1番、表の左上端である。

「水素ですか」

教師は一段と笑みを深めた。

「いいですね。シンプルで身軽で、それなのにパワーがある」

首をかしげて山根を見つめ、言い添える。

「君に似ているかもしれない」

「ありがとうございます」

またしても意表をついたコメントだったにもかかわらず、お礼の言葉はすんなりと口をついて出た。嫌な気分にならなかったのも不思議だった。昔から、背が低いのは悩みの種だったのだ。

不思議といえば、それ以来、ちびとからかわれるたびにこのときの短いやりとりがよみがえるようになったのもまた、不思議ではある。むろん、たいして親しくもなかった教師の何気ないひと言で、コンプレックスが完全に解消されたわけではない。でも少なくとも、山根にとって水素という物質が身近なものになったのは、あの日からだ。

ほどなくして、同じ教師の授業で、水素結合について習った。

「水は地球の生命にとって最も重要な物質だとよく言われます」

と彼は切り出した。

「さらに、分子としても非常に興味深い性質を持っています。その特徴のひとつが、水素結合と呼ばれる化学結合です。水素結合とは、水分子どうしや、水とカルボニル基の酸素、アミン状態の窒素といった他の分子との間に働く、適切に強く適切に弱い結合です」

口で説明されただけではなんのことやらよくわからない。ぼんやりと聞いている生徒たちの前で、教師は黒板に模式図を描きはじめた。

まず中央に酸素分子を表すOの記号をひとつ書き、それから左右に水素分子のHをひとつずつ加え、手をつなぐように線で結んで、この三つでH_2O、つまり水のできあがりだ。続いて、その斜め上にもうひとつ新たにH_2Oを配し、真ん中のOと先ほどの水分子のHの片方を点線でつなぐ。この点線が、「適切に強く適切に弱い」結合を意味しているようだった。そこまで書き終えて彼はいったん手を止め、生徒たちのほうを振り返って厳かに言った。

「これが水素結合です」

それでおしまいかと思いきや、彼はやおら黒板に向き直り、鬼気迫る勢いでチョークを操り出した。かつかつかつと小気味よい音が響き、手もとから白い粉がしぶきのように飛び散る。ひとつ、またひとつ、とH_2Oは増えていき、ついには黒板中を埋めつくした。

「水素結合には情緒があるでしょう」

教師は静かにチョークを置き、粉まみれの手を白衣で拭った。教室はしんとしていた。私語や居眠りをしている生徒こそいなかったが、網の目のようにはりめぐらされたHとO、そしてそれぞれの分子を結ぶ直線と点線を逐一書き写していたのは山根くらいだっただろう。ノートの見開きいっぱいを使ってしまった。

ばらばらの分子ではなく集合体として身を寄せあっているところが、無生物とはいえ、なんとなくいじらしく微笑ましい。一方、しっかりと結合はせずに、互いがある程度の距離を保ち、いわばすかすかの構造になっているのもおかしい。

水素結合はＤＮＡの螺旋《らせん》構造にもかかわっているので、遺伝子学を専攻している安藤にもなじみがあるらしい。一度、ふたりで飲んでいたときに、議論が盛り上がったことがある。この「適切に強く適切に弱い」ゆるやかな結合関係がうちの寮にもあてはまるのではないかとふたりで意気投合し、他の寮生にも言って回ったが、反響は芳しくなかった。すみません、生ものは苦手なのでよくわかりません、というのが寺田の返事だった。

中学の授業では、水素以外の元素も登場した。それぞれの性質について、また複数の物質を組みあわせたときに起こる化学反応について、山根は飽きずに聞き入った。希硫酸に金属を放りこめば、みるみるうちに溶けていく。大理石と希塩酸では二酸化炭素が発生する。無限と言っていい元素の組みあわせによって、おとなしい元素が突然ものすごいエネルギーを放つことに、山根は感心した。水素にはパワーがあると教師が言っていた意味も、腑《ふ》に落ちた。水素爆弾という言葉を知ったのは、水の電気分解を習うより前だったか、後だったか。

組みあわせしだいでなにかが起きる、そこに魅せられて山根は進路を決めた。「なにか」を日々見守り続けるのが、工学部工業化学科の学生の務めである。

「人間も元素の集合体ですから」

と、教師はいつか言っていた。

「組みあわせしだいでなにかが起きるのは、ある意味、自然なのかもしれません」

チャイムの音で、山根ははっとして壁の時計を見た。五時だった。いつのまにか窓の外も紺色に染まりつつあった。思い出に浸っている時間はない。

実験の続きを進めるべく身を乗り出したところで、からん、と硬い音がした。

「うわ、やべ」

思わず情けない声がもれた。不運というのは重なるものだ。

プラスチックのケースが横向きに倒れ、口から緑色の粉がこぼれて机と床に散らばっている。器具を調節しようと腕を伸ばした拍子に、うっかり薬品の入っていた容器に肘をひっかけてしまったのだった。

こんなところを教授に見つかったら、また笑顔でなにを言われるかわからない。山根はあわてて掃除にとりかかった。まず机を雑巾で拭き、床は箒で丁寧に掃く。粉末を一粒たりとも見逃さないように、わざわざしゃがみこんで念入りに確かめた。

箒を支えにして立ち上がると、壁に貼られた周期表と向かいあう形になった。中学のときに出会ったものとは違い、味もそっけもない既製品である。

「もうあかんな」

少し休憩を挟んでから、もう一度頭を切り替えてやり直したほうがいい。山根は白衣を脱いで、ひとまず実験室を後にした。

先ほどまでとはうってかわって、空には厚い雲が広がっていた。入口に置かれた傘立てがわりのポリバケツから、置きっぱなしになっていたビニール傘を抜き出す。傍らの掲示板には、ビラとポスターが何重にも重なって貼られている。部活の勧誘、芝居の公演、アルバイトの募集、といろいろな人間がいろいろな情報を発信していた。サークルだけでも、テニスや野球といった多数派から、八〇年代アイドル研究会、指相撲クラブ、辞書・図鑑同好会、アフリカの歴史と今を考える会、と幅広い。名前だけでも統一感は皆無なのに、それぞれが目をひくように派手な色やイラストを使って存在を主張するものだから、ますます混沌《こんとん》としてわけのわからないことになっている。

自転車の鍵をはずしつつ、山根は行き先を思案した。生協で買ってきた弁当で遅めの昼食をすませたばかりで、腹はへっていない。花火には時間が早すぎるし、そもそも今日はふさわしい日とはいえない。寮に戻って安藤と飲むという手もあるが、おそらくまだ帰ってきていないだろう。しかも、いったん飲みはじめると、多少の気分転換ではおさまらない可能性も高い。実験に対する集中力の面でも、教授に与える印象の面でも、ほろ酔いで研究室に戻るのは危険すぎる。

そうなると、思いつく場所はひとつしかない。

北門を抜けて今出川通を横切り、知恩寺の脇に延びる路地を北へと走った。民家の塀の向こうからのぞく桜は、つぼみがほころびはじめている。この分だと花見は来週末あたりだろう。御蔭通《みかげどおり》で左に折れ、つき当たった踏切で鞍馬《くらま》行きの叡電《えいでん》を見送り、線路を越える。

御蔭橋で高野川を渡ると、行く手には森がそびえている。湿っぽい風が正面から吹きつけてきた。

糺《ただす》の森は、いつもの通り静かだった。参道にはちらほらとしか人影がない。広大な敷地のおかげでよほどの観光シーズンでなければ混雑しない下鴨神社は、実験に疲れて息抜きしたいときに重宝する。鬱蒼《うっそう》と茂る木々と、境内を流れる小川のせせらぎに囲まれて、くたびれた心身がじわじわと浄化されていく。

本殿へ歩いていく途中で雨が降り出して、山根は傘を開いた。

はじめはぱらつく程度だったのに、数分のうちに豪雨になった。大きな雨粒が安っぽいビニール、正確にいえばポリビニルアルコールをさかんにたたく。頭をかばって小走りに参道をひき返してくる参拝客たちとすれ違い、ひとりだけ逆の方向へ進んでいくうちに、なんだか愉快な気分になってきた。ジーンズの裾は雨を吸ってもったりと重くまとわりつき、スニーカーも靴下もびしょびしょなのに、気持ち悪いのを通り過ぎて笑えてくる。山根は子どものようにくるくると傘を回し、わざと水をはねちらかして行進した。

歩調をゆるめたのは、鳥居をくぐってすぐである。楼門の手前、左のほうに、なにかがぼうっと白く浮かび上がっている。山根は吸い寄せられるようにそちらへ近づいた。

薄闇の中に現れたのは、満開の山桜だった。

大木の真下に立って、山根は透明の傘越しに立派な枝ぶりを見上げた。花びらがポリビニルアルコールに何枚かくっついている。晴れた昼間なら青空に映えてもっと綺麗なのかもしれないけれど、静寂の中、降りしきる雨に打たれて咲きほこっている姿には、神聖な迫力があった。それに、こんなどしゃ降りでもなければ、こうして誰にも邪魔されずに心ゆくまで眺められる機会はそうそうないだろう。

雨が弱まる気配はない。ひとしきりの花見をひとしきり堪能し、踵《きびす》を返そうとして、山根は自分の勘違いに気づいた。

ひとりきりでは、なかった。

真紅の楼門の、太い柱に寄り添うように、誰かが立っている。山根はごくりと唾をのみこんで、めがねをずり上げた。遠くで雷が鳴り、空に一筋の稲光がひらめいた。

「あの」

なぜ声をかけたのかはわからない。白いワンピースを着たそのひとが、雷鳴にびくりと肩を震わせたのが見えたからだろうか。稲妻を見上げた横顔が、あまりに不安そうに蒼《あお》ざめていたからだろうか。

実際は、あれこれ考える前に、山根は彼女のもとに駆け寄っていた。思考回路は完全に停止していた。打ち上げ花火を見上げているときと同じだ。あの、頭の中が真空になっていく感覚と、それはとてもよく似ていた。

傘を閉じ、両手で捧《ささ》げ持つようにして差し出した。かろうじて守られていた上半身が一瞬でずぶ濡れになる。彼女が目をみはり、一歩退いた。

背丈は山根よりもやや低いだろうか。女性にしては長身で、しかも全体に華奢《きやしや》なので余計にすらりとして見える。頭は冗談みたいに小さく、首は折れないかどうか心配になるくらいにか細く、肩幅もおそろしく狭い。豊かな黒髪は長くまっすぐで、胸のあたりまで届いている。薄暗い中で、白いワンピースが光を放っているように明るく目に染みる。

「これ、使って下さい」

山根が言わずもがなのことを言うと、ワンピースに負けないくらい白かった彼女の頬に、かすかに赤みがさした。

顔だちは整っている。卵形の輪郭の中に、すべてがバランスよくおさまっている。眉は細すぎず太すぎず、鼻は低すぎず高すぎない。頬はふっくらと優美にふくらみ、唇はぽってりと柔らかそうで、顎は品よくひきしまっている。

彼女が口を開きかけたとき、ぱっとあたりが明るくなった。ほとんど間を置かずに、二つ目の雷が轟く。先ほどよりもだいぶ近い。

彼女が空を見上げた。

山根は彼女を見つめた。

それから、傘を彼女の足もとに置いて、一目散に駆け出した。

3　熱病

山根の顔を見るなり、安藤は素っ頓狂な声を上げた。

「おい、どうしたんや？」

即座に部屋を飛び出して、戻ってきたときには、大きな清涼飲料水のペットボトルと林檎《りんご》、それから体温計を手にしていた。横たわる山根の枕《まくら》もとに重たいボトルが置かれ、畳にじかに敷いた布団越しに、鈍い振動が頭に響いた。心遣いはありがたいが、安藤の動作は狭い四畳半ではやや大きすぎる。

腋《わき》の下に挟んだガラスの棒は、ひやりと冷たかった。閉じこめられた水銀が三十八度をだいぶ超えたあたりで止まり、どうりで体がこんなに熱いわけだと山根は妙に納得した。めがねをはずしているせいで視界がぼやけている。布団の横にあぐらをかき、腕組みをしてこちらを見下ろしている安藤の姿も、ぼやぼやとおぼつかない。

「すごい熱やなあ」

安藤が感心したように言った。六時半を過ぎても食堂にやってこない山根を心配して、部屋までのぞきに来てくれたらしい。

「しんどい？　そりゃしんどいわな」

首をかしげ、体温計をケースにしまって卓袱台《ちゃぶだい》の上に戻す。口を開くのもおっくうで、山根はそっとまぶたを閉じた。熱を出すなんて何年ぶりだろう。

「食欲は？　ないか、やっぱ」

山根が返事をしないので、安藤はひとりでふたり分の会話をこなしている。厚ぼったい手のひらの、ひんやりとした重みが山根の額にのった。

「でも、飲み食いせな治らんからなあ。風邪には水分とビタミンやで、特に水は生命の基本や。知ってるやろうけど」

その水を、しかも冷水を、全身に思うさま浴びたのがよくなかった。

昨日、寮にたどり着いたときには、服も髪もめがねも、なにもかもから水が滴っていた。共同玄関でスニーカーを脱いでいる間に、足もとに小さな水たまりができた。着替えてから悪寒をこらえて研究室にひき返したところ、学会から戻ってきた教授はもう機嫌を直していて、どうしたんや顔が真っ白やで、無理せんでええから今日はもう帰れ、と半ば強制的に追い返された。部屋に戻って床につき、すぐに意識は飛んだ。ともかく水だけはちゃんと飲みや、と安藤が念を押して出ていった後は、他の寮生たちもかわるがわる山根の部屋を訪れた。

山根の体調を気遣ってというのに加えて、もの珍しいのもあるようだった。盲腸で入院している友達を見舞う小学生といったところだろうか。寮生たちは皆、根本的に体が丈夫だから、病人が出ることはめったにないのだ。バランスのとれた朝食とラジオ体操も一役買っているのかもしれない。

見舞いの品は各人各様だった。寺田はプリンと漫画を数冊置いていった。わざわざ出町柳で好物の豆餅を買ってきてくれた者もいる。好物といっても山根のではなく当人のそれではあるものの、気持ちはうれしい。ハーゲンダッツのアイスクリームもあった。弱っているときには好物、特に甘いもの、というのは万人共通の発想なのだろう。その発想がまっすぐ行動に移された結果、明らかに消化に悪そうな油っこいドーナツや、食欲のない病人には食べきれそうもない巨大な徳用パック入りのマシュマロが差し入れられたりもした。

夕方になって、寮長までやってきた。安藤と違って優雅な所作で、動いてもほとんど音が立たない。

始終顔を合わせている管理人や料理長に比べて、寮長と会う機会はそこまで多くない。ふたりと違って住みこみではないし、寮長室というような特別の部屋もない。それでも、ずっと見かけないということもなく、最近会わないなと思っていたらふいと現れる。洋服のときもあるけれど、和装が圧倒的に多い。管理人と並んで受付に座っていたり、寮の庭を歩いていたり、夜にがらんとした食堂で寮生の誰かと話しこんでいたりもする。たまに朝のラジオ体操にも着物姿で参加する。

あとは、寮になにかあったときにも、寮長は即刻やってくる。管理人や料理長が知らせるのだろうか。川本のダニに関する論文がアメリカの有名な学術誌に掲載されたときは寮長主催で小さな祝宴が開かれたし、寮の庭で花火をやって植木を焦がしてしまったときには、山根も安藤も消火器で撃たれ、泡まみれのまま懇々と説教された。

寮生の風邪は、「なにかあったとき」に含まれるのだろうか。

「つらそうですね」

枕もとに正座した寮長は、山根をひと目見て端正な顔をしかめた。今日は渋いえび茶色の着物を身につけている。

「これはひどいな。早く治るといいですが」

「ただの風邪やのに、わざわざすんません」

深刻そうな面持ちに、山根は恐縮した。慣れない発熱でしんどいとはいっても、そこまで重病人扱いされるほどのものではない。

「いやいや、見たところ、かなり重症のようで。大変なことになりましたね」

「そんな脅かさんとって下さいよ」

冗談とも本気ともつかない寮長の言葉に、山根は弱々しく言い返した。

「慣れてないからこんなにだるいんやと思います。風邪で休むなんて小学校以来で」

「まあ、風邪ならすぐ治るでしょうけどねえ」

寮長は眉間《みけん》にしわを寄せ、不可解なことを言った。山根はにわかに不安になった。

「え、これって風邪じゃないんですか？　病院とか行ったほうがいいでしょうか？」

「いえ、それは必要ないでしょう」

寮長はまるで医者のようにきっぱりと断言した。

「熱は今晩には下がります。明日は大学にも行けますよ」

「え？　でも、さっき……」

いまひとつ要領を得ず、山根は聞き返した。重症とか大変とか、なにやら物騒な言いかたをしていなかっただろうか。熱で頭がうまく回らなくて、意味を取り違えているのだろうか。

「じゃあやっぱり、たいしたことないってことですか？」

謎めいた微笑みを浮かべたきり、寮長は答えない。室内が静かになった。皆、出払ってしまっているのだろう、廊下や階段からも物音ひとつ聞こえてこない。

急にまぶたが重くなってきた。雨の下鴨神社が、繰り返しスローモーションでよみがえる。

参道には見渡す限り人影がない。満開の山桜が堂々とそびえ立ち、背後には立派な赤い楼門が控えている。柱の陰で彼女がひっそりと雨宿りをしている。心細げに稲光を見上げながら、大きな黒い瞳はほのかな輝きを宿している。近づいてくる山根をみとめ、彼女は驚いたように目を見開く。

数分にも満たない光景を、何度も、何度も、山根は思い返す。

彼女の、あの目。

きらきらと揺れる双眸《そうぼう》の光に見入っているうちに、山根はいつしか浅い眠りにひきこまれていた。気がついたときには、部屋に寮長の姿はなかった。

夢だったのだろうかと一瞬疑ったが、壁際へ寄せた卓袱台の上に、和紙でくるまれた手のひらほどの包みが残されていた。山根は布団に入ったままで腕を伸ばし、包み紙を破った。中から現れた透明のパックには、桜餅がふたつ入っていた。

寮長が予言した通り、翌日の朝はだいぶ楽になっていた。まだ少し熱っぽい気もするけれど、頭も喉ももう痛くない。二日ぶりに腹もへっていた。階下から漂ってくる朝食のにおいに、空っぽの胃がきゅっとしめつけられる。

食堂に向かおうか迷っているうちに、ラジオ体操の音楽が流れてきた。上体を起こしてみると、まだ少し頭がぐらついた。本調子とはいえないようなので、朝食は明日からと決めて再び横たわったものの、耳慣れたメロディーを布団の中で聞いているのはどうも居心地が悪い。せめて深呼吸の部分だけは、リズムに合わせて息を吐いてみた。

冷蔵庫に入っている見舞いの品からなにか見繕ってみようと布団を這《は》い出しかけたとき、階段を上ってくる足音が耳に入った。一歩一歩踏みしめるように、やけにゆっくりとした足どりでこちらに近づいてくる。

食事がはじまったばかりのはずなのに、誰だろう。訝しく思っていたら、ノックの音がした。

「あ、起きてたん？」

控えめな足音からして、安藤が部屋に入ってきたのは意外だったが、その手もとを見て合点がいった。両手で持った木の盆には、小ぶりの土鍋に茶碗、急須、湯のみ、といくつもの食器が満載で、バランスをとるのが難しそうだ。

「料理長が、持ってけって。けっこう量あるけど、食えそう？」

畳の上に盆を下ろして息をつき、安藤が聞いた。

「あんまり食欲ないみたいやったって一応言うてんけどな」

「いや、なんか腹へってきた」

「お、だいぶ治ってきたやん」

安藤はうれしそうに言った。ジャージの袖をひっぱり、鍋つかみがわりにして土鍋の蓋を開ける。ぶわりと白い湯気が広がった。

「うん。やっぱ食わんとあかんな」

卵粥《たまごがゆ》のよそわれたねずみの茶碗を受けとって、山根は答えた。料理長は寮生の顔つきから食欲の具合を察するのかと思っていたけれど、見なくても大丈夫らしい。いずれにしても、やはりただ者ではない。

「じゃあ、ごゆっくり」

「これはなんなん？」

立ち上がりかけた安藤をつかまえて、山根はたずねた。盆の中央に、濁った緑色の液体がたっぷりと入ったガラスのコップが鎮座している。

「ああ、料理長特製の栄養ドリンクやって。なんやっけ、マムシ？　なんとかトカゲ？　とにかく、すごい珍しいもんがまぜてあるらしいで」

安藤は悪びれずに説明した。

「どっかで見たことあるような色やなあと思ったら、これ、時計台の前にある沼よな？　ちょうど昨日、あそこにプランクトン取りにいってん」

山根は箸を置き、こめかみを押さえた。せっかく回復してきたというのに、またしてもまいがしてくる。

中央キャンパスの時計台のそばにある人工の池は、水草や藻が生い茂り、そう深くもないはずなのに底が見えない。周りの叢《くさむら》や苔《こけ》むした縁石も含め、確かに池より沼と呼んだほうがふさわしい。澱んだ水はよほど栄養豊富なのか、時折、非常識な体長まで成長した巨大な鯉が水面に顔をのぞかせる。

「おれも川本も味見してみたいって頼んでんけど、もったいないから病人だけやって。他は残していいけど、これだけは絶対ちゃんと飲みきれって言うてた」

そこまで言われては残すわけにいかない。安藤に飲ませてしまうのも一案だが、料理長にはなんとなくばれてしまいそうな予感もした。

「ほな、後で食器は取りに来るから」

階段を下っていく安藤の豪快な足音を聞きながら、山根は観念して沼色のジュースに口をつけた。だいたいにおいて、山根は気が進まないことから先に片づける主義である。気乗りしない物事は、あまりぐずぐず放置しないに限る。

おそろしげな外見のわりに、沼ジュースはまろやかな味だった。草っぽいにおいがして、かすかに酸味もある。ホルマリン漬けの爬虫類《はちゅうるい》の姿を頭から振り払い、かわりに主要な栄養成分の元素記号を思い浮かべて、一気に飲み下した。無事にコップが空になると、気のせいか力がわいてくる気がした。とろとろの粥も残さずたいらげた。

食後は、戻ってきた安藤と、寮長にもらった桜餅をひとつずつ分けあって食べた。二枚の桜の葉で挟まれた餅は、ほんのりとピンク色に染められている。

「この食感がええよな」

安藤がうっとりと言った。

「これは道明寺糒《どうみようじほしい》やで。東京のは小麦粉で作るからつるっとしてるらしいけど、桜餅はやっぱりこのつぶつぶがないとなあ。あとこの、桜味の餡《あん》こも絶妙や！」

グルメ漫画さながらの熱弁を聞き流し、山根はふた口ほどでぺろりと食べてしまった。安藤のほうは、まだ小さな餅をちびちびと大事そうに味わっている。

「こんなうまいもん、発明したひとに感謝！」

塩漬けの葉まで一緒にかじっているのを見て、山根は驚いた。

「葉っぱも食ってんの？」

「え、山根、食わへんの？」

安藤が逆に問い返した。

「もったいない、もらうわ」

山根が残した葉に手を伸ばす。

「やめとけって。うつるで」

「おれは強いから平気やって。それに、さわったのは一瞬やろ？　三秒ルールで大丈夫や」

理系らしからぬ、非科学的な主張である。体調を二の次にしてまで美味を追求するその姿勢はあっぱれともいえるかもしれないが、これで風邪をうつしてしまっても後味が悪い。山根は安藤からパックを取り上げて、桜の葉を二枚まとめて口の中に放りこんだ。

「案外、いけるな」

塩味がきいて、確かにうまい。

「やろ？　やっぱ食いもんは旬が一番やわ」

力強くうなずいた安藤は、思いついたように言った。

「そうや、花見はどうする？」

「もう咲いてるん？」

相槌《あいづち》を返しながらも、山根の脳裏には反射的に下鴨神社の山桜が浮かんでいた。あの大雨でだいぶ花びらが落ちていたようだったけれど、なんとか持ちこたえただろうか。それとも、もう完全に散って葉桜になっているだろうか。

「いや、まだ三分咲きってとこやろ。ここんとこ、雨でだいぶ寒かったし」

「そうか」

あのひとは、ちゃんと花を見られただろうか。傘をさして帰る途中にふと山桜を見上げ、自分と同じように感嘆のため息をもらしただろうか。

「まあ場所にもよるんやろうけど。一昨日《おととい》、宇治キャンパスに行ったら、けっこう咲いとったで」

「そうなんや」

彼女はなぜひとりであんなところにいたのだろう。神社にお参りした帰りだったのだろうか。たまたま敷地を通り抜けようとしていただけだろうか。観光客なのか、それとも近所に住んでいるのか。

「でも今日はあったかいから、こっちのほうも一気に咲くかもしれんな」

「やろうな」

最後に口を開きかけた彼女は、一体なにを言おうとしていたのだろう。雷に邪魔されなければ、どんな声で、どんな表情で、その言葉を口にしただろう。

「満開は週末くらいちゃう？　風邪も治ったことやし、ぱあっと飲もうや」

「そうやな」

だめだ。会話にまったく身が入らない。

「そうや、龍彦《たつひこ》のメール見た？　花《はな》ちゃんが帰ってくるらしいから、ひさしぶりに四人で集まろうって。あれ、どうせなら花見にせえへん？」

「ええよ」

山根は短く答え、頭を振って立ち上がった。閉めきっていた部屋のカーテンをぐいとひっぱる。外はよく晴れていた。

4　春の味

土曜日は絶好の花見日和になった。

安藤が弁当を作ると言うので、山根も買い出しにつきあうことにした。十時の開店時間を狙って、出町の枡形《ますがた》商店街まで自転車を走らせる。

新学期を迎え、百万遍の立て看板はこぞって新入生を歓迎している。交差点で京阪の駅に通じる斜めの道に入り、駅前を通り過ぎて、河合橋と出町橋を順に渡った。デルタではすでに場所取り合戦がはじまっていた。ぽつぽつと点在している青いビニールシートは、午後には三角州を覆いつくすことだろう。賀茂川の上流でも、満開の桜が重たげな枝を水辺へと差しのべている。

河原町通で自転車を下り、押しながら商店街の中へ入った。薄紅色の造花とたれ幕で飾りつけられたアーケードは、子連れの主婦や買い物籠《かご》をぶらさげた老人でにぎわっている。

「お、桜鯛《さくらだい》」

「筍《たけのこ》もあるで」

「うわ、空豆もうまそう」

物色しているうちに目をひく食材はいくつも見つけたが、予算と調理時間を考えあわせて、結局は定番のおかずに落ち着いた。スーパーでウィンナーと卵とほうれん草、安売りにつられてスナック菓子もいくつか調達し、惣菜《そうざい》の店で鶏《とり》のからあげと大学芋を買って、最後に入口近くの酒屋までひき返した。六本パックの缶ビールをひとつずつ前籠に積み上げると、自転車はずんと重くなった。

寮に戻り、さっそく準備にとりかかった。米は、料理長に頼んで朝食のとき余分に炊いてもらっておいた。各々の部屋についている小さな流しとコンロでは不便だろうと、料理長は寮の厨房を使う許可もくれた。

「ちゃんと片づけるなら、なんでも自由に使っていいって」

綺麗に整頓された厨房に入ると、安藤は流しの下から重そうな四角いフライパンを取り出した。普通の卵焼き器の三倍はある。

「いつも朝めしに出てくるやつ、これで作ってるんよな。いっぺん使ってみたかってん」

新しい玩具《おもちゃ》を手にした子どものように、黒光りしている表面をなでている。それから卵のパックをばりばりと開け、十個全部をボウルに割り入れた。押しあいへしあいしている黄身に容赦なく菜箸をつっこんで、くるくるとかき回す。

真剣な表情で卵を焼いている安藤を横目に、山根はひたすらおにぎりを作り続けた。熱々の米を手のひらに薄く広げ、真ん中に具をのせる。中身は、ほぐした鮭《さけ》、鰹節《かつおぶし》、梅干の三種類だ。それぞれをくるみこんできゅっと握り、両手で俵形に整える。最初のうちは不恰好《ぶかっこう》で大きさもそろわなかったのが、だんだんうまくなってくる。うまくなってくると面白い。そういえば小さい頃、山根は泥団子をまるめるのが好きだった。母親いわく、近所の公園で何時間でも飽きずに作り続け、小さな砂場の底が見えたこともあったそうだ。

「料理って、実験と似てるよな」

ウィンナーに大きな包丁で器用に切れ目を入れながら、安藤が言った。ほんまやな、と山根も賛成した。専用の道具を使うし、材料を量ったりまぜあわせたり、通じる部分はあるかもしれない。

「でも、おにぎりは料理ってほどのもんやないけど」

「いや、これこそ基本やで。あったかくても冷めてもうまいし、冷凍もできるし。日本人の大発明やわ」

具をすべて使いきって二十個ほどのおにぎりができあがった後、釜の底に残っている米をこそげとり、素朴な塩むすびもいくつか作った。海苔《のり》を巻き、数個ずつまとめてアルミホイルで包む。安藤のほうも完成に近づいていた。ほうれん草の緑と卵の黄色にタコの形のウィンナーが赤みを添え、なかなか彩りよくしあがっている。

「うまそうやん」

山根が手を伸ばしかけたら、安藤はすばやく蓋を閉めた。

「あかんで。味見はこっち」

まな板に残っていた卵焼きの切れ端をつまみ上げ、山根によこす。香ばしく焦げ目のついた卵は、優しいだしの風味がきいていた。

洗いものと片づけもすませて、十二時前には用意が整った。寮の玄関を出て自転車にまたがり、山根はたずねた。

「そういや、花見ってどこでやるん？」

「山根」

安藤が不意に真顔になった。

「お前、大丈夫か？」

「え？　なにが？」

山根は当惑して聞き返した。

「風邪ひいてから、なんかおかしいで。ずっとぼんやりしてるやん。花見やって、いつもならしゃんしゃんしきってくれるのに、今回は全然やし」

万事のんびりと大雑把で、あまり他人に気を回すほうではない安藤にしては、鋭い指摘だった。ここ数日ほど持て余している落ち着かない気分は、山根が自分で思っていた以上にわかりやすく表に出てしまっていたらしい。

「すまん」

「ちゃうねん、責めてるわけやなくて」

山根が謝ると、安藤はあわてた様子で首を振った。

「幹事はたいていお前に任せっぱなしなんやし、たまにはやるよ。ただ、無理してるんやないかと思って。ほんとはまだしんどいんちゃうの？」

「いや、大丈夫」

今度は山根が首を振った。体調はもう万全だ。

「ほんまに？　無理せんほうがええで」

「大丈夫やって。元気、元気。熱も完全に下がってるし」

今朝も計ってみたから間違いない。あれ以来どうも微熱が残っている気がして、つい体温計に手が伸びるのだが、水銀は毎回ちゃんと平熱を示す。心配されるようなことはなにもないはずだ。

「そんならええけど。じゃあ今日は、快気祝いやな」

安藤がにかりと笑い、自転車を出した。

「場所は、着いてからのお楽しみ」

風を切って進んでいく広い背中を追って、山根も力いっぱいペダルを踏みこんだ。

京都御苑《ぎょえん》に着いたのは、十二時ぴったりだった。今出川通に面した門の前で、龍彦と花が並んで待っていた。

花のほうが、自転車で近づいていく山根たちをいちはやく見つけて、手を振った。

「ひさしぶり！」

四人で手分けして荷物を持ち、御苑の砂利道をぐるりと一周した。中心にある御所《ごしょ》のほうは事前に申しこまなければ参観もできないが、周辺の御苑には誰でも自由に入れる。犬の散歩やジョギングをしている人影もちらほら見かけた。桜の具合を見ながら相談し、しだれ桜が寄り集まって咲いている芝生の上でレジャーシートを広げた。

「おお、ばっちりや」

山根は靴を脱いで足を投げ出し、見事な桜を見上げた。はらはらと花びらが流れていく。穏やかなそよ風が心地よい。

「ここで花見できるなんて、全然知らんかったなあ」

御所は厳重に管理されている印象が強く、山根はてっきり御苑でも飲み食いは禁止だと思っていた。その先入観が大半の人々に行き渡っているおかげで、花見客が少ないのだろう。

「意外だよねえ。すごい穴場じゃん」

「安藤、よう知ってたなあ」

花と龍彦も感嘆の声を上げている。

「こないだ、錦で店のおばちゃんに教えてもろてん」

得意げに胸を張った安藤には、錦市場にいくつか顔なじみの店があるらしい。錦には「京の台所」の名にふさわしい老舗や高級食材の店が多く、学生の身で実際に買える量はしれているのだけれど、たびたび足を運んで店先で食材を眺めたり質問したりしているうちに覚えられてしまったという。観光客にも地元の常連にも見えない独特の風貌も、目立つのかもしれない。

「食いもんの薀蓄だけじゃなくて、こういう役立つ情報ももらえるんやな」

山根は感心してみせた。

「ただなあ、悪いけど花火は禁止やねん」

「さすがにここで花火する勇気はないって。つかまるやろ」

「いや、お前ならやりかねん」

ふたりのやりとりを聞いて、花がくすくすと笑った。

「山根くんと安藤くんのかけあい漫才も、ひさびさだな」

花はこの三月に大学を卒業し、今は東京で勤めはじめている。京都を出てまだひと月とはいえ、やはり社会人になればがらりと雰囲気が変わっているだろうと山根はひそかに思っていたのだが、外見には特に変化はない。服装も、学生時代に古着屋でアルバイトをしていたときと似たようなものである。相変わらずややこしい重ね着をして、色とりどりのビーズをつなげた首飾りをぶらさげ、つばの広い花柄の帽子をかぶっている。

「仕事はどうなん？　楽しい？」

山根はたずねてみた。

「まだよくわかんない」

花が首をかしげる。

「今は研修中だし。いろいろ新しいことだらけで、面白いけどけっこう疲れる」

「そっかあ。想像できんな」

「現場に出たらもっと大変なんだろうけどね。まあ、どうにかなるんじゃないかな」

東京も、就職も、山根にとってははるかに遠い。遠すぎてどんなふうなのか見当もつかない。その未知の世界でなんとかうまくやっているらしい花を、少し尊敬もする。

「でも、やっぱり京都に帰ってくると落ち着くよ。ひさしぶりでみんなに会えるのもうれしいし」

「花ちゃんだけちゃって、龍彦もひさしぶりよな。全然連絡してこんねんもん」

安藤が横から割りこんだ。

「悪い、悪い。三月中にもいっぺん顔出そうと思っててんけど、気がついたらいつのまにか四月になってしもて」

龍彦は悪びれた様子もなく、頭をかいている。

「学会やら発表やらでたてこんでて、つい」

数学科に籍を置く龍彦は、研究にのめりこみすぎるきらいがある。ひとたび集中すると、他のことがなにひとつ手につかなくなってしまうのだ。山根にしても安藤にしても、研究に没頭してその他もろもろが後回しになってしまう傾向はあるものの、龍彦の常軌を逸した熱中ぶりにはかなわない。飲まず食わずでひたすら論文を書き続け、倒れて病院に運ばれたこともあった。

「お前、いっつもたてこんでるやん。引越したらなんも音沙汰ないなんて、薄情なやっちゃわ」

つい先月までは、龍彦も寮に住んでいた。院に上がった今年から、花がそれまで住んでいたワンルームの部屋を引き続き借りる形で、ひとり暮らしをはじめている。気分を変えてみたかったから、などと本人は嘯《うそぶ》いていたけれど、一番の理由は花に違いない。遠距離恋愛になってしまった恋人が京都に来るときに、寮暮らしではなにかと不自由だろう。

「おれの部屋、もう誰か入ってきた？」

寮は定員が限られている上に、山根たちのように一度住みはじめるとなかなか出ていかない学生が多く、入れ替わりはあまり激しくない。それでも毎年ひとりかふたりは卒業生が出て、かわりに新顔がやってくる。

「それが、決まらんかってん」

この春空いたのは龍彦の部屋だけだった。希望者はいたようだが、例の面接を突破できなかったらしい。

「新入りが来んとつまらんわ。日本酒もお預けやし」

安藤の切なげなつぶやきは、明らかに後半部分に心がこもっていた。狙いは初々しい一回生を迎え入れることというより、イベントごとに寮長から振舞われる日本酒にあるようだ。

「あ、でも、とりあえず今日は一本持ってきたで。春休みに実家からもろてきたやつ。ていうか、こっそり持って帰ってきたんやけど」

安藤が一升瓶をかかげてみせる。龍彦と花が目を輝かせ、同時に声を上げた。

「さすが、安藤」

「さすが、安藤くん」

数学ばかの龍彦とおしゃれで多趣味な花は、つきあいはじめた当初はまったく共通点がなさそうに見えていたのに、カップルというのはだんだん似てくるものなのだろうか。

シートの中央に食べものをずらりと並べると、豪勢な花見の宴《うたげ》になった。大きな弁当箱ふたつに龍彦たちが持参したサンドイッチと苺《いちご》も合わせ、かなりの量である。缶ビールで乾杯してだらだらと食べはじめ、ビールをひとしきり飲んでから、安藤の日本酒に切り替えた。

紙コップに注いでもらった酒を四分の一ほど飲んだところで山根の体はぽかぽかと熱くなり、半分までいくとぼうっとしてきた。しばらく酒を飲んでいなかったせいか、回るのが早い。ぼんやりと桜の枝を見上げていたら、龍彦に怪訝《けげん》そうに問いかけられた。

「なんや山根、もう飲まへんの」

「こいつ、病み上がりやから。こないだまで風邪で寝こんどってん」

安藤が説明する。

「え、そうなん？」

「うそ、大丈夫なの？」

龍彦と花に両側から顔をのぞきこまれて、山根はあわてて首を横に振った。

「いや、もう治ったから。全然平気」

「せやけど、まだ本調子ちゃうやろ。なんか朝からおかしいんよな」

「そんなことないって」

「まあ、山根がおかしいのはいつものことやけど」

安藤は心配してくれているのかいないのか、よくわからない。

「確かに、山根くんがこのペースでしか飲まないっていうのは、ちょっと心配」

「ほんまやなあ。言われてみれば、今日はおとなしいよな」

「いつもがうるさすぎるってのもあるけどな」

安藤がまたまぜ返す。

「うるさいのはお前のほうやろ。ほっといてくれ」

山根は苦笑して、酒の残りを飲み干した。箸を取り、安藤の力作、タコのウィンナーを口に放りこむ。ひっきりなしに桜が舞い落ちてきて、弁当はすでに花びらまみれになっていた。いちいち取りのけるのが面倒で、皆かまわずに食べてしまっている。

「風流だねえ」

ほろ酔いの花が、上機嫌で言った。

「なんや、桜餅くさくない？」

桜のくっついたおにぎりにかぶりつき、龍彦が鼻をうごめかした。

「その言いかた、なんだかなあ。もっと言いようがあるでしょう？　桜の香りとか、春の味とかさ」

「だって、桜餅のにおいがするんやもん」

「それはクマリンとちゃうかな」

山根は口を挟んだ。確か桜の花や葉には、ごく微量の芳香成分が含まれているはずだ。中でもクマリンは、抗菌作用や抗炎症作用を持つ化合物である。

「クマリンやったら、花びらより葉っぱのほうやで」

安藤が後をひきとった。

「葉っぱを塩漬けにすると、香りの成分が出てくるねん」

「ほう」

「けっこういろんな効能があるんよな。静脈の内圧を下げたり、リンパの排泄《はいせつ》をうながしたり、あとはアルツハイマーとかがんの予防にも効くらしいで」

「なるほど」

「ちなみにセリ科とかマメ科に多い。あとは柑橘《かんきつ》類もやな。あ、でも、とりすぎると肝臓に悪いらしいけど」

安藤のよどみない講釈を聞いて、龍彦はふんふんとうなずいている。

「ああ、だめだめ、理系男子諸君は」

花が芝居がかった仕草で額をおさえ、割って入った。

「風情もなにもないじゃん。クマリンって名前はかわいいけど」

「かわいいか？」

「別にかわいくないやろ」

「や、でも語呂はいいよな」

「もう、そういう問題じゃないんだってば」

またしてもはじまった「理系男子諸君」のやりとりを、花はむくれてさえぎった。

「女心としてはね、科学的な説明よりもロマンが必要なの」

「ロマン？」

「そう。そんなんじゃ女の子にもてないよ」

「そういうもんかあ」

安藤が首をかしげた。

「まあ別にいいけどな」

龍彦が肩をすくめ、次のおにぎりに手を伸ばす。

「たっくんは、もてなくていい」

すぐさま花がぴしゃりと切り返した。山根はシートに落ちた桜の花びらをひとひらつまみ上げ、鼻に近づけてみた。特になんのにおいもしない。

「もういい。みんなに期待したわたしが間違ってました」

花はふてくされて紙コップの中身をあおっている。女心とか言っているわりに、ずいぶん男らしい飲みっぷりだ。

山根は指から力を抜いた。さっと風にさらわれてしまった花びらの行方を目で追いながら、遠慮がちに聞いてみる。

「じゃあ、どうしたらいいん？」

花が振り向いて、山根をまじまじと見つめた。それから、空になった紙コップを放り出して、ずいと身を乗り出した。

「ひさかたの」

顎を上げ、頭上の桜に向かって朗々と声を張り上げる。

「光のどけき春の日に」

「なにそれ？　五七五？」

形ばかり問いかけたものの、あまり興味はなさそうな龍彦を無視して、花は抑揚をつけて下の句を続けた。

「しづ心なく花の散るらむ」

暗誦《あんしょう》を終え、山根のほうに向き直る。

「紀友則《きのとものり》。古今集、あと百人一首にも入ってる」

「和歌か。さすが、文学部やなあ。確かに風流やわ」

安藤がうなった。

「文系理系じゃなくて、気の持ちようだよ」

花は断固とした口調で言いきる。

「で、どういう意味なん、その歌？」

「こんなにのどかな春の日に、どうして桜の花はあわただしく散っていくんだろう、みたいな感じかな」

「風が強いんやろ、今日みたいに」

「そうやな。桜は満開過ぎたら早いからな」

「だから、原因が知りたいんじゃないんだってば」

龍彦と安藤の科学的解釈に、花が苦笑する。

「綺麗だけどなんとなくさびしい雰囲気もあって、いい歌でしょ」

男ふたりがきょとんとして顔を見あわせる。

「さびしいか？　だって、花見してるんやろ。楽しいに決まってるやん」

「昔のひとの考えることは、ようわからんなあ」

ひさかたの、ひかりのどけきはるのひに。

首をひねっている安藤たちを横目に、山根は小さく口ずさんでみた。花の言った意味がなんとなく伝わってくる。うららかな春の陽光に照らされた桜は確かにひどく美しいのに、胸がすうすうして心細い。しづこころなく、はなのちるらむ。

「山根くん、もしかして」

花が耳もとでささやいた。

「好きなひと、できた？」

山根は絶句した。

花が満面の笑みを浮かべ、いきなり立ち上がった。酒を酌みかわしている安藤たちに声をかける。

「アイス買ってこようかな。みんなも食べる？」

即座に二本の手が挙がった。

「ガリガリ君のソーダ味、いやコーラ味」

「雪見だいふく」

「あ、やっぱおれも雪見だいふく」

「了解。じゃあ、ちょっと行ってくるね」

花はにこやかにうなずいた。サンダルをつっかけ、硬直している山根を見下ろす。

「ほら、山根くん、行くよ」

山根はふらふらと立ち上がった。ざあっと強い風が吹き、また空から桜が降ってきた。

コンビニで、花はまずアイスを二本買った。

「あのふたりの分は、帰りに買おう」

自動ドアの傍らに置かれたベンチに腰かけて、山根にも隣に座るようにうながした。ぺりぺりと包装紙をはがし、涼しい水色のアイスキャンデーをひとなめしてから、口を開く。

「さて、じっくり聞かせてもらいましょうか」

「ちゃうんやって」

もちろん、山根は否定した。

好きなひとだなんて、とんでもない。その概念すら、山根にとっては理解の外にある。小学校や中学校で時折そういう単語を耳にすることはあっても、たまたまクラスメイトのお喋りがもれ聞こえてくる程度だったし、高校で男子校に通いはじめてからはそんな機会もなくなった。大学は共学とはいえ、同じ学科の百五十人のうち女子はたった二人だった。寮で話題になるのは、「好きなひと」ではなく「好きな昆虫」や

「好きなアニメのキャラクター」である。

「じゃあ、なにがあったの？　なにかあったんでしょ？」

「なんもないよ」

嵐の宵に、見知らぬひとと一瞬すれ違っただけだ。相手はどこの誰かもわからない。もう一度顔を合わせる可能性だって、おそろしく低い。「なにかあった」と表現するのは大げさすぎる。

「うそだあ。なんで隠すの？　ますます怪しい」

「花ちゃんこそ、いきなりなんなん？　おれ、なんかおかしい？」

「おかしい」

花は勢いよくうなずいた。

「安藤くんの言ってた通りだよ。今日の山根くん、おかしい。超おかしい。ずうっとそわそわしてるし」

そわそわしているだろうか？　うん、しているかもしれない。

「すぐため息つくし」

ついているだろうか？　ううむ、ついているかもしれない。

「気がつけば黙ってる。話に集中できてない」

確かに。

「でしょ？」

花が勝ち誇ったように言う。山根はため息をつき、黙りこんだ。どうやら墓穴を掘ってしまったようだ。

「病み上がりやから」

安藤の言葉を思い起こして抵抗してみたのも、不発に終わった。

「体調じゃないでしょ。もっとこう、気持ち的なとこでしょ」

花はアイスの棒をごみ箱に投げ捨てて、また座り直した。満足いく答えが聞き出せるまで戻るつもりはないらしい。手強《てごわ》い。安藤とは比べものにならない。アルコールが入っているのも厄介である。

華奢で女の子らしく見える花は、実はけっこう気が強い。一度思いたったら譲らない、強情なところもある。なにせ、山根と同じく「好きなひと」などという言葉とは縁遠かったはずの龍彦を一途《いちず》に追いかけて、その後もマイペースな恋人をひっぱって仲良くやっている。芯のしっかりした性格のおかげだろう。

「ええと、実は」

山根はあきらめて口を開いた。もっとも、ほんのわずかな説明で十分だ。下鴨神社で、雨宿りしている女のひとに、傘を渡した。

「それで？」

「それだけ」

花はぱちぱちと目をしばたたいた。拍子抜けしたのだろうと山根は思った。ひと言にまとめてしまえば、本当にささやかな出来事である。

しかし次の瞬間、花は矢継ぎ早に質問をはじめた。

いつ？

時間帯は？

他に誰もいなかったの？

下鴨神社のどのへん？

なにか喋った？

「四月一日。時間は夕方」

山根はもはや抗わずに、ひとつひとつ正直に答えていった。隠すようなことでもないし、記憶は今も色あせていない。激しい雨音も、満開の山桜も、薄闇を切り裂いた雷光も、胸にくっきりと刻みこまれている。それにどの道、花の好奇心が満たされるまでは解放してもらえそうにない。

「急にがんがん雨が降ってきて。ものすごい雷が鳴って」

参拝客は皆あわてて帰っていった。そのひとだけが、楼門の陰で雨宿りをしていた。困っているようだったから傘を渡した。特に話はしていない。

「すごい、山根くんかっこいい。王子様じゃない」

聞き入っていた花が、うっとりと言った。瞳が少し潤んでいる。

「そない大げさな」

山根がもそもそと否定したのも、耳に入っていないようだった。花は興奮すると、あまりひとの話を聞かなくなる。

「前言撤回。さっきはロマンがわかってないなんて言ってごめん」

興奮した花は、ひとの話を聞かない上、自分の知りたいことだけをたずねる。

「それで、どんなひとだったの？」

「どんなひとって……」

律儀に回答してきた山根は、そこではじめて言いよどんだ。花は口をひき結び、じいっと山根の目を凝視している。

「色が白かった」

山根は言った。花は動かない。まばたきもしない。もともと大きな目を、ますます見開いている。

山根は降参することにした。

「綺麗なひとだった」

花が両手で口もとをおさえた。笑っている。それからその手を山根に差しのべ、両肩をがっしりつかんで、強く揺さぶった。

「山根くん。おめでとう」

それが恋というものなりけり、と花は言った。もう一度姫に会いたければ、下鴨神社に毎日参拝すべし。


「神頼みかあ」

雪見だいふくをひと口かじって、龍彦が言った。

「下鴨ならご利益あるんちゃう？　ほら、縁結びの社《やしろ》もあるし」

安藤ももぐもぐと口を動かしつつ、のんびりと応じる。

「ちょっとふざけないでよ。こっちは真剣なんだから」

花がむっとした様子で言い返し、ねえ、と山根の同意を求めた。

「それに、ただお参りするだけじゃないんだってば。下鴨に通ってたら、また姫に会えそうじゃない？　同じくらいの時間帯を狙うのがいいかもね」

その明快かつ前向きな発想も、姫という呼び名も、花らしいといえば花らしい。

「もう一回会えたら、ちゃんと名前と連絡先を聞くんだよ」

「そんなん、教えてくれるかなあ？」

「平気平気、だって貸しがあるんだから。それに山根くん、どうしたって悪いひとには見えないもん。警戒心は持たれないはず」

花は自信満々で請けあった。

「あんまり身構えずに、自然な感じで聞き出せばいいよ」

「いや、無理。絶対無理」

山根は暗澹《あんたん》とした気分になった。「身構えずに、自然な感じで」なんて、不可能だ。絶対ぎこちなくなる。絶対しどろもどろになる。

「そんな考えこむことないって。軽く世間話でもしてさ、せっかくだからメールアドレスでも交換しませんかって言えばいいよ」

花は山根の抗議にはとりあわず、あくまで強気である。そんなに簡単にいくものだろうか。それに世間話と言われても、なにを話せばいいのか皆目思いつかない。次々と浮かんでくる疑問に、山根の頭は占領された。

「ひょっとしたら、姫のほうからお礼にお茶くらい誘ってくれるかも」

花にたたみかけられて、動揺はさらに募った。

「ええ？　ほんまに？　それってどうしたらいいん？」

「そりゃあ、のるしかないよね」

「せやけど、普通にのこのこついていって平気かな？　あつかましいって思われへん？　断っといたほうがいい？」

うろたえる山根に、花は釘《くぎ》を刺した。

「断っちゃだめ。絶対だめ。そこで、じゃあ次は僕がごはんでも、っていう流れになるわけでしょ」

なるだろうか。果たして。

「うぅん、難しいなあ……大丈夫かなあ……」

「大丈夫だよ。もしなにかあっても、わたしがついてるから。いつでも連絡してよ」

意気ごむ花を、龍彦が横から茶化した。

「力入ってんなあ」

「友達なんだから、協力するのが当たり前じゃない」

花が熱く切り返す。本当に、いやに真剣である。気を遣ってくれるのはありがたくもあるものの、どうも大ごとになってしまった。

「姫だって、気にはなってるはずだもん」

「そうやろか」

「そうだってば！　それに、犯人は必ず現場に戻るって言うじゃない？」

「おお、なんか小説みたいな言い回しやな」

「だからふざけないでって」

「でも、確率はそうとう低いやろ」

龍彦が宙に目を泳がせる。頭の中でなにか数式を組みたてているのだろう。山根には龍彦のように細かい計算はできないけれど、再び彼女とめぐりあえる確率が限りなくゼロに近いことくらいは、たやすく予測がついた。

「そうやんなあ」

山根が肩を落としていたら、花が居ずまいを正し、口調をあらためた。

「山根くん、ひとつ言っていい？」

花につられて、山根もシートの上で正座した。安藤たちもなぜか従う。通りかかった親子連れが四人に目をとめ、すぐにそらした。

「会えないだろうってあきらめるのは、逃げだよ。会えなかったときにがっかりするのがこわいからだよ」

花はまっすぐに山根を見据えた。まなざしが、強い。先ほど社会人の話をしていたときよりもさらに大人の風格が備わっている。同い年とは思えない。

「でもね、それって違うと思う」

花の声にいっそう力がこもった。

「あきらめたら、うまくいくものもうまくいかなくなっちゃうもん。やれること全部、やりつくさなきゃだめだと思う」

だって、と花は言い添えた。だって、せっかく出会えたんだよ。

「わかった？」

「はい」

山根はしおらしくうなずいた。

「わかったら、よろしい」

花が威厳たっぷりにしめくくる。

「じゃあ、乾杯やな」

「せやな、乾杯やな」

安藤がいそいそと一升瓶を持ち上げ、龍彦が手早く四つのコップを並べる。

「山根に」

「山根に」

合わせたコップの中には、花びらがひとひら浮かんでいた。一気に飲み干すと、ほんのりと春の味がした。

5　姫

どうも構内にひとが少ないと思ったら、世間はゴールデンウィークに入ったらしい。講義は暦に合わせて休みになるし、飛び石連休の間に挟まれた平日は休講になる授業も多く、大学にやってくる学生の数が減るのだ。そういった事情の当てはまらない、山根たちのような理系の院生ばかりが、閑散とした初夏のキャンパスにたむろしている。土日の休みを除いて、毎日規則正しく研究室に顔を出し、毎日規則正しく実験に勤《いそ》しんでいる。

山根の場合は、その規則正しい生活に、下鴨神社での散歩も組みこまれている。花の励ましをそっくり鵜《う》呑《の》みにしたわけではないが、やれるだけのことはやったほうがいいという主張に異存はないし、あれだけ息巻かれては辞退もしかねる。それに正直、こういう事態に慣れていない山根にとって、頼れるのは花の言葉くらいでもある。

手が空いたときを見計らって研究室を抜け出し、自転車を走らせる。実験の進み具合や先生のご機嫌によって、日ごとに時間はばらばらだ。平日だと夕方が比較的多く、週末などは朝方や昼頃に出かけたりもする。いつも御蔭橋を渡りきったところで自転車を下り、徒歩で糺の森をぐるりと回る。

下心を差しひいても、下鴨神社の境内は十分に魅力的な散歩コースだ。奥の本殿へとまっすぐに続く広い参道を行くときもあれば、横にそれて小川沿いの細い道を歩く日もある。もちろん、楼門ははずせない。山桜の前で、山根は決まって立ち止まってしまう。咲きほこっていた花はすっかり落ちて、かわりに若々しい葉が梢《こずえ》を飾っている。

このれびの下で、会えるだろうか、と自問する。もう二度と会えないかもしれない、いや、思いのほか近いうちに会えるかもしれない。思考はひたすら堂々巡りを続ける。やっぱり無理だろうか。でもなんとか会いたい。とりとめなく想いをめぐらしているうちに、いつのまにか時が経っているのだった。

まだ時間に余裕があれば、門の向こうにも足を延ばす。結婚式に行き当たり、白無《しろむ》垢《く》姿の花嫁や、にぎやかに談笑する参列者を見かける日もあった。そうでなくても、本殿のほうは糺の森に比べて全体に人通りが多い。髪の長い女性が視界に入るたびに、山根の心臓は一瞬びくんと跳ねる。ただし、ほんの一瞬だけだ。どういうわけか、遠目で顔がよく見えなくても、姫ではないとすぐにわかる。

定点観測というのではないけれど、毎日通っていると、木々の緑が日に日に濃くなっていくのが実感できた。みっしりと茂った葉の間からこぼれてくる陽《ひ》ざしも、夏に向けてどんどん強さを増している。寮長の言う通り、同じ場所に日参していれば、変化ははっきりと目に入ってくるものだ。

でも、この日の「変化」は一味違っていた。

まだ十時過ぎだというのに、参道の入口からやけにひとが多かった。皆、カメラや携帯電話を手にしている。何事かと訝りつつ奥へ進んでいくと、行く手にさらなる非日常的な光景が現れた。

雛人形《ひなにんぎょう》を思わせる衣裳《いしょう》で着飾った人々が、楼門のほうへとゆっくり歩を進めていた。水色、ピンク、淡い紫といったパステルカラーの小袿《こうちき》の下に、おそろいの朱色の袴《はかま》を合わせ、ひとつに結んだ長い黒髪を背中に垂らしている。どこからか笛や太鼓の雅《みやび》やかな音楽も聞こえてきて、まるで昔話の一場面に迷いこんでしまったような気分になった。

「あれ、なんですか?」

ちょうど通りかかった警備員に聞いてみたら、うさんくさそうに顔をしかめられた。

「女人列《にょにんれつ》ですよ。今日は禊《みそぎ》の儀ですから」

そんなことも知らないのかと言わんばかりの、ぶっきらぼうな口調だった。ニョニンレッツもミソギノギもなんのことだか意味不明だったが、それ以上つっこんだ質問は差し控え、山根は軽く頭を下げて行列の後を追った。色鮮やかな和服姿の一団は、二列になって行進していく。先頭はすでに楼門をくぐってしまって、全部で何人いるのかはわからない。見える限りではすべて女性のようだった。

ニョニンレッツは女人列か、と遅まきながら山根は諒解《りょうかい》した。しかし、ミソギノギ、とはなんだろう。祇園《ぎおん》祭や葵《あおい》祭に代表されるような京都の伝統行事について、山根はあまり詳しくない。心躍るのは大文字の送り火くらいである。

楼門の中は大混雑だった。観光客ふうのグループや家族連れ、それにカメラ機材を背負ったマスコミらしき一団まで、老若男女でごった返している。もう帰ろうかとひき返しかけた山根は、神服殿《しんぷくでん》のあたりで後ろから呼びとめられた。

「あれ、山根先輩」

振り向いたら、見慣れた坊主頭が目の前にあった。寺田だった。ひといきれにのぼせたのか、色白の肌を上気させている。

「これ、なんなん？」

山根はたずねた。

「禊の儀ですよ」

「ミソギノギって、なに？」

「ご存じないんですか？　葵祭で女人列に参加する女性たちが、身をきよめる儀式です」

寺田は先ほどの警備員とよく似た表情を浮かべつつも、親切に教えてくれた。

「葵祭って、十五日やないの？」

「本番の行列はそうですけど、その前にもいろいろ行事があるんですよ。昨日はここで流鏑馬《やぶさめ》もやってました」

そちらのほうには、山根は出くわさなかった。昨日は夕方遅めの時間に来たので、すでに終わって片づけた後だったのだろうか。

「でも山根先輩、それを知らずにどうしてここに来てはるんですか？」

「いや、たまたま通りかかって」

山根はなんとなくごまかした。

姫の話を知っているのは、安藤、龍彦、花の三人だけだ。秘密にしているつもりはないけれど、他人に一から説明するのは長くなるし、照れくさい。第一、寺田を含めた寮生にせよ、研究室の連中にせよ、誰もそんなことに興味は示さないだろう。実際、花は別として、安藤や龍彦もあえて踏みこんで聞きたがるでもなかった。

「寺田は、わざわざ見に来たん？　ひとりで？」

山根は逆に聞き返してみた。

「はい」

「こういうの、好きなんや？」

日頃の嗜好《しこう》からして、こうした行事の醸し出すどこか現実離れした空気に惹かれるというのはわかる気がしたが、寺田はあっさりと否定した。

「いいえ、僕も今日がはじめてです。今年は親戚が出てるので見にきてみました」

「そっか、寺田って京都出身やったっけ」

「はい。家族も親戚も、ほとんど京都ですね」

「すごいな、葵祭に親戚が出るなんて」

そんなに関心がないとはいえ、大勢の観光客がやってくる有名な行事だということくらいは山根も知っている。

「まあ、言ってみたら地元のお祭りですから。町内会でお神輿《みこし》をかつぐのと一緒ですよ」

寺田は笑った。

「それに、葵祭本番の行列のほうは、京都以外のひとも参加するじゃないですか。確か去年、安藤先輩も」

「ああ、そうやった」

葵祭の行列に、安藤はエキストラのアルバイトとして参加していた。山根も見物に出かけたものの、あまりの混みように音を上げて、牛車《ぎっしゃ》を牽《ひ》く安藤の姿をひと目見ただけで帰ってきてしまった。正しくは、安藤は牛車を牽くのではなく、押していた。ものものしい車は牛だけで動かすには重すぎて、人間の手助けも必要なのだそうだ。半分は牛、もう半分は人力の、いわばハイブリッドカーになる。動力エネルギーの観点からは、なかなかエコに配慮した乗りものだ。めちゃめちゃ重いねんで、でも牛かて気の毒やしなあ、というのが、心優しい安藤の弁である。

「今年もやるって言ってたで」

安藤はこのアルバイトをすっかり気に入ったようで、また応募したと聞いている。

「じゃあ山根先輩、一緒に応援に行きませんか？　安藤先輩のコスプレをぜひ見てみたいですし」

「ええよ、そうしよか」

山根はうなずいた。あれはコスプレと呼べるのだろうか。白い装束と烏帽子《えぼし》という簡素な下級役人の格好は、体格のいい安藤にはけっこう似合っていたけれど。

むだ話をしているうちに、神事を終えた女人列が再び姿を現した。観客たちがこぞって行列のほうに殺到する。

「すみません、失礼いたします」

言葉遣いだけは非常に礼儀正しく、寺田は強引に人波をかきわけて前へ進んでいく。山根も後に続いたものの、最前列には程遠かった。人垣の向こうに明るい色の衣裳がちらちらと見え隠れしている。

懸命に伸び上がっていたら、寺田にぐいと手首をひっぱられた。

「先輩、見えますか？　ほら、こっち」

前に並んだ頭の狭間《はざま》から、女官装束の何人かが見えた。子どももいる。きちんと白粉《おしろい》を塗り、紅をさしている。

「お姉様！」

寺田が叫んだ。空いている左手をさかんに振り、ついで山根の腕をつかんだままの右手も挙げる。ボクシングでレフェリーが勝者の手を取り、ウィナー、と宣言するときの、あの格好である。

「お姉様！」

寺田の絶叫に、行列の何人かが振り向いた。目をまるくしている者も、微笑《ほほえ》んでいる者もいる。声が届いたのを確認した寺田は、山根の手を放してうれしそうに言った。

「見えました？　お姉様もこっちに気づいてくれたみたいでしたね」

満足げな寺田の横で、山根のほうは、行列よりも周囲の視線ばかりがずっと気になっていた。殺伐とした空気がそこはかとなく漂っている。当然だろう。山根の鼓膜もまだびりびりとしびれている。

　行列が去ると、境内は落ち着きを取り戻した。集まった人々も三々五々散りはじめる。

「来た甲斐《かい》がありましたね！　お姉様、綺麗だったなあ！」

　まだ少しばかり躁《そう》状態の寺田に、山根はたずねてみた。

「なあ、もしかして、寺田ってものすごいぼんぼん？」

　お姉様、という単語を生で聞くのは、山根にとって生まれてはじめての経験だった。寺田の言いかたはわざとらしく気どった調子ではないものの、やはり違和感は強い。

「いいえ、滅相もございません」

　寺田が慇懃《いんぎん》に答える。

「母の実家は裕福ですけれど、父は普通のサラリーマンですし。ものすごく、庶民です」

　確かによく考えてみれば、「ものすごいぼんぼん」なら寮には住まないだろう。なにも好きこのんで、四畳半、風呂トイレ共用の共同生活を送ることはない。

「お姉様のおうちはけっこうすごいですけどね。伯父《おじ》が長男で、本家の跡継ぎなので」

「お姉様って、いとこなん？」

お姉様と発音するだけで噛みそうになる山根のほうが、おそらく寺田よりもはるかに「ものすごく庶民」に違いない。

「はい。ひとりっ子で、両親も厳しくて、なかなか大変そうですよ」

「生粋のお嬢様なんやな」

それならお姉様という呼び名もふさわしいかもしれない。行列にはそういう良家の子女たちが参加するのだろうか。ちゃんと見られなかったが、皆、上品そうな顔だちだった気もする。

「先輩、これからお食事でもいかがですか？」

「せやなあ」

携帯電話で時間を確かめようとして、山根はメールの着信に気づいた。研究室のメーリングリストからだ。

何気なく開いてみて、ぎょっとした。

〈注意！　先生変身間近！〉

「悪い、帰るわ」

寺田への挨拶もそこそこに、山根は参道を走りはじめた。視界の先で、典雅な女人列の最後尾がちょうど南の鳥居をくぐり、角を曲がって見えなくなった。

明くる日は朝から雨だった。寮の玄関で、ずらりと並んだ靴の列から山根が自分のものを探そうとしていたら、安藤も階段を下りてきた。

「鬱陶しい天気やなあ。せっかくええ季節になってきたのに、勘弁してほしいよな」

黒いゴム長靴に足をつっこみながらぼやいている安藤に、

「今日は歩きにするわ」

と山根は言った。弱い雨なら傘をさして自転車に乗るときもあるけれど、今朝は風が強すぎる。重量のある安藤ならいざしらず、小柄な山根はバランスを取りづらく、ゆだんすると突風にさらわれそうになる。

「お前もこれにすればええのに」

安藤が小脇に抱えていた黄色い雨合羽《あまガッパ》をばさばさと広げた。雨の日に自転車で出かけるとき、傘をささずに長靴と合羽を身につけるというのも、買いものついでに京都人から教わった生活の知恵らしい。山根にもしきりと勧めてくるが、着たり脱いだりする手間のほうが面倒で、いまだに試していない。

「大丈夫。雨の日の散歩も、案外気持ちいいもんやし」

「なんや山根、雨は嫌いとちゃったっけ？」

黄色いかたまりと化した安藤が、眉をひそめて山根を見上げる。

「どうしたん。えらいテンション高いやん」

「そうか？　別に普通やけど」

山根は目をそらし、スニーカーをつっかけた。確かに雨だとなにかと不都合は多い。万国旗のようにつるした洗濯もので、狭い部屋がますます狭苦しくなる。湿気は花火の大敵でもある。しかし今の山根にとっては、雨は特に苦ではないのだった。なんの根拠もないものの、姫に会える確率が高まるような気がする。

「ああ、予定が狂ってまうわ」

安藤はまだぶつぶつ言っている。野外で実験材料でも採集するつもりだったのだろうか。植物か、もしくはプランクトンか昆虫の類かもしれない。

山根の推測は、半分だけ当たっていた。

「鴨川によもぎ摘みに行こうと思ってたのに」

「よもぎ？　なんの実験？」

「いや、こどもの日やから柏餅《かしわもち》作ろうと思って。よもぎ入れたら、うまそうやない？」

どうも最近、安藤の料理熱はますますエスカレートしている。

「ほんま、まめやな。ようやるわ」

「しゃあない、植物園にしとこかな、簡単やし。ちゃんとあるかが不安やけど」

植物園は農学部のキャンパスの傍らにある。熱帯植物が生い茂る温室あり、中国から直輸入したという竹やぶあり、なかなか多国籍な風情を味わえる場所だ。

「そんなら、おれが摘んでこよか？」

山根は思いついて申し出てみた。

「どうせ下鴨神社に行くし、ついでやから。鴨川のどのへん？」

「そっちこそ、まめやん。しかもお前、歩いていくつもり？　ようやるわ」

安藤は嘆息して立ち上がり、引き戸に手をかけた。

「ええよ、おれが自分でなんとかする。どうせ山根はどれがよもぎか区別もつかんやろ」

背負っている防水仕様の黒いナップサックは、なにが詰めこまれているのか、ぱんぱんにふくらんでいる。

「今晩は柏餅と、あとひさしぶりにたこ焼きでもしようや。こどもの日を祝わな」

安藤は颯爽《さっそう》と自転車にまたがり、黄色い合羽をはためかせて去っていった。背中のナップサックが、ごみ袋をかついでいるようにも見える。

みるみる遠ざかっていく自転車を見送りつつ、山根はなんとなく六甲おろしのメロディーを口ずさんだ。こうして黄と黒の色あわせを見ただけで反射的に特定のプロ野球球団を連想してしまうのは、関西人の宿命だろうか。

今朝起きたときよりも、風はだいぶ弱まっている。山根がビニール傘を握り直して歩き出そうとしたとき、きいい、とすさまじい音がした。

びっくりして立ち止まり、車道を見やった。急停車したのはタクシーである。山根の斜め前、ちょうど横断歩道のところでウィンカーを出している。傘をかかげた手を持ち上げたせいで勘違いされたのだろうかとも思ったが、どうやらそうではないらしかった。後部座席に客が乗っている。

後ろのドアが開いた。まず赤い傘、それから白い服がのぞく。扉を閉めた拍子に傘の角度が変わり、隠れていた顔があらわになった。

姫だった。

とっさに、ひと違いかもしれないとも思った。でも、その姿は山根の記憶と寸分も違わない。横分けにしたまっすぐな長い黒髪、そこからのぞく形のいい額、切れ長の瞳。肌は透き通るように白い。皮膚の内側に特殊な発光物質でも隠されているのではないかと疑いたくなるくらいだ。対照的に、頬と唇は赤い。

見間違えるはずがない。あのとき以来、何度となく、何百度となく、思い浮かべてきたのだ。

彼女はこちらに微笑みかけ、まっすぐに歩いてくる。あるいは幻覚だろうか、と別の仮説も山根の頭をよぎった。そのほうがむしろありうるかもしれない。こんなことが現実として起こるはずがない。下鴨神社ならともかく、寮の前で姫と鉢あわせするなんて、都合がよすぎる。理論上おかしい。

つったっている山根の前で、姫は立ち止まった。

「この間は、本当にありがとうございました」

澄んだ、深い声だった。

「お返しするのが遅くなって、申し訳ありません」

深々とおじぎをして、手に持っていたビニール傘を山根に手渡す。受け取った傘の感触は、幻覚にしてはあまりにリアルだった。

現実だ、と山根は認めた。とたんに、緊張で全身が強《こわ》ばった。これは現実だ。どうしてこういうことになったのかさっぱりわからないけれど、今、目の前に姫がいる。

でも、一体どうして。

疑問を読みとったかのように、姫は山根の手もとをそっと指さした。プラスチックの柄には、寮の名前がマジックで黒々と大書されていた。

「あの」

山根は夢中で口を開いた。必死に記憶をたぐり、花との会話を反芻《はんすう》する。再会できたとき、どう振舞うべきだと言われていただろうか。確か、まず軽く世間話。そう、それから連絡先だった。

「軽く世間話でもしませんか」

姫はきょとんとした。

「はい？」

「いや、いいんです。すみません」

まずい。なんだか違う。

「では、これで」

会釈されて、山根は縮み上がった。どうしよう。姫が行ってしまう。世間話も連絡先もまだなのに。どうしよう。

「あ、それからこれも」

せっぱつまった山根の心の叫びが聞こえるはずもなく、姫はにこやかに言って、傘と反対の手にぶらさげていた紙袋を差し出した。

「つまらないものですけど、お礼です。よかったら召し上がって下さい」

お礼。お礼についても、花はなにか言っていた。そうだ、お茶だった、と山根はひらめく。お礼にお茶でも。

「お礼に、お茶でもどうですか」

「お礼、ですか？」

姫がまた不思議そうに首をかしげた。

「いや、あの、ええと」

しまった。またしても使いかたを間違えた。山根は紙袋を握りしめ、うつむいた。

耳が熱い。からからに渇いた喉から、なんとか言葉をしぼり出す。

「このお礼の、お礼に」

消え入りそうな山根の声を聞いて、彼女はくすりと笑った。整った歯並びがちらとのぞいた。

「いいですね」

山根の全身から、力が抜けた。向かいあったふたりの傘に、雨はさらさらと降り続いている。

6　虹

お茶を飲む、というのは、考えてみたら不思議な言葉だ。

ごく素直に、文字通り単純に喉を潤す行為ととらえるのであれば、場所はあまり問題にならない。寮でも学校でも外でも、それこそどこでだって飲める。「お茶」そのものも、なんでもかまわない。ペットボトル入りのウーロン茶もインスタントコーヒーもティーバッグで淹《い》れた紅茶も、すべて等しく「お茶」には違いない。

ところが、「お茶を飲みませんか」と誰かを誘った場合は、そういうわけにもいかなくなる気がする。たとえば自動販売機で缶コーヒーを買い、公園のベンチで飲むというわけにには。

お茶でもどうですか。口走ってしまったものの、山根が考えついた行き先はそう多くなかった。

選択肢その一、寮の食堂。手っとり早いということであれば一番だろう。徒歩三十秒の距離だし、大きなやかんに入った麦茶が常備されている。古びた長机の端で向かいあう姫と自分の図を思い浮かべてみて、しかし山根は力なく頭《かぶり》を振った。このむさ苦しい寮に姫を招き入れるなんて、考えられない。畏れ多いというか申し訳ないというか、とにかくありえない。

学食は、どうだろう。道路の反対側に建つ大学のカフェテリアに視線を転じ、山根は第二の道を模索する。コーヒーや紅茶の食券を買ってもいいし、無料の給茶機もある。熱い茶、冷たい茶、ぬるい茶、と三段階の温度が選べる優れものだ。しかし、プラスチックの湯のみに入った薄い茶が姫の口に合うとも思えない。

あとは研究室という手もある。アルコールランプを使って淹れたコーヒーにたっぷりのミルクを注いだ、特製カフェオレを勧めてみるのもいいかもしれない。ただ、いきなり姫を連れていったとしたら、教授をはじめとした部屋の面々はどんな反応を示すだろう。妙なちょっかいをかけてくる心配はなさそうだが、万が一、失礼があったら困る。

あるいは、鴨川。花と龍彦は、よくピクニックがてら川原に出かけると言っていた。天気さえよければ、と山根は鉛色の空を恨めしく見上げた。しかも、ここから歩くには遠すぎる。

どこか、他にいいところはないだろうか。パニック寸前で頭をフル回転させている山根に、姫が聞いた。

「このへんのお店、どこかご存じですか？」

そうか、店か。山根は救われた気分になって、こくこくとせわしなくうなずいた。どうして思いつかなかったのだろう。店で飲めばいいのだ。

「いいですね、じゃあどこか、このへんの店で」

言われたことをほとんどそのまま復唱し、山根はうっとりと姫にみとれた。こうも絶妙な間あいで助け舟を出してくれるとは、なんて親切で気が利くのだろう。天使みたいだ。見た目だけではなく、中身まで。

でも、悠長に感激している場合ではなかった。

「どっちでしょう？」

姫は首をかしげ、左右を見回す仕草をした。

さあ、どっちでしょう。危うく答えそうになって、山根はぐっと唇を噛む。お茶を飲める店？　山根の脳が、再び高速で動きはじめる。お茶を飲める店って、どこだ？

京都は喫茶店の多い街だとよく言われる。市内には名店と呼ばれる店がいくつもあるし、大学の近くにしぼっても、老舗の喫茶店や評判のいいカフェが何軒か点在している。そういった情報に詳しい花であれば、造作なくいくつかの候補を挙げてみせるだろう。けれどそんな芸当を、山根がやってのけられるはずもない。そもそも「お茶を飲む」ためにわざわざ店へ出かけるという習慣がない。山根にとって外食といえば、チェーンの牛丼やハンバーガー、ラーメン屋、定食屋、奮発したところで焼肉屋か居酒屋だ。どれもこの状況では使えそうにない。

ひとつだけ、かろうじて思い当たったのは、一度だけ花に連れられていったカフェだった。なんとなく女の子が喜びそうな雰囲気だったし、食べたランチセットも、量は少ないものの美味《おい》しかった。

「こっちです」

山根は横断歩道のほうに手のひらを向けた。あそこなら姫を案内しても大丈夫だろう。近衛通《このえどおり》沿いだから、歩いても二、三分で着く。

ちょうど信号が青に変わった。さっき姫から受けとったばかりの紙袋を濡らさないようにしっかり抱え、山根は足を踏み出した。

ようやく「お茶」を口にできたのは、それから一時間後だった。

近衛通のカフェでは、扉を開けるなりモップを持った店員と目が合った。十一時開店だと断られてすごすごと外に出た後、降りしきる雨の中でまたもや必死に記憶をさらい、今出川通まで足を運んだ。いつも自転車で前を通りかかる喫茶店の入口には、日曜・祝日定休の札がぶらさがっていた。

「すいません」

山根は心底恐縮した。こんなことなら、最初から学食にしておいたほうがまだよかったかもしれない。

「大丈夫ですよ」

優しく言われても、気持ちは沈む一方だった。姫の上等そうな革靴に、雨のしみがついてしまっている。この高いヒールでは足も疲れているだろう。山根のぼろぼろのスニーカーのほうは、歩きづらくはないものの、すでに雨水を含んでじっとりと濡れている。

山根は姫の前に立ち、そのまま当てもなく東のほうへ向かった。地面を踏むたびにスニーカーがきゅうきゅうと哀れっぽい音を立てた。

黙々と歩を進めながらも、気が気ではなかった。せっかくめぐりあえたというのにこのざまでは、きっと姫はあきれているだろう。憤慨していてもおかしくない。背後に神経を集中させているせいで、自然に足もとはおろそかになった。数歩ごとに水たまりにはまってしまい、スニーカーはどんどん重くなっていく。冷えきった両足をひきずって、山根は機械的に歩き続けた。コンビニとクリーニング屋以外に開いている店はひとつもない。

白川通にぶつかる手前まで来て、やっと横道に古めかしい喫茶店を見つけた。前を歩いていた男女のふたり連れが中へ入っていく。そのまま出てこないところを見ると、どうやら営業中らしかった。山根は胸をなで下ろし、ようやく後ろを振り向いた。姫もほっとした表情を浮かべていた。

店の入口には大きな陶器の壺《つぼ》が置かれ、傘が何本もささっていた。自分たちの三本もそこに加え、店内に入る。

なかなか雰囲気のある店だった。正面にアンティーク調のレジが置かれたカウンター、その後ろには背の高いすりガラスのしきりがあって奥は見えず、ひとの気配だけがする。コーヒーの香りが鼻をくすぐった。

「すてきなお店」

姫が微笑んだとき、しきりの向こうから年配のウェイターが顔を出した。

「すみません、満席です」

申し訳なさそうに言われて、山根は泣きたくなった。あまりに情けない表情をしていたのだろう、ひとの好《よ》さそうなウェイターは奥を振り返って言葉を継いだ。

「よかったら、待ちはりますか。いつご案内できるかはちょっとわかりませんけど、もうじき帰らはりそうなお客さんもいはるんで」

山根は姫をうかがった。少し考えて、彼女が答えた。

「そうします」

「ほな、そちらの椅子でお待ちいただいてもよろしいですか。お席がご用意できたら、すぐにお声をかけますんで」

席が空くまでにかかった三十分が、喫茶店での待ち時間として許せる範囲なのか、山根にはわからない。ただ、ほぼ初対面のふたりが過ごすには、三十分は明らかに長かった。

「すいません」

「大丈夫ですよ」

変わりばえのしないやりとりをかわしたきり、会話はまた途切れた。

山根はウェイターが持ってきてくれたメニューを広げ、最初から最後までひと通り読んだ。コーヒーの専門店らしく、数十種類の豆の名前がずらりと並んでいる。味の特徴から産地まで細かい説明が書かれているので時間つぶしにはなったが、それでもすべて読み終えるのに五分とかからなかった。三回ほど読み返した後は、山根はあきらめてぼんやりしていた。同じく膝の上にメニューを置いてうつむいている姫に話しかける勇気は、もはやなかった。表情を確かめるのさえおそろしい。

ようやく席につき、メニューの一番上にあったオリジナルブレンドを注文してからも、山根はまともに姫の目を見ることができなかった。

話の糸口を作ってくれたのは、彼女のほうだった。運ばれてきたコーヒーをひと口吸り、うれしそうに言った。

「美味しい」

「美味しいです」

山根はすぐさま同意した。正直、味などまるでわからなかったが、熱いコーヒーで冷えた体が温《ぬく》もりつつあるのは確かだった。

「正直、こんなに待たせるなんてってちょっと思いましたけど」

姫がテーブル越しに顔を寄せ、いたずらっぽくささやいた。

「本当に美味しいですね。待った甲斐がありました」

まるで、最初からこのコーヒーを飲むのが目的だったかのような言いぶりである。そのために必要な距離を歩き、必要な時間を割いたのだ、とでもいうような。屈託のない姫の声に、さんざん歩いたことも、その後さらに三十分もお預けを食ったことも、むだではなかったのかもしれないと錯覚しそうになる。

「すいません」

むろん、錯覚は錯覚に過ぎない。再び謝って、山根は濃いコーヒーをもうひと口飲んだ。苦い。姫がミルクにも砂糖にも手をつけていないので、自分だけ入れるわけにもいかない。

「いえいえ、あなたが――」

言いかけて、姫はふと首をかしげた。

「お名前、うかがってもいいですか？」

「山根です」

「山根さん」

姫が繰り返した。聞き慣れた自分の名前すら、彼女が口にするとひどく美しく響くことに、山根は感じ入ってしまう。

「山根さんが、悪いわけではないですから」

「いえいえ」

山根は勢いよく首を振った。明らかに、悪い。段取りも運も悪すぎる。それにしても、もう少しましな返事ができないものか、われながら歯がゆい。

「ゴールデンウィークだから、ひとが多いですよね」

まだフォローを続けてくれようとする姫の気遣いにあらためて心を打たれつつ、山根は意を決して聞いてみた。

「あの、お名前は」

「ああ、すみません。野々宮《ののみや》です。野々宮美月《みづき》」

姫は答えて、美しいに、お月様の月です、と宙に漢字を記してみせた。ほっそりとした白い指が優美に空を切る。

「美月さん、ですか」

山根はほうと息をもらした。よく似合っている。綺麗なひとは、名前まで綺麗だ。感慨が先に立ち、苗字《みようじ》ではなく下の名前で呼ぶのは不躾《ぶしつけ》ではないかというところまでは思いいたらなかった。

名乗りあった後は、ぽつぽつと「世間話」をした。姫、いや、美月さんの話に、山根は全力で耳を傾けた。メモをとりたいくらいだったが、さすがにそれは思いとどまり、かわりに残さず胸に刻みつけるように努めた。

美月さんは生まれも育ちも京都で、今も中京区《なかぎよう》に両親と住んでいる。大学を卒業してからも就職はせず、実家の手伝いをしている。

あの日は下鴨神社にひとりでお参りして、帰ろうとしたところで雨に降られた。傘を借りて「とっても助かりました」。

一言一句聞きもらさないように、山根は集中力を振りしぼる。気づけば体まで前のめりになっていた。大学も京都だったのか、実家の手伝いというのは具体的になにをしているのか、下鴨神社に参詣したのはなにかきっかけがあったのか、話題を広げられそうなところはいくつもあったのに、もう一歩掘り下げて質問を重ねるほどの余裕はなかった。

美月さんがひとわたり話し終えてから、山根も簡単に自己紹介をはじめた。こちらも別の意味で集中力が必要だった。少しでも心証がよくなるように、間違っても不興を買わないように、言いかたにはなるべく気を配らなければならない。

神戸出身で、大学から京都に出てきた――。

「でも、京都は本当にいい街なので大好きです」――経験上、京都人の地元への愛情とプライドは半端ではない。

工学部でエネルギーの研究をしている――。

「テーマは環境に配慮したエネルギー開発なんです」――爆薬なんて物騒な言葉を美月さんの耳には入れられない。

下鴨神社には「散歩がてら」よく行く――。

「研究の息抜きに足が向くんです。考えてみたら、かなり頻繁に通ってますね」――今となっては、決して嘘ではない。

美月さんのほうは、山根のように固くなって聞き入っているだけではなく、ところどころで質問を重ねた。特に研究室での生活については興味深かったらしい。感じよく差し挟まれる相槌にひっぱられるようにして、山根はどんどん喋っていた。

水素結合の話、教授の話、皆が机の下にしまっている宝箱の話。教授が怒ったときの標準語の口真似《くちまね》をしてみせ、秘蔵のフィギュアを背の順に並べて悦に入る先輩の様子を説明した。美月さんはころころと笑った。大口を開けたりはせず、奥ゆかしく口もとを押さえ、それでいていかにも楽しげに笑うのだ。おのずと山根の語りにも熱が入る。

いつのまにかおもてがずいぶん明るくなっているのに気づき、時計を見たらもう十二時前だった。

「雨、やんだみたいですね」

美月さんが窓の外を見やった。

「そろそろ行きましょうか」

山根はうなずいて腰を浮かした。通路を挟んで山根の斜め前に座っていた観光客らしきカップルも、ちょうど立ち上がったところだった。男のほうが伝票を取り上げたのをみとめ、山根もあわててそれに倣った。女が財布を出しかけているのを、いいよ、ここはおれが、と手で制してみせた仕草も、そっくりそのまま参考にさせてもらう。

「いいですよ、ここは僕が」

口にしたこともない台詞《せりふ》にしては、われながらなかなかスムーズに決まった。少なくとも山根にはそう思われた。いいところに気がついた、と今日はじめて自分をほめてやりたくなった。

美月さんは少しためらった後、おとなしく財布をひっこめた。

「ありがとうございます」

丁寧に頭を下げられて、ふわりと心が浮き上がった。山根はレジの前で意気揚々と財布を開いた。

　そして、そのまま凍りついた。

「千七百円です」

　言われなくてもわかっている。伝票にしっかり書いてある。コーヒー二杯にしては意外と高いとは思ったし、実際にふだんの山根にとってはとんでもない贅沢《ぜいたく》ではあるものの、そこに文句をつけるつもりはなかった。つい先ほどまでの夢のような時間には、十分にそれだけの値打ちはある。むしろ安い。

　ちゃんと払うつもりだった。お金さえ、あれば。

　こんなときに限って、財布には一枚も札が入っていなかった。千円札も、五千円札も、もちろん一万円札も。山根の背に汗がふき出した。

「どうしはりましたか?」

　異変を察したらしいウェイターが、もう一度伝票に目を走らせた。間違いがあったかと思ったのだろう。

「いや、あの」

　山根はまごまごと財布をいじり、小銭入れの部分がふくらんでいるのに気づいた。祈るような気持ちで蓋を開け、手のひらの上でさかさにする。

じゃらりと音を立てて山盛りになった小銭を見て、山根は肩を落とした。ひょっとして五百円玉が数枚入っているかもしれないという淡い期待も虚しく、ほとんどが一円玉だった。百円玉が二、三枚と十円玉が数枚、かろうじてまぎれている。どう考えても千七百円には程遠かった。

うなだれている山根の横から、千円札が二枚、そっと差し出された。

「二千円、お預かりします」

何事もなかったかのように、店員が明るい声で応じた。

釣り銭がやりとりされる間、山根は顔を上げることができなかった。縮こまったまま、美月さんについて店を出た。

「すんませんでした！」

道に出てから、平謝りした。自分のいたらなさをひたすら呪う。土下座してもいいくらいの失態だ。なんなら、切腹でも。

「いえいえ。この間は助けていただいたから、お返しです」

美月さんはにっこり笑って首を振った。先に立って今出川通のほうに戻りかけ、そこでいきなり立ち止まった。

「あ」

声をもらし、空を見上げる。山根もつられて視線を上げた。

「おお」

虹だった。くっきりとした七色の橋が、淡い水色の空を背景に、東山から街のほうへとなめらかな弧を描いている。

「今日はありがとうございました」

美月さんが言った。

「とっても楽しかった」


夜、花にメールで報告したら、すぐさま電話がかかってきた。

「やったじゃん、山根くん!」

回線がつながったとたんに、花の叫び声が耳に飛びこんできた。山根は携帯電話を少し遠ざけ、畳の上に寝転がった。

「よかったねえ。楽しかった?」

「楽しかったっていうか」

この気分をどう表現したらいいのだろう。楽しかった、とひと言で片づけるのはなんだか違う。うきうき? はらはら? 今まで味わったことのないこの感覚は、あえて言うならジェットコースターに乗っているときのそれに近かった。高く舞い上がったかと思えば、次の瞬間にはみじめに墜落し、片時も安定しない。息をつくひまもない。このままでは近いうちに窒息死してしまうかもしれない。

「しかもアドレスも聞けたんでしょ？」

「まあ、一応」

災い転じて福となす、といったらいいのだろうか。

虹を見て、少しだけ元気がわいてきた。今度、絶対返します、絶対に、と勢いこんで宣言したすぐ後で、「今度」がいつになるかわからないと思い当たった。おそるおそる頼んでみたら、美月さんはすんなりと電話番号とメールアドレスを教えてくれた。

「順調、順調。じゃあ次は、お金を返しがてらデートだね」

「デ、デート？」

口ごもっていたら、すかさず花に一喝された。

「なに今さら照れてるの。せっかくとんとん拍子にいってるのに」

照れているというより、身がすくむ。第一、これをとんとん拍子と呼べるかも疑問である。

昼間は無我夢中だったが、冷静に考えれば、最初から借金してしまうなんてかっこわるすぎる。普通ああいうときは男が奢《おご》るものだろう。思いめぐらせているうちにどんどんいたたまれない気分がこみ上げてきて、山根は電話を耳に当てたままで体をまるめた。

「いいよ、わかった。かわいいデートコース、わたしが考えてあげるよ」

山根の憂鬱をよそに、花のほうは上機嫌でたたみかけてくる。

「京都のひとだったんだよね？」

「うん」

「それなら、あんまりベタな観光みたいなのじゃないほうがいいかもね。ランチしてから、ぶらぶらそのへんをお散歩とか」

「ちょ、ちょっと待って」

山根はあわてて上体を起こした。顎と肩で電話を挟み、そばに放ってあった鞄《かばん》をひき寄せて、実験記録のノートとペンをひっぱり出す。破り取った一ページに、ひるめし、さんぽ、と走り書きした。

「場所はどこがいいだろ。四条はちょっとごちゃごちゃしてひとも多いから、もうちょっと北のほうがいいかなあ。三条とか、あと二条や姉小路《あねやこうじ》のほうもわたしは好きだけど」

「姉小路？」

山根はめったに左京区から出ない。花が挙げていく地名に、聞き覚えはあるものの、雰囲気や詳しい位置関係はいまひとつぴんとこなかった。四条も三条も、大阪の問屋まで花火を買いにいくときやたまに実家へ帰るときに、京阪電車で通過するだけだ。

それも地下だから、頭上に広がっているはずの繁華街の様子は、おぼろげにしか印象にない。

「うん。姉小路の、河原町《かわらまち》と烏丸《からすま》の間らへん。御幸町《ごこまち》とか富小路《とみのこうじ》とか、楽しいよ」

山根はノートに長方形を書き入れた。それぞれの辺に、上から時計回りに道の名を書きこむ。二条、河原町、四条、烏丸。花の勧めている中京区の一帯は、よく碁盤の目と表現されるように、升目状に道路がはりめぐらされている界隈だ。

「おしゃれな服屋さんとか雑貨屋さんとかいろいろあるし、疲れたらお茶できるお店も多いから」

たとえば、と花が続けて口にしたいくつかの固有名詞は、すべて山根には聞きとれなかった。

「もっかい。もっかい、ゆっくり言って」

茶、と書いた下に、花の声をなぞって書き足していく。ぱんであんだん、ちこかふぇ、りるびおてっく。何語なのかさえ判然としない。

「あ、おやつ食べるなら、高瀬川沿いにおすすめのタルト屋さんもあるよ」

これも書きとめた。花はブルーベリーが一押しらしい。龍彦もここのタルトが好物だという情報は、メモからは省いた。

「悪いけど、昼めしの店も教えてもろていい?」

「もちろん。何系がいい？　姫はどういうのが好きそうだった？」

花に聞かれて、山根は美月さんの顔を思い浮かべてみる。不思議なことに、それだけで胸の鼓動が倍ほどに速まる。

「懐石か、フランス料理っぽかった」

「なあに、それ」

花がふき出した。

「いくら姫っていっても、毎日そんなごちそうばっかり食べてるわけないって。山根くん、偏見持ちすぎだよ」

「そういうわけやないけど、あのひとはなんか違うんやって」

優雅な物腰も丁寧な話しかたも、いかにも育ちがよさそうだった。寺田が最近のめりこんでいるロールプレイングゲームのキャラクターでいえば、「王女」か「貴族の娘」だろう。花が勝手につけた呼び名もあながち的はずれではない。そうすると、花は「占い師」になるだろうか。

「なんていうか、特別やねん」

「はいはい、わかるよ。それはもう特別でしょう」

軽くいなされて、山根は口をつぐんだ。割りきれない気分が伝わったのか、花の声が優しくなる。

「山根くんの気持ちもわかるけど、いきなりフレンチはやめといたら？　もっと気軽な感じでいいと思うな」

結局、花は「カジュアルなイタリアン」をいくつか教えてくれた。もちろん店名はどれもすべて横文字だった。念のため、アルファベットの綴《つづ》りまで確かめた。

「ありがとう。ほんま助かる」

「おやすい御用だよ。またなにかあったら、いつでも聞いて」

電話を切って、山根はぐったりと目を閉じた。頭を使いすぎたのか、めまいがする。

でもこれで完璧だ。花の言う通りにしておけば、まず間違いはないだろう。この間の再会はあまりにも不意打ちで、あたふたしてしまったけれど、今度はきちんと計画を立てられる。念入りに準備しておけば、きっとうまくいく。

あとは美月さんに連絡を取ればいいだけだ。適当なところで待ちあわせて、花の勧めてくれたコースをたどろう――そこまで考えて、山根ははっと目を開けた。

約束のしかたを、聞きそびれた。

日にちは、今週末では急すぎるだろうか。でも借金を返す名目であれば、なるべく早いほうがいいかもしれない。それから待ちあわせ場所は。最寄り駅は京阪か地下鉄か、それともバスが便利だろうか。改札口やバス停で落ちあう？　他にもっとわかりやすい目印があるだろうか？

　山根は畳の上に放り出した携帯電話をまた拾い上げ、せかせかと花にメールを打った。

〈さっきはありがとう。会うのはいつくらいにすればいいかな？　どこで待ちあわせるのが便利やろ？〉

　返信は、その晩遅くに届いた。安藤の部屋でたこ焼きと柏餅にビールというとりとめのない夕食を終え、自室に戻ったら、闇の中で携帯電話のランプがちかちかと点滅していた。

　部屋の電気もつけずにとりあえず電話に飛びつき、煌々《こうこう》と光る液晶画面に目を落として、仰天した。

〈土日がいいですよね？　今週の土曜はいかがですか？　場所はお任せします。〉

　山根は頭を抱えてその場にしゃがみこんだ。美月さんのことばかり考えながらメールを打ったせいで、花ではなく間違えて本人に送ってしまっていたらしい。

　送信メールのほうも読み返して、落胆はさらに深まった。こんなにくだけた言葉遣いで、ほぼ初対面といっていい女のひとを誘うなんて、なれなれしいにもほどがある。しかも相手は姫だ。上品で高貴でしとやかで、まさに姫と呼ぶにふさわしい、あの美月さんなのに。

　山根は携帯電話を握りしめたまま、ばったりと仰向けに倒れた。どこかの部屋で飲み会でも開かれているのか、騒々しい笑い声が上がる。テレビ番組らしき人声やなにかの音楽もそこに重なる。耳になじんでいるはずの雑多な音がすべて、なんだかひどく遠くから響いてくるように聞こえた。

半開きになったドアの向こうから、廊下のあかりが一筋もれてくる。細長い隙間に浮かんだ裸電球が、ばかに白々と明るい。

7　お守り

待ちあわせは、三条大橋の西詰めにした。

山根は十時に寮を出た。いったん鴨川を通り過ぎて、高瀬川のそばに自転車をとめる。歩いて橋のほうまでひき返し、腕時計を見たら、まだ十時半にもなっていなかった。約束の十一時半までまだ一時間以上もある。ここでぼうっとつったっているのも芸がない。山根は河原まで続くなだらかなスロープを降りてみることにした。

空はからりと晴れ上がり、夏の訪れを感じさせる陽気である。川べりには家族連れや恋人たちが座って、思い思いに過ごしている。川下のほうに少し歩いたところで空いている場所を見つけ、山根も腰を下ろした。そろいのロゴが入ったジャージ姿の少年ふたりと、幼児を連れた若い夫婦とのちょうど真ん中に陣どって、川を渡ってくるぬるい風をかき回すように腕を伸ばし、肩をほぐした。ゆうべほとんど眠れなかったせいか、体中の筋肉がぎしぎしと強ばっている。

万が一ということもあるので余裕をもって出てきたけれど、いささか早すぎたかもしれない。やや慎重になりすぎただろうかといったん反省しかけて、いやいや、とすぐに考え直した。結果的に早く着いてしまったとはいえ、念を入れるに越したことはなかった。道中、もしかして自転車がパンクしてしまうかもしれなかったし、転んだり事故に遭ったり、どんな不測の事態が起きるかもわからなかった。ありとあらゆる事態を、山根は想定した。自分が怪我《けが》をするのはいいにしても、遅刻して美月さんを待たせる羽目になることだけは、なにがなんでも避けなければならない。

もう失敗は絶対に許されない。

ぐっと気をひきしめ、けれど美月さんの姿を想像したとたん、山根の口もとは自動的にだらしなくゆるんでしまう。宙に向かってにやにやと笑いかけ、そうかと思えば眉を寄せて悲愴《ひそう》なため息をつく。ひとりでくるくると表情を変えている山根は、隣の子どもに興味しんしんで凝視されていることにも、その両親が顔を見あわせてそっと腰を上げたことにも、まったく気がつかなかった。

約束の十五分前から、山根は三条大橋のたもとに立った。さっきまで七変化を見せていた顔をぴたりと静止させ、直立不動で待つ。美月さんが三条通にやってきたのは、その十五分後だった。

背筋をぴんと伸ばして歩いてくる姿は、角を曲がって現れた瞬間から、山根の目にまっすぐ飛びこんできた。爽やかな薄水色のワンピースがよく似合っている。車道を挟んで反対側に立ちつくしている山根には気づかず、器用に昼時の雑踏を縫い、橋の手前までたどり着いて立ち止まる。周りを見回して、そこでやっと真向かいの山根を見つけ、にっこりして小さく手を振った。

山根は反射的に駆け出していた。

右も左も確認せずに、二車線の道路を一直線に横ぎる。けたたましいクラクションや怒声も、歩道から上がったどよめきも、一切耳に入らなかった。びっくりした表情でこちらを眺める美月さんのもとへ駆けつけるべく、ただ一心に、なんとか道を渡りきり、柵を乗り越えて歩道に立った。

「大丈夫ですか？」

美月さんが心配そうに聞いた。返事をするかわりに、山根はぶんぶんと首を縦に振ってみせた。息が上がって声が出ない。

「こんにちは」

ようやく呼吸を整えて、挨拶する。こんにちは、と美月さんも応じ、手首の腕時計を一瞥した。

「そんなに急がなくても。ちょうど時間通りですよ」

山根が息を切らして走ってきたのを、遅刻しそうであせっていたと解釈したらしい。

美月さんに笑いかけられて足が勝手に動き出したのだ、と正直に伝えるわけにもいかず、山根はとりあえず頭を下げた。

「すいません」

「いえいえ、わたしも今来たばっかりで」

美月さんが山根に時計を示してみせる。身を寄せた拍子に、花のような甘いにおいがほのかに漂った。

「ほら、時間ぴったり」

小さな宝石が品よくあしらわれた文字盤の上で、金色の針は確かに十一時半ちょうどを告げている。しかし時計よりも、その下の華奢な白い手首のほうに、山根の視線は吸い寄せられていた。どぎまぎして目をそらし、河原町通のほうに顔を向ける。

「こっちです」

パーカーのポケットに手を入れると、折りたたんだ紙きれが指先にふれた。メモには今日のために花と一緒に考えた分刻みのスケジュールが書きとめてある。店の名前や地図もすべて完璧に控えた。さわっているだけで少し心が鎮まるから、道案内だけでなくお守りの役割も兼ねている。

美月さんの半歩前に立ち、山根は三条通を歩きはじめた。

予約しておいたレストランには、十一時三十六分に着いた。

「十一時三十八分に予約した山根です」

二分の誤差は、早足になってしまっていたせいだろうか。早すぎるととがめられたらどうしようかと山根は一瞬ひやりとしたが、いらっしゃいませ、と店員はてきぱきとふたりを迎え、席まで案内してくれた。

「すてきなお店」

テーブルの間を縫って奥へと歩きつつ、美月さんが山根にささやきかけた。肩の力がわずかに抜けて、山根はほっと息をつく。

「よく来るんですか?」

「はい、たまに」

実際は二度目である。三日前に下見に来た。一週間に二度のペースなら、たまに、と表現しても嘘ではないだろう。

下見だけでもかなり緊張した。ひとりでは心細いので、安藤も誘った。美月さんと会う約束を取りつけた後でまた花に相談して店を決め、そのすぐ翌日、朝食のときにさっそく持ちかけてみた。

「今日、昼めし食いにいかへん?」

「ええなあ」

それまで眠たそうにあくびを乱発していた安藤は、一転してうきうきと身を乗り出した。

「そういや先生が出張やねん。ゆっくりできるし外に行こうや。水曜やったら山田屋のカレーが大盛り無料やんな？　それか一乗寺にできたうまそうな蕎麦《そば》屋、あれも気になるな」

食べものについて考えをめぐらせているときの安藤は、目の輝きが違う。次々と候補を並べていくのをさえぎって、山根は口を挟んだ。

「いや、実は行きたい店があるねん」

「そうなんや？　どこ？」

安藤が首をかしげた。

「三条のほうやねんけど」

「へえ、三条？　けっこう遠いな」

「すまんな」

山根は謝った。安藤と一緒に昼を食べることは特に珍しくないが、学食がほとんどである。大学の外に行くにしても、御蔭通の定食屋やら今出川通のラーメン屋やら、ごく近場になる。

「や、おれは時間あるし、別にええよ。なんの店？」

「カジュアルなイタリアン」

　山根は花が使った表現をそのまま伝えた。イタリアン、という言い回しはどうも気どっているようで、少し照れくさい。

「じゃあ、ピザとか？　スパゲティーもあるよな？」

「パスタがおすすめやって、花ちゃんが」

　パスタという言葉も、山根にはなんとなくしっくりこない。いつもは安藤と同様、スパゲティーですませている。でも美月さんと話すときには、スパゲティーではなくパスタを使ったほうがいい気がする。パスタがうまいねん、パスタが、と山根は意味もなく繰り返した。

「そっか、花ちゃんに教わったんや。楽しみやな」

　安藤がうっとりと目を細めた。

　つきあってもらって、正解だった。平日のランチタイムは女性だらけで、ひとりではひどく肩身が狭かったに違いない。安藤とふたりだと、場の雰囲気になじめていないのは同じでも、居心地の悪さはいくらかましだった。それに、ちっとも浮いているという意識がないらしい安藤は、メニューを選ぶ間も食事中も、あくまでいつものペースをくずさなかった。出てくる料理に舌鼓を打ちつつ、調理方法や隠し味をあれこれ推測してみせ、さらに店員をつかまえて質問までぶつけていた。物怖《ものお》じしない安藤につられて、山根もだんだんふだんの調子を取り戻せたのだった。

偶然にも前と同じ御幸町通に面した明るい窓際のテーブルに通され、山根は美月さんと向かいあった。すぐに水の入ったグラスとメニューが運ばれてきた。ふたつ折りになった厚手の紙には、前菜とパスタとデザートが、それぞれ五、六種類ほど記されている。

「どれも美味しそうですね」

メニューを開き、美月さんが感心したように言った。山根は急いでうなずいた。自分がほめられたわけでもないのに、気持ちがはずむ。

「どうしよう、迷いますね」

美月さんに合わせて一応はメニューに目を走らせるふりをしながらも、山根は下準備の効果をつくづく嚙みしめる。この間は面食らった、舌を嚙みそうなアルファベットとカタカナの羅列にも、もうひるまない。花のアドバイスに従って、頼むべき分量の目安もあらかじめ確認してある。女性とふたりであれば、前菜を一皿とって「シェア」、つまり半分ずつ分けた後に、各々でパスタとデザートを食べる程度が適量らしい。

「量は、どのくらいですか？」

はたして美月さんはそう聞いた。山根は花の読みの鋭さにあらためて舌を巻きつつ、受け売りの答えを返した。

「前菜をふたりでシェアして、ひとつずつ好きなパスタとデザートを選ぶくらいがちょうどいいです」

さも通い慣れているふうに説明してみたものの、おかしな言い間違いをしていないか、内心ひやひやしてしまう。シェアだの、パスタだの、覚えたての言葉ばかりでおさまりが悪い。

「そうですか」

幸い、美月さんは怪しむでもなく、納得顔で再びメニューに目を落とした。山根はメニューをテーブルに置き、水をひと口含んだ。

注文の目星もちゃんとつけてある。前菜は盛りあわせが無難だろう。それからパスタは、ふんだんにチーズがかかったトマトソースのスパゲティ——「ポモドーロのフェットチーネ、モッツァレラ添え（シェフのスペシャリテ）」——にするつもりだった。下見のとき、店の看板料理だと勧められて選んだところ、あっさりしていてとても美味しかったのだ。デザートも、前と同じにしておこう。モンブランをイタリア語ではモンテビアンコと呼ぶというのは初耳だった。間違えないように気をつけなければいけない。

美月さんのほうは、まだ考えこんでいる。心もち首をかしげ、真剣にメニューの文字を追っている。あともう少し待ってみようと山根は思った。もし前回の山根のように迷って決められないようなら、前菜の盛り合わせとトマトのスパゲティー、ではなくポモドーロのフェットチーネ、を二皿注文すればいいだろう。デザートは、なにせ女のひとだし、きっとなにかしら希望があるはずだ。

メニューをそっと閉じ、山根は正面に向き直った。窓からさしこむ陽ざしを受けて、美月さんの黒い髪には光の輪ができている。まぶしい。

山根はめがねを押し上げて、まばたきをした。見られている気配を察してか、美月さんがふいと顔を上げた。目が合った。

「すみません、お待たせしてしまって」

「いえいえいえいえいえいえ」

山根は力いっぱい首を振った。

「僕も、はじめて来たときには悩みました。選べなくて」

「全部、美味しそうですもんね」

美月さんがはにかんだように笑う。

「わたし、本当に迷い性で。なかなか決められないんです」

「僕もです」

すかさず同意したものの、次の瞬間には違和感が胸をかすめ、

「まあ、時と場合によりますけど」

と、山根は言い訳がましくつけ加えた。実際、山根は比較的てきぱきと物事を進められるし、進めたい性質なのだ。たとえば、終始のんびりと気が長く、めったにあせるということのない安藤とは、たまにペースがずれる。正直、少しいらいらするときさえある。とりわけ短気というわけではないと自分では思うのだけれど、いちいち、ちゃな、と友達に評されたりもする。基本的には、いちいち立ち止まったり長々と思い悩んだりするのは性に合わない。調子がおかしいのはごく最近になってからである。

「時と、場合」

美月さんが感慨深げに繰り返した。

「そうかもしれないですね。わたしも、好きなものほど考えこんじゃって。イタリアン、好きなんです」

「よかった」

心をこめて、山根は応じた。

「僕も、イタリアン、大好きです」

ゆっくりと、一語ずつ確かめるように、発音した。花ちゃんありがとう、とこちらは声を出さずに感謝する。

「特に、パスタが」

安藤も、ありがとう。ついでに店のひとも、コックさんも、みんなみんなありがとう。

「ああ、わたしも。パスタは大好物です」

白い歯を見せた美月さんの前で、山根も頬をゆるめた。すっかりくつろいだ気分になっていた。

食後は、三条通の界隈をぶらぶら歩いてみた。

コーヒーを飲んで、レストランを出たのは一時前だった。もちろん今回はお金も足りた。ごちそうさまでした、美味しかった、と美月さんは言ってくれた。また来たいな、とも。また来ましょう、とそこでそつなく答えてみせることはむろん山根にはできなかったけれども、そのかわり、午後の計画をすばやく頭の中でおさらいした。

まずこのあたりを軽く散策し、疲れたら休憩がてら甘いものをつまむ。花の絶賛する高瀬川沿いのタルト屋は、予約を受けつけていないとのことだったから、混みあいそうな三時頃よりも少し前に入ったほうが安全だろう。あと一時間半ほど、烏丸のほうまで足を延ばしてからこちらにひき返してくれば、ちょうどいい頃合になりそうだった。

街を東西に横ぎる三条通には、南北に延びる道が何本も直角にまじわっている。興味をひかれるものを見つけたら横道にそれてのぞき、しばらくしたらまた三条に戻り、ゆっくり進んだ。

食事に向かう途中で通り過ぎた河原町や新京極、寺町《てらまち》といった広めの通りはにぎわっていたのに対して、そのさらに西では、狭い道幅にあわせるように人出もぐっと減った。左右の建物はどれもおしなべて古く、いわゆる町家も石造りの洋風建築も、そろって落ち着いた雰囲気を漂わせている。着物や日本刀を売っていてもおかしくないようないかめしい店構えで、現代的なしゃれた品物を置いているところも多い。女性向けの服や雑貨の類、化粧品、和食器、家具、といった専門店の間に、飲食店もまじっている。色とりどりの切り花であふれかえっている花屋の向かいには、大小の扇子がショーウィンドウいっぱいに飾られ、隣には高級そうなケーキ屋が軒を並べている。さまざまな店で縁どられた細い道を、美月さんは軽やかな足どりで歩いていく。あまりこのあたりに来ることがないのか、物珍しげに周囲を見回している。

美月さんは、楽しそうに見える。

山根はひとまずほっとして、メモの入ったポケットを上からそっとおさえた。綿密に計画を立てた甲斐があった。

やはり女性は、服や靴、鞄、アクセサリー、といった身につけるものに興味があるのだろうという山根の予想に反して、美月さんはその手の店にはさほど関心を示さなかった。店先をのぞきこみはするものの、歩調はほとんどゆるめない。途中、目立って足の運びが遅くなったのは、壁一面を覆う棚に所狭しとガラス壜《びん》を並べたはちみつの専門店、それから老舗らしき文房具屋の前を通りかかったときだった。出窓に展示されている万年筆に、美月さんはしばらく見入っていた。入りますか、と聞いてみようかと思いながらも、山根は声をかけそびれた。熱心に眺めているのを邪魔するようで気がひける。そういえば、昼食の店を出てから、美月さんとほとんど言葉をかわしていなかった。

発見だ。歩きながら会話するのは、難しい。

レストランではわりと話がはずんだと思う。山根はひそかに満足していたのだけれど、あれはいわば初級編だったのだろう。顔をつきあわせてじっと座っている状態では、食べる以外には話すくらいしかやることがないし、視界に入ってくるものも限られるので、会話に集中できる。片や、こうして街中を歩いていると、どうしても気が散る。相手の注意が今どこへ向かっているのかもよくわからない。結果、不用意に話しかけて迷惑がられるよりはおとなしく見守ろうと、及び腰になってしまう。しかも山根と美月さんは、並んで歩くといってもぴったり隣に寄り添うわけではなく、常に隙間が空いている。ひと一人が通るには間隔がやや狭すぎて、大人の歩行者がわざわざ割って入ってくることはないものの、自転車や子どもや猫は無遠慮にふたりの間をすり抜けていく。すうと風が吹き抜けるたびに、山根はなんとも心細くなった。

美月さんは、今度はこぢんまりとした雑貨屋の前で立ち止まっている。横長の小さな飾り窓の向こうに、こけしに似た木の人形がずらりと並んでいた。頭に目鼻と赤いずきん、胴体には花の模様が描かれている。そっくり同じデザインで寸法だけが微妙に違う。左から右にかけて少しずつ小さくなっていき、一番端は小指の爪ほどの背丈しかない。

山根も足を止めて道の端に寄り、往来をゆきかう人々に目をやった。どちらかといえば若いひとが多い。手をつないだ恋人たちも、友達どうしらしいグループも、並んだ店をのぞく合間に、仲睦《なかむつ》まじくささやきあい、あるいは陽気に笑いあっている。上級編であるところの、歩きながらの会話、をいともたやすく実践している。できればこつを教えてもらいたい。

そもそも、こうして誰かとふたりで目的もなくそぞろ歩くという経験も、山根にははじめてである。友達と誘いあわせて遊びに行くときは、ゲームセンターとかカラオケとかバッティングセンターとか、ちゃんと目的地がある。移動はたいてい自転車だし、現地集合も多く、連れだってただ歩き続けるということにはならない。

こんなことなら、レストランだけでなくその後の行程のほうも、予行演習をしておくべきだっただろうか。相手が安藤では本番との落差が激しすぎるけれど、それでもなにも手を打たないよりはましだったかもしれない。

山根は沈みそうになる気分をなだめ、しげしげと人形を見つめている美月さんの横顔へと視線を戻した。話せばいいというものでもない、と自分に言い聞かせる。美月さんは退屈そうではない。こんなふうにふたりで過ごせるだけでも夢のようなのに、美月さんが楽しんでくれているなら万々歳だろう。第一、自分のくだらないお喋りよりも、こまごまとした可憐《かれん》で美しい品々のほうが、美月さんの気持ちをひきたてるに違いない。ここはあえて身をひこう。そして、会話上級者への仲間入りを目ざし、地道に日々の精進を重ねていこう。

決意をこめて拳を握りしめていたら、

「これ、なんでしたっけ」

と当の美月さんにいきなり話しかけられた。こけしもどきの十人姉妹を指さし、首をかしげている。

「人形ですね」

唐突にはじまった「会話」に虚をつかれ、山根はへどもどとして言わずもがなの答えを返した。

「たぶんロシアかどこかの」

「ええ。なんでしたっけ、名前は」

「マ」

最初の一文字だけが、とっさに口をついて出た。でもその後が続かない。

「マ、がつきますよね。確か」

美月さんも同意した。

「最後は、シカ、じゃないですか？」

「ええと待って下さい、マ、やなくて、ナ、やったかもしれません」

「ナ……シカ？」

「ナリューシカ？　あれ？　ナリューコフ？」

なんだか違う。学部生時代のロシア語選択が、まるで身についていないことが悔やまれる。

「ううん、コフ、じゃない気がします」

「じゃあ、やっぱりシカやないですか？　パトリューシカ？　ペトリューシカ？」

あてずっぽうに言ってみるうちに、だんだんそれらしくなってきた。

「あ、近いかも」

美月さんが声をはずませる。

「マトリョーシカ！」

ふたりの声が、そろった。美月さんが山根のパーカーの袖を軽くひっぱって、マトリョーシカ、マトリョーシカ、と興奮気味に連呼する。

「ああよかった、すっきりした」

美月さんの手が離れた。服ごしに一瞬だけふれられた右腕の、肘のあたりを、山根はそうっとなでてみる。


マトリョーシカの店は、雑貨屋ではなかった。

狭い間口のわりに思いのほか奥行きがある店内の、左右の壁にめぐらされた素朴な白木の棚に並べてあるのは、絵本である。一冊ずつ表紙を正面に向ける形で、まるで美術品のように陳列されている。店の中央にはまるい大きなテーブルが据えられ、その上にも数冊が置かれていた。新品にも見えるぱりっとした表紙のものから、色あせて角がすりきれたかなりの年代物まで、本の状態はさまざまだった。日本のものも、外国の翻訳ものもある。

どうやら絵本専門の古本屋らしい。明るくこざっぱりとした内装は、大学周辺で営業している同業店の薄暗くかび臭い店内とは、似ても似つかないけれど。

「絵本だけっていうのは、珍しいですね」

テーブルに平置きされているうちの一冊を手に取って、黄ばんだページを注意深くめくりながら、美月さんが言った。山根も手近の絵本を開いてみる。シリーズものらしく、同じ猫の絵が描かれている。

「なんか、なつかしいなあ」

子どもの頃、大切に持ち歩いていた絵本のことを思い出し、山根は言った。もうタイトルも中身も忘れてしまったものの、表紙のつるつるした手ざわりが印象に残っている。

「よく、親が読んでくれました」

「へえ」

中腰の姿勢でテーブルに向かっていた美月さんが首をひねり、斜め後ろに立っていた山根をあおぎみた。幼い山根の面影を探すかのように、目を細めている。

「いいおうちですね」

「そういうの、なかったですか？」

山根は何気なくたずねた。遠くを見るようなまなざしのまま、美月さんが答える。

「うちは母の体が弱くて。乳母はいましたけど、絵本を読んでもらったことはないかも」

「ウバ？」

一瞬、祖母とか叔母《おば》とか、家族にまつわる単語のように聞こえた。乳母という漢字、それからその意味が山根の頭に浮かぶまでに、少し時間を要した。

「これ、いただこうかな」

美月さんはつぶやいて、レジへ向かった。山根も薄い絵本を手にしたまま後に従った。とぼけた猫の顔が特段気に入ったわけでもなかったが、美月さんとおそろいとなると話は別だ。今日の記念にもなる。歩きながら本を裏返し、値札を確かめ――危うく、取り落としかけた。

値段は、予想をふた桁も上回っていた。

「こんなに保存状態がいいのは珍しいですよ」

レジの女性が美月さんに話しかけている。

「絶版になって長いんで、なかなか入荷できなくて」

山根は静かに踵を返し、本を元の位置に戻した。頭がくらくらする。いくら希少価値が高いといっても、この古ぼけた薄っぺらい絵本が、奮発した今日のランチの何倍もするなんて。

「このシリーズは、昔からのファンが多いんですよね。お客様も集めてはるんですか？」

「いいえ、特に。なんだかすてきだなって思って」

美月さんは無造作に言った。

「有名なものなんですね。知らなかった」

薄紙を巻きつけ、箱に入れ、さらに紙でくるみ、価格に見あった丁寧な包装には時間がかかった。クレジットカードでの支払いも、機械に不具合があったようでけっこう待たされた。

ふだんの山根なら、手際の悪い店員に多少いらいらしたかもしれない。でも今日は、態勢を立て直すために、待ち時間はむしろありがたかった。

なんとか気を取り直し、山根は次の行き先を確かめるべくポケットを探った。タルト屋の長くてややこしい店名はとても覚えきれず、地図と一緒に書きとめてある。ついでにその後で向かう岡崎近くのギャラリーも、名前と正確な位置を確認しておいたほうがいい。今週末は京都出身の新進イラストレーターが個展を開いているという。こういうのをさりげなく知ってるってポイント高いよ、姫も感心してくれるはず、と花は自信満々だった。

まずパーカーの右ポケットをさらった。それから、左も。念のため、ジーンズの尻ポケット、左右。

先ほどとは違うふうに、めまいがした。

メモが、ない。

山根はあらためてすべてのポケットを隅々まで探った。パーカー、ジーンズの前と後ろ、それでもあきらめきれずに、下着のシャツについた小さな胸ポケットまで、合計七か所を、三度ずつ。二巡目の途中で会計がすんだ。三巡目で、完璧に包装されてプレゼントのようにリボンまでかけられた包みが、しずしずと紙袋におさめられた。

袋を受けとった美月さんが、振り向いた。

「すみません、お待たせして」

返事のかわりに、山根は力なく首を振った。声も出なかった。しゅんとしおれている山根を見て待ちくたびれたと勘違いしたのか、美月さんは早足で近寄ってくる。

「大丈夫ですか？　なんだか顔色がよくないみたい」

山根の前まで来て、美月さんは気遣わしげにささやいた。顔に血の気がないのは、脳みそに血液が集中しているからだろうか。それにしては、どうすればいいのか、さっぱり頭が働かない。働かないどころか、きりきりと痛む。

行くつもりだった場所を自力で探し出すのはまず無理だろう。どこも位置がはっきりわからないし、もともと名前さえちゃんと覚えていない。おぼろげな記憶と偶然に賭けるしかない。

「とりあえず出ましょう。外の空気を吸ったほうが」

高瀬川の近くまで戻れば、運よく目当てのタルト屋に行き当たるだろうか。いやしかし、前回もあれだけ店探しに手こずったのだ。美月さんを延々と歩かせることになったあの惨憺《さんたん》たる朝の、二の舞は避けたい。潔くあきらめ、適当な店に飛びこんだほうが賢明かもしれない。

「どこかで少し休みましょうか？」

店の前に出て、美月さんは心配そうに聞いた。ようやく、山根の口から声がこぼれた。

「メモが」

正直に白状するなんて、ありえないはずだった。美月さんにはメモを持っていることを気づかれないように、と花には言い渡されていた。いかにも調べてきましたっていうんじゃ、かっこがつかないでしょ。スマートに、慣れてる感じでエスコートしてあげないと。

「メモ？」

美月さんが首をかしげた。背後に並んだマトリョーシカが、つぶらな瞳でふたりをじっと見守っている。

8　ぶらんこ

山根が事情を打ち明けると、美月さんは目をまるくした。

「すいません」

ひとりでは今日の段取りをうまく立てられる自信がなく、友達の知恵を借りていろいろと計画したこと。行きたい場所や店をメモに控えておいたこと、それをいつのまにかなくしてしまっていたこと。どれもこれも、花の言葉を借りるならまさに「かっこがつかない」、情けない事実である。

「ほんまに、すいません」

繰り返す山根を、美月さんは責めなかった。

「そんな、気を遣ってもらわなくてもよかったのに」

「いや、気を遣ったっていうんやないんです。ひとりじゃ、ほんまになんにもわからんから」

こうなったら、もう本音でいくしかない。山根は懸命に言葉を継いだ。今さら言い訳や申し開きをするつもりはない。ただ、美月さんに楽しんでもらいたかったという思いだけは、せめて伝えたい。

「せっかく来てもらうのに、つまらん思いさせたら申し訳ないと思ったんです」

訥々《とつとつ》と告白していくにつれて、なにやら妙な気分になってきた。胸の大部分はいたたまれない気持ちに覆われて息苦しいのだけれど、洗いざらい話しているうちに、わずかながら、すっきりしてきた感もあるのだった。美月さんをだましているような、自分をごまかしているような、どうにもおさまりのつかない居心地悪さは、午前中から絶えずもやもやとつきまとっていたから。

美月さんは途中から相槌を打つのをやめ、黙って聞いていた。内心どう思っているのか、表情からは読みとれない。

「今からどこ行ったらいいかも、思いつかなくて」

山根は注意深く言葉を選び、しめくくった。

「せやから、あの、今日はこのへんで」

今日はここで、おしまいにする。考えうる限り、それが最良の選択肢に思われた。もっと正確に言えば、ぎりぎり精一杯の、選択肢に。離れがたいからといってひきとめるのは、いくらなんでもわがままが過ぎる。またもや当てもなくさまよい歩いて、美月さんにむだな時間を使わせるのはしのびない。

今日は、ここまで。今日は、といっても、果たして次があるのか微妙だというところは、さしあたり深く考えないことにする。少なくとも、むやみにねばって美月さんを退屈させたり疲れさせたりするくらいなら、次を信じてそちらのチャンスに全力をかけるほうがまだ賢い。

「わかりました」

美月さんが言った。

「すいません」

ほっとしたようながっかりしたような複雑な気分で、山根は再び頭を下げた。

「それなら、無理にこのへんじゃなくても」

「へ？」

美月さんがなにを言い出したのか、山根はすぐにはのみこめなかった。ぽかんと口を開けていたら、にっこりしてたたみかけられた。

「この周辺も楽しかったけど、もうけっこう満喫しましたし」

「そ、そうですか？」

山根はしどろもどろに答えた。話の展開が、読めない。

「次は、山根さんのおすすめの場所に行ってみたいです」

「お、おすすめ？」

「やっぱり、大学の近くのほうが詳しいですよね？」

「いや、詳しいってほどでも……」

詳しいというほどでは、ない。でも、それ以外に選択の余地もまた、なかった。

「わたし、あのへんの雰囲気も好きなんです」

美月さんに無邪気に笑いかけられて、断れるわけもない。山根がおずおずとうなずくと、その笑顔はひときわ輝いた。

とめておいた自転車を拾ってから川端通まで出て、鴨川沿いを北へ向かった。山根が自転車を押し、その速度に合わせて、ふたり並んでゆっくり進む。前籠には美月さんが買った絵本の紙袋が入っている。

大学まではけっこう距離がある。歩かせてしまうのは悪いので、自転車は置いたままバスに乗ろうかと山根は提案してみたのだが、後から取りに来るのも面倒でしょうから、と美月さんは気を遣ってくれた。

二条まで来たところで、橋の横手から河原に下りてみた。

「気持ちいいですねえ」

美月さんは対岸を見渡した。新緑で彩られた桜並木が、花見の季節とはまた違った趣を見せている。

「鴨川、あんまり来ないですか？」

山根も含め、このあたりの大学生にとって、鴨川は使い勝手のいい場所である。散歩したりベンチで本を読んだり、飲み会やコンパ、バーベキュー、とさまざまな用途に活用できる。部活やサークルの基礎トレーニングだろう、ジャージ姿の集団がジョギングやストレッチをしているのもよく見かける。文化系のほうも、発声練習をしたり楽器を弾いたり、運動系に負けてはいない。

「学生さんにとっては、いろいろ使える場所なんですねえ」

美月さんは他人《ひと》ごとのような口ぶりで感心している。自分もかつては学生だったはずなのに、卒業して時間が経っているせいだろうか。そういえば美月さんの年齢は聞いていない。もしかしたら、こう見えて意外に年上なのかもしれない。

ところでおいくつですか。と、しかし面と向かってたずねられるはずもない。

「そうですね。なんせただやし、騒いでもなんとかなるし」

あたりさわりのない答えを返してから、たとえ学生時代にしても、この美月さんが野外で飲んだり騒いだりしている図があまりに不自然だと山根は気づいた。やはり年の問題ではない。単純に、鴨川に繰り出す機会そのものがなかっただけだろう。

「あ、あと」

山根は続けた。

「花火もいいですよ」

「花火？」

「はい。手持ちとか、打ち上げとか」

「手持ち？」

「ああ、手で持ってやる小さい花火です。打ち上げは、ほら、花火大会とかで空に向かって上げるやつですね」

山根はなんとなく空を見上げた。

「もちろん個人でやるのは、もっとずっと小さいですけど」

「へえ」

美月さんも、山根につられたように上を向く。

「わたし、そういうのやったことがなくて」

「え？　そうなんですか？」

「はい。危ないからって、親が」

「ああ、まあ、女のひとは普通やらないですよね。花火なんて」

山根は納得した。万が一、怪我でもしてしまったら大変だ。

「でも、楽しそう」

「線香花火くらいなら大丈夫とちゃうかなあ」

言いかわしながらしばらく佇《たたず》んでいたら、ちりり、と甲高いベルの音が背後で鳴った。

自転車が一台、ひゅうと風を切って、道をよけた山根たちの脇を通り過ぎる。ペダルをこいでいる少年も、その後ろに乗っている少女も、小学生くらいだろうか。そうとう急いでいるらしく、かなりの速度で川上のほうへ走っていく。

「すごい、速い。転ばないかな」

美月さんが言った。

「全然大丈夫ですよ、あのくらいなら」

「そうなんですか？」

眉をひそめて自転車を見送っている美月さんに、もしかして、と山根はたずねた。

「チャリ、乗らないんですか？」

「はい」

「あの、それはふたり乗りじゃなくて、ですか？　ひとりでも？」

思わず、重ねて聞いてしまった。美月さんが恥ずかしそうにうつむく。

「危ないからって、親が」

今度は山根も、女のひとは普通乗らないですよね、チャリなんて、とはさすがに言いかねた。両親はよほど心配性らしい。こんなに繊細そうな娘を持てば、どうしても気が休まらないものなのかもしれない。

「でも、楽しそう」

美月さんが言い添えた。先ほどのふたりは、すでに豆粒ほどの大きさになっている。山根は思いついて言ってみた。

「よかったら、乗ってみます？　僕がこぐんで、後ろに」

「えっ」

美月さんが心底驚いた表情で山根を見た。それから視線を自転車に移し、また山根に戻す。

「そんな、危ないことないですから。こういう晴れた日にチャリで走ると、めっちゃ気分いいですよ」

山根はもうひと押しして、後輪の上についている荷台をパーカーの袖でごしごしと拭った。

「ここに座ってもらえれば。絶対こけたりせんように、安全運転でいきますし」

きっぱりと宣言したのが、決め手になったのだろうか。鈍く光る銀色の座面をためらいがちになでていた美月さんが、覚悟を決めたようにうなずいた。

「行きますよ」

美月さんが荷台に腰を下ろしたのを見届けて、山根も自転車にまたがり、そっとペダルを踏みこんだ。大きく息を吸いこむ音が、後ろから聞こえた。

細心の注意を払って走り出したのに、ほんのひとこぎしたところで、自転車はよろよろと失速した。山根がなんとかふんばって、倒れないように持ちこたえたものの、美月さんは小さく悲鳴を上げた。

「大丈夫ですか？」

山根は片足をついた体勢で振り向き、声をかけた。横座りの状態でのふたり乗りが、こんなにバランスを取りづらいなんて知らなかった。このままだと危ない。「安全運転」どころか、転んでしまいかねない。

「僕にしっかりつかまってもらえます？」

「はい？」

「これやと、こけてまうんで。つかまっててもらえませんか？」

「つかまる？」

美月さんはぴんとこない様子だった。あ、ええと、と山根は言いよどんだ。

「ええと、その、僕のですね、腰にですね、手を、あの、回してもろてですね……」

説明しながら、だんだん耳が熱くなってくる。

「こうですか？」

美月さんが遠慮がちに山根の腰に手を添えた。山根は前を向いたまま声を張り上げた。

「はい、行きますよ！」

がたがたと音を立てて自転車が動き出した。美月さんの手に力がこもる。腰をしめつける細い腕の感触から、山根は無理やり意識をひきはがす。

「すんません！」

誰にともなく、山根は叫んだ。

十分足らずで出町柳駅の手前に着き、川端通に出るスロープの入口で自転車から降りて、歩いて坂を上った。

「すいません、下手くそな運転で……怖かったんやないですか？」

へそのあたりが、いまだにじんわりと温もっている。進行方向よりも腰まわりに気を取られそうになるたびに、安定しかけた自転車はふらついた。そしてそのたびに、美月さんはいっそう強く山根にしがみついた。

「いえ、全然」

座面に手を添えた美月さんが、朗らかに答えた。

「自転車って、いいですね。速いし、風がとっても気持ちよかった」

斜めに流してあった前髪が、乱れて額にはりついている。その髪と、ほのかに上気した頬のせいで、少しだけ幼く見える。

「運転が下手だなんてとんでもない。お上手でした」

美月さんが真顔でつけ加えた。照れるほどのほめ言葉ではないのに、山根の顔はみるみるうちに熱を帯びていく。ぐらりとかしいだ自転車を、あわててまた支え直した。

「山根さんこそ、お疲れじゃないですか？ 重かったでしょう」

「いやいや全然まったく」

今度は山根が否定する番だった。遠慮やお世辞というわけではなく、実際、美月さんはおそろしく軽かった。たまに友達、たとえば安藤などを乗せるときとは、ペダルにかかる圧力がまるで違った。腰につかまってもらっているにもかかわらず、なにかのはずみに振り落としてしまったのではないかと、何度も後ろをうかがってしまったくらいだ。

川端通を少し進んで、すぐ今出川通につき当たった。交差点で信号を待ちながら、山根は口を開いた。

「吉田神社って、行ったことありますか？」

自転車をこぎつつ、かつもろもろの雑念に気を散らしつつも、どうにか考えついた目的地である。

なんとなく無難な気がしたのだ。

先週出くわした禊の儀のような行事の見物とか、あるいは初詣とか、そういった特別な目的もなく、わざわざひとりで下鴨神社にお参りしていた美月さんが、神社を嫌っているということはないだろう。まさか山根のように、誰かに会いたい一心で通っていたはずもない。ふたりが出会った神社という場所をここでまた一緒に訪れるというのも、発想としては悪くない気がした。

「前を通ったことはありますけど、中には一度も」

美月さんが答えた。

「吉田山、いっぺん行ってみたかったんです」

信号が、青に変わった。

吉田神社は大学のすぐそばなので、構内の駐輪場に自転車を置いていくことに決めた。東大路沿いの西門から中央キャンパスに入り、山根が自転車をとめている間、美月さんはちょうど横に立っていた掲示板を興味深げに眺めていた。

時計台の前を回って南の正門を出ると、道を挟んで斜め前に、朱色の大鳥居が堂々とそびえている。

鳥居をくぐり、その奥に続く砂利道を進んだ。吉田山を西麓《せいろく》から上っていくルートになる。目の前には巨木の間を縫って石段がまっすぐ延びている。一気に上りきって、境内に入った。

「ここは、節分が有名ですよね？」

人気のない境内を見回して、美月さんがたずねた。

「そうですね」

山根はうなずいた。二月の節分祭には参詣客が押し寄せ、出店も並んでにぎやかだ。

「でも、それ以外の時季も静かでいいですよ」

山根は一回生のとき、吉田神社を含め、京都中の神社仏閣を回った。寮に日本史マニアの先輩がいて、週末ごとに半ば強制的に連れていかれていたのである。さらに年に二度、寮生全員が参加させられる、左京区縦断ウルトラクイズという企画もあった。文字通り、左京区の南部に位置している寮から、北端である久多《くた》まで、めぼしい名所旧跡や文化財などをたどってオリエンテーリング形式で進んでいくのだ。

これに参加するまで、山根は左京区と聞けば大学を中心とした一帯を思い浮かべていた。おそらく他の学生も、大半が同様の意識を持っているだろう。たとえば一乗寺、元田中《もとたなか》、高野あたり、もう少し北なら修学院や宝ヶ池、南は熊野や丸太町。東は北白川、西は出町柳くらいが、ここの学生にとって一般的な生活圏で、下宿やアルバイト先もこの界隈に集中している。その外、たとえば北の岩倉などは、口の悪い学生たちに「ツンドラ」と呼ばれている。ここまでくると家賃相場がだいぶ安くなるので、うっかり格安物件につられる新入生もいるが、たいていは大学までの距離と冬場の寒さに音を上げて、上級生に笑われる羽目になる。それから、さらに北上すれば、大原や鞍馬といった名所もまた、左京区の一部である。

そのくらいまでは山根も知っていた。というより、それが左京区のほとんどすべてなのだと勘違いしていたから、配られた地図を見て驚いた。鞍馬や大原さえ、地図のはるか下のほう、左京区の南端といっていい場所だった。赤いマジックでぐるぐる囲まれた「久多」の漢字をどう読むかすら、はじめはわからなかった。

一日がかりのクイズ大会は、山を越え谷を越え、猿とすれ違ったりくまを見かけたり、とことん野趣あふれる長旅になる。せめて気候のいい春と秋にやればいいものを、なぜか夏と冬にとりおこなわれるので、不正解で脱落するだけでなく、自主的にコースから逃げ出す者も続出し、結局ゴールにはほんのわずかしかたどり着けない。大半の寮生が迷惑がっているのに、歴史好きの安藤だけは例外だった。クイズも先輩との遠出もかなり楽しんでいたようで、次の年にその先輩が卒業してしまった後もたびたび出かけていた。山根も何度か誘われたが、断り続けているうちに声もかからなくなり、さっぱり足が遠のいている。

今でも訪れるのは、下鴨神社と吉田神社くらいだ。実験の途中に息抜きをしたいときには、どちらかといえば下鴨のほうが向いている。吉田神社だと散歩というより登山の色が濃くなってしまい、疲れが取れない。とはいえ、大学からは目と鼻の先なので、少しでも時間が空けばぶらりと来られて便利だ。研究室でも、実験が行きづまったときに吉田山をうろついて気分を変えるのは、ひとつの定番になっている。げっそりと憔悴《しょうすい》し、危なっかしい足どりで山道を徘徊《はいかい》する学生に、山根もたまに遭遇する。一度、せっぱつまったのか賽銭箱《さいせんばこ》の前にひれふしている姿を見かけたこともあるけれど、ご利益があったという話は聞かない。

峠越えの道は、頂上までけっこうな上り坂になる。女性にはきついかもしれないと心配したが、美月さんは元気だった。高いヒールをものともせず、急な勾配に息を乱すこともなく、山根の先に立ってすたすたと歩いていく。一歩踏み出すたびにスカートが揺れ、左右の脚がかわるがわるのぞく。昼間でも薄暗い、木々の生い茂った山道に、形のいいふくらはぎが白く浮かび上がっている。

いくつかの鳥居を抜け、やがて山頂に出た。

まるくひらけた広場にはすべり台や鉄棒が並び、こぢんまりした公園になっている。中腹の本殿や、通り過ぎてきたいくつかの社に漂っていた、厳粛な空気や威圧感のようなものはない。ぺかぺかと派手な原色に塗られた遊具がどこかうらさびしい。

美月さんは奥のぶらんこへとまっすぐ近づいた。周囲にめぐらされた柵の内側に回り、そのまま腰かけようとする。

「汚れますよ」

山根はあわてて注意した。この公園はいつ来てもひっそりと静まり返り、子どもどころか大人の姿すらめったに見かけない。乗るひともなく雨ざらしになっているぶらんこに座って、綺麗なワンピースに錆《さび》や汚れでもついてしまったら大変だ。

「大丈夫です」

美月さんは平然と応じて、躊躇《ちゅうちょ》なくぶらんこに腰を下ろした。華奢なヒール靴が地面を軽く蹴った。

最初は小さく、少しずつ勢いをつけながら、美月さんはぶらんこをこぎはじめた。まるで小さな子どものように胸をそらし、顔をうっすら紅潮させている。スカートの裾が翻る。はじめはぎこちなかったこぎかたは、だんだんうまくなってきた。

山根はペンキのはげた柵に寄りかかって、一心にぶらんこを揺らしている美月さんを横から眺めた。ひょっとして、とふと思いつく。花火や自転車と同じようにぶらんこも、危険だからと両親に禁じられていたのだろうか。

「山根さんも、乗ってみたら」

美月さんに誘われて、山根も隣のぶらんこに座った。

いざ自分でこいでみようとすると、美月さんのように優雅にはいかなかった。子ども用なので座面が低く、足がつかえてやりにくい。砂地に幾筋もぶざまな溝を刻んでいたら、上のほうからはしゃいだ声が降ってきた。

「空が近い」

見上げた空は、ぽかんと青く、高かった。きい、きい、と規則正しい音と合わせて、美月さんの起こした風が山根の頬をゆるくくすぐっていく。

空の色が青から夕焼けに変わる頃、山を下りた。

どこかで少し休憩しようという話になり、山根さんがいつも行くお店で、と美月さんは言った。鳥居の向こうに広がるほの赤い空を見上げて、山根はしばし考えこんだ。小腹も空いたし、どうせなら軽く食事もしたい。ただ、「いつも」の牛丼やハンバーガーというわけにもいかない。でも結局のところ「いつも」以外の代案がひらめくはずもなく、せめて、というのもなんだが、寮生の間で人気がある、北白川のラーメン屋を選んだ。

山根が先に立ち、暖簾《のれん》をくぐって店に入った。

入るなり、後悔した。狭いカウンター席は七割ほどが埋まっている。ジャージにビーチサンダルを履いた学生、工事現場から直行してきたと見られる作業服姿の若い男、スポーツ新聞をめくるサラリーマン風、ふだんはもうちょっとましな客層のときもあるのに、よりによって今日は全員が男性の一人客だった。脂とにんにくのにおいがたちこめ、そこに麺を啜《すす》る音とテレビの野球中継が重なっている。

これは、ない。それにやっぱり、いくらなんでも、美月さんにラーメンはまずい。

山根が踵を返しかけたところへ、折悪《おりあ》しく、やたらと威勢のいい大将の声が飛んできた。

「いらっしゃい！　どこでも好きなとこに座って下さい！」

「どちらでも、よろしいんですか？」

絶句している山根の後ろから、美月さんが礼儀正しくたずねた。ごましお頭の大将は口を半開きにして珍客を見つめ、少し間を置いて、おずおずと答えた。

「どちらでも。どちらでも、空いているお席へおかけいただけますでしょうか」

山根は脱出をあきらめた。

入ってすぐの席についたふたりに、隣のおやじがうさんくさげな視線をよこした。正確に言えば、美月さんを一瞥してぱっと視線をそらし、その後、山根をねめつけた。他の客もさりげなくこちらを気にしている。

美月さんは完全に浮いている。安藤とレストランの下見に出かけたときに、自分たちは場違いだと痛感した、そのさらに上をいく。しかも、はるか上を。当の本人だけが店内に渦巻くぎくしゃくした空気に気づくそぶりもなく、不躾な視線にも無頓着に、壁のメニューを興味深げに見上げている。

無性に喉が渇いていたが、ビールはがまんしてウーロン茶をふたつ頼んだ。ラーメン二人前と餃子《ギョーザ》一皿を注文しても、タルト屋でかかるはずだった予算の半分で足りた。

「ふだん食べませんよね、ラーメンなんて」

山根が小声で話しかけると、美月さんはのんびりと答えた。

「そうですねえ、いつもはあんまり」

おっとりした口調は不満そうでも気まずそうでもなく、山根はひとまず息をついた。メニューのほうばかり気にしているのも、怒っているわけではなく、こういう店に来るのが単純に珍しいのだろう。自転車やぶらんこと同じく、ここも美月さんには未知の場所であるに違いない。どんな景色が美月さんの目に映っているのかあらためて気になって、山根も店の中を見回してみた。カウンターの向こうでねぎを刻んでいた大将が、機敏な身のこなしでコンロのほうに向き直った。沸騰している鍋から麺をすくい上げ、湯切りをはじめる。

ちぢれた黄色いラーメンを見て、山根はまたひとつ失敗に気づいた。

「そういえば、さっきも麺は食いましたよね」

昼にパスタ、夕方にラーメン、普通に考えればちょっと避けたい組みあわせだ。どこまでも気の利かない自分が、いいかげん嫌になる。

「すんません……」

うなだれている山根に、美月さんは言った。

「でも、イタリアンと中華だし。今日は麵の日ってことで、楽しいです」

山根は涙ぐみそうになった。美月さんはどうしてこんなに優しいのだろう。思いやり深く、かといって押しつけがましくもなく、自然に相手を慰めることができるのだろう。ありがとうございます、と感極まって身を乗り出しかけたとき、くるる、とどこからか妙な音が聞こえた。

山根はカウンターの左右を見回した。学生も会社員も、めいめいのラーメンに没頭している。ようやく美月さんの存在に少し慣れたようだ。その美月さんが、おなかをおさえて赤くなっているのにも、気づいていない様子だった。

「すみません、すごい音。びっくりしました？」

美月さんはきまり悪そうに目をふせている。山根は無言で首を横に振った。驚いたのは、驚いた。でも、美月さんが心配しているように、音の大きさに驚かされたわけではない。

美月さんのおなかも、鳴るのか。

その事実に、山根はなんだか感動すらしていた。小動物の鳴き声を連想させる、なんともユーモラスで愛らしい響きにも。

「ああ、恥ずかしい」

頰を染めてうつむいてしまった美月さんにかけるべき言葉を探して、山根は逡巡《しゅんじゅん》した。言いかたに工夫が必要だというのはさすがにわかった。いやいや感動しました、と言われたところで、美月さんはちっともうれしくないだろう。女性のおなかが鳴ったときにどう反応するのが正しいのか、今度また花に聞いてみよう。

自分の腹が動いたのは、そのときだった。ぐるぐるぐる、と響き渡った鈍い重低音は、小動物ではなく珍獣の遠吠《とおぼ》えとでも表現したほうがよさそうだ。美月さんが顔を上げ、胃のあたりをさすっている山根の手もとに目を当てた。それから、視線をそのまま上のほうへと移動させた。

目が合うと同時に、ふたりそろってふき出した。

「お待たせしました」

ちょうどカウンターの向こうからラーメンが登場した。いつもは汁が飛び散る勢いで置かれるどんぶり鉢が、しずしずと両手で慎重に据えられる。真っ白い湯気が立ち上っている。

「熱いので、お気をつけて」

「ありがとうございます」

大将が恭しく差し出した割箸を、美月さんは笑顔で受けとった。ひと口啜り、声をもらす。

「美味しいです」

「ああ、よかった」

顔をほころばせた大将と、山根もまったく同じ気持ちだった。ああ、よかった。ぐるるる、とまたうるさくわめきたてている腹をひとなでして、自分のどんぶりに向き直る。

ラーメンと、続いて出てきた餃子もあらかたたいらげた段になって、美月さんが声を上げた。

「もうこんな時間」

「送っていきますよ。でもこれ、食いません？」

山根は皿の上にひとつだけ残った餃子を箸で示した。そこまで急いでいるとは思わなかったのだ。

「いいです、どうぞ山根さんが召し上がって下さい。すみません、わたしもう行かなきゃ」

美月さんがあわただしく立ち上がり、ようやく山根も、かなり時間が差し迫っているらしいことを察した。財布を出そうとする美月さんを押しとどめてあたふたと会計をすませ、まだ温かい餃子を口に放りこんで、席を立つ。

「すみません、急《せ》かしちゃって」

「いえいえ。こっちこそ、気がつかなくて」

謝りあいつつ、店を出る。すっかり時を忘れていた。スケジュールのメモをなくしたのと一緒に、時間の感覚まで頭からすっぽり抜け落ちてしまっていた。

「送ります」

店の前で、山根は再度申し出た。昼間のようにふたり乗りで家まで送り届けるつもりだったのに、美月さんはあっさり辞退した。

「ひとりで大丈夫ですよ」

「でも心配やし」

山根は食い下がった。暗い夜道を美月さんひとりで歩かせるわけにはいかない。電車のほうが早いようならそれでもかまわない。家の前までというのは無理でも、せめて最寄り駅まではつき添いたい。

「だけど、そんなに遠くないので。ここからなら道もわかりますし……」

なかなか首を縦に振らない美月さんをさえぎって、山根は言った。

「でも、心配なんです！」

美月さんがびっくりしたように口をつぐんだ。

山根は唇を噛んだ。語気が荒くなってしまったのは、自分でもわかった。でもどうしようもない。本当に心配なのだ。こんなに気持ちが落ち着かないのは、ざわざわと胸が騒ぐのは、なにかよくないことが起こる前ぶれではないだろうか。

「大丈夫ですよ」

美月さんはなだめるように繰り返し、歩道の端に近づいて、やってきたタクシーに向かって慣れた仕草で手を上げた。


タクシーを見送った後、山根は半ば放心状態で寮まで帰った。長い一日だった。今朝ここを出発してから半日しか経っていないとは信じられない気分で、門をくぐった。

いつもの場所に自転車をとめて鍵をかけようとしたが、指先に力が入らない上に手もとも暗く、なかなかうまくいかない。かがみこんで苦戦していたら、後ろから声をかけられた。

「お出かけでしたか」

うずくまった体勢のまま振り向くと、寮の玄関にともされた電球を背に、寮長が立っていた。涼しげな濃紺の浴衣を身につけ、閉じた扇子を片手に握っている。足もとの雪駄から伸びる細長い影が、しゃがんだ山根のところまで届いていた。

「はい、ちょっと」

やっと鍵をかけ終えて、山根も立ち上がった。なんの用事だったとも言っていないのに、寮長はにこにこしてたずねる。

「楽しかったですか」

「はあ、まあ」

「楽しかったようですね」

訳知り顔でたたみかけ、寮長は鷹揚《おうよう》にうなずいた。

「それはよかった」

片手を振って、ぱらりと扇子を開く。中から紫陽花《あじさい》の図柄が現れた。はあ、まあ、と山根は再び口ごもった。

楽しかった？

前に美月さんとお茶をした日にも、花からそう聞かれたのを思い出す。あのときもまた、楽しかったとは答えられなかった。

つまらなかったのではなく、気が休まらなかったのだ。手頃な店が見つからずに歩かせた時間も含め、一緒にいたのはたった二、三時間なのに、その間ずっと、気持ちの浮き沈みは制御不能だった。たまに実験で計測機器の対応範囲を超えた異常値が出て、画面に8のデジタル表示がずらっと並んでしまうことがある、そんな感じだった。うれしいとか悲しいとか恥ずかしいとか、いろいろな感情が判別できないほどに入り乱れ、思考回路がショートした。

でも今回は、違った。

尋常でない躁鬱の波が襲ってくるわけではなかった。そこまで取り乱すこともなかったし、もちろん借金してしまうような失態もなかった。細かい失敗や心残りはあるものの、概《おおむ》ねうまくいった。午後にメモをなくしてしまってからも、案外なんとかなった。美月さんはよく笑っていた。前よりもずいぶんうちとけてくれたようだった。

楽しかった、といっていい。たぶん。タクシーから手を振ってくれた美月さんの笑顔を、山根はしみじみと思い浮かべる。

美月さんも、一日のできごとを思い出しているだろうか。「楽しかった」と感じているだろうか。もううちに着いた頃だろうか。道は空いていただろうか。帰りが遅いと親に怒られなかっただろうか。遠ざかっていくテールランプを見送ったときの落胆はまだ残っているものの、今さらながら、美月さんが無事に早く帰れたようにと山根は願った。美月さんに不都合が起きなかったことを、ただ願う。

ひとりで帰ると言われて、不吉な予感にかられた理由が、今なら山根にもぼんやりとわかる。危ないからとひきとめたのは、実はなんの根拠もなかった。確かに美月さんの安全が気がかりだったのは間違いないけれど、一番の原因はおそらく自分のほうにあったのだ。美月さんがふいにいなくなってしまうようで、自分だけが置き去りにされるようで、たまらなく不安だった。それまでずっと一緒にいたのにあっけなくひとりぼっちになるのが、どうにも納得いかない気がした。

まるで子どもだ。心配です、心配なんです、としつこく言い募る様子は、駄々をこねているようでもあっただろう。別れ際まで、またしてもみっともないところを見せてしまった。

あの切実な胸騒ぎを思い返し、山根ははっとする。別れたときだけではない。わけもなく息苦しくなることが、今日は他にも何度かあった。和やかな時間の中で、なぜか時折、急に息が詰まったり胸の鼓動が速まったりするのだ。明確な理由があれば、まだわかる。たとえば別れるのがさびしいとか、美月さんが退屈そうであせったとか、会話がうまくはずまなくてつらかったとか。しかし全部がそうして説明できるとは限らない。なんのきっかけもないのに、わけもなくぎゅっと心臓がしめつけられることも、ままあった。

原因はわからない。対処のしようもない。楽しかったと言いきれないのは、このもやもやした気分のせいもあるかもしれない。

寮長なら、なにかいいアドバイスをくれるだろうか。

ひらめいて、山根が口を開きかけたとき、玄関口から管理人が現れた。後ろに料理長も控えている。

「寮長、お待たせしました」

「お出かけですか」

やや肩すかしを食らった気分で、山根は聞いた。

「ええ、ちょっと」

寮長が答える。つい先ほどかわしたやりとりの、ちょうど逆だ。

「珍しいですね」

山根は言った。いつも寮の中でばかり顔を合わせているせいか、三人が連れだって外に出かけるというのは、なんとなく新鮮な印象がある。

「寮長、お時間が」

管理人が不機嫌な口ぶりで割って入った。遅刻が気になるのか、ひょっとしたら慣れない外出への緊張もあるのか、いつも以上にしかつめらしい表情に見える。山根はあわてて謝った。

「ああ、すいません」

「いえいえ。では、また」

寮長は山根に軽く会釈して、門へと足を向けた。ふたりもいそいそとつき従う。去っていく三人の足音を背中で聞きながら、山根は玄関の引き戸に手をかけた。

9 葵祭

約束の午後二時ぴったりに、山根は上賀茂《かみがも》神社に着いた。待ちあわせした二の鳥居の周りには、ぱらぱらと人影がある。ほとんどが観光客らしく、ガイドブックやパンフレットを読んだり、カメラや携帯電話で写真を撮ったりしている。日本人だけでなく、外国人もちらほら目についた。

しかし、ゲーム機をいじっているのは寺田くらいである。画面に集中していて、山根が近づいても気づかない。

「すまんな、待たせて」

鳥居の傍らにしゃがみこんでいる寺田を見下ろして、山根は声をかけた。

「あ、先輩！」

ボタンを連打する手は休めずに、寺田がちらりと顔を上げた。

「少しだけお待ちいただけますか？」

丁寧ではあるものの有無を言わさぬ口ぶりでことわって、また手もとへ目を戻す。一分ほど無言でめまぐるしく指を動かしてから、ようやくゲーム機をポケットにしまった。

「お待たせしました」

立ち上がり、青空をあおいで目をしばたたく。

「晴れてよかったですねえ」

毎年五月十五日は、葵祭の日だ。

葵祭は祇園祭、時代祭と並んで、京都三大祭のひとつに数えられている。下鴨で見かけた禊の儀も葵祭の一部という位置づけだが、有名なのはなんといっても今日の王朝行列だろう。平安時代の衣裳を身につけた人々が、御所を出発して下鴨神社を経由し、ゴールであるこの上賀茂神社を目ざして市内を練り歩く。

「お席、最前列に取れましたよ」

行列は沿道から見物することもできるけれど、別に有料観覧席も設けられている。そこで見ようと言い出したのは寺田だ。禊の儀に続き、いとこは今日も行列に参加するそうで、せっかくだからいい場所から見届けたいという。値段もそう高くないし、アルバイトで牛車を押す安藤の勇姿もよく見えるだろうと考えて、山根もつきあってみることにした。

　ところが調べてみたら、事前に予約できる御所と下鴨の席はすべて売りきれていた。当日販売があるのは上賀茂神社だけだった。昼からの発売にあわせて寺田が先に来て、券を買っておいてくれたのだ。

「早くから悪かったな。ありがとう」

「いえ、どうせひまですから。ゲームしてればすぐでしたし、いいお天気で気持ちよかったです」

「ええなあ。学部生は優雅やな」

　山根のほうは学会を間近に控えて忙しく、今日もちゃんと研究室を抜け出せるか心配だった。幸い教授が留守で、午前中の作業も順調だったので、首尾よく出てくることができた。

「せっかくだから本殿にもお参りしていきましょうか」

　鳥居をくぐろうとする寺田に、山根は聞いた。

「間にあうん？」

「はい。行列が来るのは三時半頃なので」

「三時半？」

　山根はびっくりして聞き返した。まだ一時間以上もある。

「じゃあ、なんでこんな時間に待ちあわせたん？」

なにもかも寺田に任せきりだった手前、あまり文句を言うのははばかられるが、それでも恨みがましい声が出た。教授がいなかったからいいようなものの、下手をすれば本番がはじまる前に帰らなければならなかったかもしれない。

「すみません、早すぎました？　あんまりぎりぎりの時間だと混むらしいんで、落ちあえないと困ると思って」

寺田が申し訳なさそうに言った。

「でも、安藤先輩も早めのほうがいいっておっしゃってましたよ。境内とかも面白いから見て回ってこいって。お供えの野菜が見ものらしいです」

「なんやそら」

いかにも安藤が言いそうなことだ。山根はため息をつき、寺田について歩き出した。

鳥居の奥に延びる参道沿いには、パイプ椅子が並んでいる。一番前には、腰ほどの高さの、紫と白の縦縞《たてじま》模様の垂れ幕がめぐらされていた。時間が早いせいか、まだほとんど客の姿はない。真ん中あたりにふたりだけ、着物姿の老婦人がお喋りに花を咲かせていた。席の後ろに壁のように積み上げられている酒樽《さかだる》も、お供えものだろうか。

「おれらが座るのってどのへん？」

「いえ、僕たちの席はここではまた別です。二の鳥居より手前なので」

寺田が背後を振り返ってみせた。二の鳥居の内側にあたるここの席とは別に、一の鳥居と二の鳥居の間にも有料観覧席があって、当日売りはそちらだけだという。二の鳥居の先で行われる神儀が見られないのだと寺田は残念そうに説明したが、山根としてはひと通り行列を見物できれば十分だ。その分値段も安いらしい。

本殿に入ると、さすがにひとが多かった。賽銭箱の前に並んだ参拝客の頭上に、あおあおと茂ったなにかがかかげられている。

「あれは、なんやろ?」

列の最後尾につきながら、山根は寺田に聞いてみた。

「葵楓《あおいかつら》ですね。桂《かつら》の木の枝に、二葉葵《ふたばあおい》を巻きつけてあるんです」

「葵祭のアオイって、植物なんや? 知らんかったな」

「賀茂の神から、葵と桂を飾って願をかけたら降臨するっていうご託宣があったっていうのが、そもそもの起源らしいですよ。今はお祭のシンボルみたいになってるみたいですね」

言われてみれば、同じような枝が境内のいたるところに飾ってある。

「詳しいなあ。さすが京都人」

「いえ、さっきパンフレットを読んだだけです。観覧席のところで配ってました」

五分ほどで先頭にたどり着いた。ふたり並んで賽銭を投げ入れ、拍手《かしわで》を打つ。山根の願いごとは、決まっている。

美月さんにもう一度会えますように。

下鴨と上賀茂、いわば違う神様に、同じ内容を祈っていることになる。節操がないかもしれないが、この際、気にしてはいられない。美月さんとは、先週の土曜日にふたりで出かけて以来、連絡が途切れている。もう手当たりしだい、八百万《やおよろず》の神々から、助けを借りたい。

「あ、野菜！」

階段を下りたところで、寺田が歓声を上げた。小走りに駆け寄っていく先には、お供えの品々が山盛りになっている。一番手前に置かれた京野菜がとりわけ目立っていた。九条ねぎ、万願寺唐辛子、賀茂なす、とそれぞれ説明の札がつけられ、どれもつやつやと大きくて立派だった。

「神様も、ものに釣られるんかな」

山根は言った。先ほどの葵楓といい見事なお供えものといい、人間側の気合は半端ではない。

「釣られるわけじゃないでしょう。こちらの誠意っていうか、お迎えしますっていう気持ちの問題じゃないですか」

「なるほど」

納得した。山根も、美月さんがもし望むなら、なんだって準備するだろう。葵でも桂でも野菜でも、誠意をもって。

行列が来るまで、さらに一時間ほど待った。

神社の入口にあたる一の鳥居と、先ほど見てきた二の鳥居とは、砂利の敷かれた参道で結ばれている。観覧席は、その参道を挟んで両側に設《しつら》えられていた。木のベンチが何列か、芝生の上に並んでいる。ふたつの鳥居のちょうど真ん中あたりの最前列に、アニメのキャラクターがでかでかと描かれたレジャーシートがかぶせられていた。

「ここです。どうぞ」

席の指定はなく、早いもの順に場所を取っていくしくみらしい。前列はもうだいたい埋まっているようだ。山根たちが座ったベンチの、空いているもう半分のスペースに、老夫婦が腰を下ろした。

さっそくゲーム機をいじり出した寺田の隣で、山根はパンフレットをめくってみた。先ほど寺田も読んだと言っていたものだ。表紙には王朝行列のイラストが印刷され、祭の由来からはじまって、一連の祭儀が行われる日程や行列の構成など、薄い冊子の内容はかなり盛りだくさんである。行列の道筋も詳しく図解されている。午前中に京都御所を出発して下鴨神社を経由し、さらに上賀茂神社までいたる道のりは、およそ八キロにも及ぶ。牛車を押して歩く安藤の苦労がしのばれる。

その後には何ページか続けて、一列に並ぶ人々の絵が見開きで入っている。総勢五百人以上にのぼる行列は、多種多様な顔ぶれから成る。近衛使代《このえづかいだい》をはじめ検非違使《けびいし》、内蔵使《くらづかい》、山城使《やましろつかい》、といろいろな衣裳を着た人物が描かれ、その役割も説明してあった。目をひくのはやはり、あでやかな着物姿の斎王代《さいおうだい》だ。内親王の代理を表すそうで、大勢の家来に囲まれている。一方、安藤が扮《ふん》する従者は、最下級の役人だった。

冊子の最後には、豆知識も書かれていた。歴史ある祭ではあるものの、財政難や戦乱で中断された時代もあったこと。葵祭という名前になったのは江戸時代以降で、昔は賀茂祭と呼ばれていたこと。雅やかな斎王代の装束は、鬘《かつら》も入れて二十キロほどもあること。どれも安藤好みの雑学である。今晩にでもこのパンフレットを見せてやれば、喜ぶかもしれない。

パンフレットから目を上げたとき、ちょうど道の反対側を髪の長い女性が行き過ぎた。美月さんではないというのは即座にわかったものの、山根はつい後姿を目で追ってしまう。気がつけば、周りには着々と見物客が増えている。

ひょっとしたら美月さんも行列を見に来ているかもしれない。ひょっとしてひょっとしたら、ばったり会えるかもしれない。ふくらみそうになる期待を、山根はあわてて払いのける。下鴨での出会いといい、寮の前での再会といい、運はもう使い果たしてしまっている。もうこれ以上、偶然には頼れない。

それに、美月さんは忙しい。本人がそう言っていた、いやメールだから書いていたというべきか、どちらにしても、とにかく忙しいのだ。きっと見物に来る時間なんてない。

ふたりで出かけた翌日の日曜日、山根は朝から半日がかりで、美月さんに送るメールの文面を考えた。

〈昨日はありがとうございました。本当に楽しかったです。イタリアンはおいしかったですね。その後の散歩も、とても楽しかったです。絵本も買えてよかったです。ふたり乗りも楽しかったです。それから吉田山でぶらんこをこいだのも、とても楽しかったです。いい気持ちでした。あとラーメンもおいしかったですね。帰りの時間は大丈夫でしたか。よかったら、またどこかに遊びに行きませんか？〉

まずは花にメールで見せてみたら、一蹴された。

〈長い！〉

〈そうかな？　これでもけっこう短くしてんけど。〉

〈最初と最後だけで十分だよ。ありがとう、楽しかった、また遊びに行きましょう、くらいでいいんじゃない？〉

〈わかった。絵文字とかも入れたほうがいい？　なんか不真面目な感じかと思ってやめてんけど。〉

〈山根くん、ふだんもほとんど絵文字使わないんだし、無理に入れなくていいよ。男の子らしくシンプルで！　質実剛健！〉

添削講座さながらのやりとりを経て、ようやく本人にメールを送った。

〈昨日はありがとうございました。楽しかったです。よかったら、また遊びに行きませんか？〉

美月さんからの返事はなかなかこなかった。その間、山根は片時も携帯電話を手離せなかった。部屋にいるときはもちろん、食事中もトイレのときも、寮の風呂にまでビニール袋に包んで持ちこんで、一緒になった安藤にあきれられた。やはり文面がそっけなさすぎたのではないかと、気を揉《も》みもした。

待ちわびていた返信が届いたのは、明くる日の昼頃だった。

〈すみません、今ちょっと忙しくて……また連絡します。〉

短い返信は、山根のように推敲《すいこう》を重ねた結果というわけでもないだろう。さすがの山根も、ここでさらに押すべきでないというのはわかった。

また連絡します。その七文字だけが、救いだった。連絡するということは、嫌われているわけではない。いくら美月さんが優しいとはいえ、どうしても気乗りしないのであれば、連絡するという言いかたはしないだろう。実現しようのないことを、美月さんが無責任に約束するはずがない。

ということは、やはり本当に忙しいのだ。奥ゆかしいひとだから、「ちょっと」なんて控えめな書きかたをしているだけで、実はものすごく忙しいに違いない。美月さんは優しい。いたずらに多忙だと強調して心配させたりしないようにと、必要以上に気を回しているのだろう。

忙しいなら、しかたない。時間ができるまでおとなしく待つしかない。

「お待たせして、申し訳ないです」

いきなり声をかけられて、山根は一瞬びくりとした。

「先輩？　どうかなさいました？」

寺田が首をかしげてこちらをのぞきこんでいる。

「すまん、ぼうっとしてたわ」

「ちょっと暑くなってきましたね。あともう少しなので、辛抱して下さい」

「それは大丈夫やけど。あれ、ゲームはもう終わったん？」

「電池切れです」

寺田は膝の上に置いたゲーム機を軽くたたいてみせた。いつのまにか靴を脱ぎ、椅子の上に正座している。

「コンビニで電池を買ってきてもいいんですけど、もうすぐ行列がくる時間だし、がまんします。見そこねたら大変ですから」

さも無念そうに肩をすくめている寺田に半ば感心し、半ばあきれて、山根は言った。

「ほんまに好きやねんなあ、ゲーム」

「ええ。二十四時間やってても飽きませんね」

「実際、寝てる時間以外はずっとやろ。研究もそっち系やもんな」

「いえ、研究は違いますよ」

寺田が首を振った。

「え、そうなん？　でも寺田、ゲームの開発とかやってるって言ってへんかったっけ？」

「あれはアルバイトみたいなものです。隣の研究室が人手不足で、声をかけられて手伝っていただけで。僕が今いる研究室は、ゲームじゃなくてロボットが専門なんですよ」

知らなかった。てっきりゲームが専門だと勘違いしていた。

「そうなんや。でもやってることは近いんやろ？」

ゲームもロボットも同じ電子精密機械だから、使う技術や研究内容は似通っている気がしたのだが、

「いいえ、まったく」

と寺田は言下に否定した。

「すまん、すまん」

山根は反射的に謝った。異なる分野を専攻する学生と話すとき、こういう食い違いはよく起きる。細分化された専門領域は、知識のない人間には似ているように見えても、その細い枝の先を深く深くつきつめている当人たちには、まったくの別物なのだ。同じ工学部でも化学系の山根は、寺田が研究している電気電子工学、略して電電、については、ほとんど素人といっていい。

「じゃあ、院もロボットなん？　それともゲームのとこに移るん？」

四回生の寺田は、今も一応は研究室に配属されているものの、正式にどこかに籍を置くのは来年大学院に入ってからだ。一般には、学部生時代の研究室に引き続き残る学生が多いけれど、教授とそりが合わなかったり研究テーマが変わったりで、別のところに移る場合もなくはない。

「ああ、院はロボットでいくつもりです」

寺田はあっさりと答えた。

「へえ。ロボットにも興味あるんや？」

「いいえ」

寺田はまたしても即答した。口ぶりに迷いはない。なぜ興味がないものを研究対象に選ぶのか、山根は混乱してたずねた。

「なら、なんでわざわざロボットに？」

「それは……」

寺田がはじめて言いよどみ、下を向いた。白いうなじがあらわになった。坊主頭を覆う細い産毛が、五月晴れの陽ざしを受けて金色に光っている。

山根は所在なくパンフレットをもてあそんだ。担当教官でもあるまいし、寺田を責めるつもりはなかった。純粋に疑問が口をついて出たのだが、言いかたがきつかっただろうか。

沈黙を破ったのは、寺田のほうだった。

「楽しいですか？」

ひどく真剣な顔つきを、山根は面食らって眺めた。似たような表情を浮かべてゲームに没頭しているのは目にしたことがある。ただし、いつもは画面に対峙《たいじ》する横顔を傍らから眺めているので、正面から向かいあうのは新鮮だった。切れ長の美しい瞳は、くろぐろと長い睫《まつげ》とあいまって、どことなく女性的な印象もある。

「楽しいですか、研究？」

寺田が問いを補った。勢いにおされて、山根はぼそぼそと答えた。

「まあ、ぼちぼち」

「そうですか」

寺田のまなざしがふっとゆるんだ。それから、すねたように口をとがらせた。

「いいなあって、言われてもな」

話の流れがつかめず、山根は寺田の顔色をうかがった。

「いい、ですよ。山根先輩も、安藤先輩も」

寺田はさらに言い募った。正座を解いてあぐらをかき、両手を後ろにつく。いつも礼儀正しい寺田らしくもなく、なんとなく投げやりで子どもじみた仕草だった。

「好きなことを研究して、楽しいんでしょう？」

「寺田やって、好きなことを研究すればいいやん」

後輩がなにを言いたいのか、いまひとつ腑に落ちないながら、山根は言い返してみた。

「院試もまだやし、今なら研究室も替われるやろ？　ゲームが好きなんやったら、ゲームを研究したらいいねん」

寺田がゲームに尋常でない情熱を注いでいるのは、誰の目にも明らかだ。好きという一語でたやすく表現するのもはばかられるくらいである。

「確かにゲームをするのは大好きです」

寺田はぶつぶつと言い、でも、と声を低めて続けた。

「たぶん僕が好きなのは、ゲームで遊ぶことなんです。ゲームを作ることじゃなくて」

寺田がロボットの研究室に入ったのは、そこが一番楽だと聞いたから、だそうだ。教授は企業との共同研究に忙しく、あまり大学のことは気にしていない。研究室にも週に一度か二度、数時間ほど顔を見せる程度だという。学生たちも、別に毎日研究室へ通う必要はない。実験の進みが遅くて怒られたり、論文を催促されたりもしないし、先輩に実験を手伝わされることもない。この大学では信じられないほどゆるやかな、よく言えば自由、悪く言えば放任の方針を貫く教授のもとで、学生たちも日々の軸足を研究室の外に置いている。

「だから、自分の好きなように時間を使えるんです」

「なるほどなあ」

いろいろな研究室があるものだ。山根のところは、師匠も弟子も、人生は研究室を中心に回っている。研究が物理的にも精神的にも生活の大部分を占め、しかも今のような忙しい時期には、その比重は百パーセントに限りなく近づいていく。どうかすると、百を上回るような事態すら起こりうる。

「僕には無理なんです、そういうの。研究に追われて新作のゲームができないなんて、耐えられない」

時間がなくて趣味まで手が回らない、その状況を山根に置き換えるなら、花火ができないということになるだろうか。そういえば最近ずっと花火を上げていない。美月さんのこともあるものの、やはり研究が立てこんでいるのが一番大きいだろう。

しかし山根には、花火の時間を削って研究に充てているという感覚はないのだった。実験が一段落ついた日のお祝いに、あるいはどうしてもうまく進まないときの気分転換に、山根は花火を上げる。一方、花火を見上げているうちに、新たな仮説がぱっと頭に浮かんだり、研究をがんばろうという気力がわいたりもする。実験と花火、ふたつは一対とはいわないまでも、対立はしない。むしろ補いあっているといってもいい。少なくとも、限られた時間を奪いあうというような発想にはならない。

「そこが、いいなあって言ってるんです」

寺田がため息をついた。

「第一、ゲームが好きだからって、面白いゲームを作れるわけじゃないですから。それも悔しいし」

「そういうもんなん？」

「はい。プログラムを組むことはできても、ストーリーがないとお話になりません。そこがゲームの命です」

「命、なあ……」

「ああもう、どうしたらいいんだろう」

寺田は途方に暮れたように眉を寄せ、坊主頭をごしごしこすった。襟ぐりが伸びたTシャツに色あせたジーンズというしょぼくれた服装なのに、あぐらが座禅を連想させるせいか、どこか修行僧のような風情がある。いつまで経っても悟りが開ける兆しが見えず、落胆を隠しきれないのだ。

「いや、おれやって、花火職人になろうとは思ってないって」

いい返答が思い浮かばず、山根はひとまず明るく言ってみた。

「それなりに、いろいろ悩むこともあるで。どうしても時間が足りんときもあるし、実験やってすぐ行き詰まるし」

研究は常に上首尾に進むとは限らない、というか、失敗のほうが断然多い。あまりにうまくいかないと、当然やる気も失《う》せる。それでもめげずにつっ走るのが、教授や一部の先輩たちだ。寝食を忘れ、髪を振り乱し目を血走らせて、研究に取り組んでいる。強靭《きょうじん》な気力、あるいは鈍感さに支えられた、そのストイックな境地には、山根はいまだにいたっていない。

「まだまだやって、おれなんか」

ただ、院に進んで以来、だんだん先輩たちの側に近づいているのも確かだった。しかも、加速度もついている。ただしそれは、意志を持って選んだというより、気づけばそこに流れ着いていたというほうがしっくりくる。あまり深く考えもしなかった。

「そうか」

ふと思い当たり、山根は声を上げた。

「真面目なんやな、寺田は」

「ええ？　どこがですか？」

寺田が訝しげに聞き返す。

「ゲームがやりたくてなるべく楽な研究室選ぼうとしてるのに、どこが真面目なんですか」

「いや、そういうふうにいろいろ考えてること自体、えらいよ。おれとか安藤とか、なんも考えんと学部時代の研究室に居座ってるだけやもん」

勝手に安藤を仲間にひき入れていいものかはわからないけれど、奴の場合も、学術的な興味より食い気のほうが頭の中でかさばっているはずだ。

「そんなことないですよ」

寺田が小さく笑った。左右に広げていた膝を閉じ、両腕でぎゅっとひき寄せるように抱えて、三角座りの姿勢を取る。背をまるめて膝小僧に唇を押しつけ、

「すみません」

と、くぐもった声で謝った。それから頭をそらして天をあおぎ、今度は会話を打ち

きるように、すみません、ともう一度きっぱり言った。

「愚痴ばかり言ってしまって、お恥ずかしいです」

「いやいや、おれは、別になんも」

うろたえて首を振った山根の前で、寺田は再び正座に戻り、両手をそろえて深々とおじぎした。


三時半を過ぎてとうとう行列が現れたときには、拝観席は立ち見も出るほどの盛況になっていた。席の外にも、たくさんの見物人が集まっている。

「あの朱《あか》いのが、乗尻《のりじり》ってやつやな」

パンフレットの懇切丁寧な説明つきのイラストが、ここで本領を発揮した。目の前を通っていく行列と見比べてそれぞれの役回りを確かめられるので、漫然と眺めているよりもずっと面白い。

「お、警衛列ですよ。赤いのが検非違使尉《けびいしのじょう》で青いのが検非違使志《けびいしのさかん》ですね。着物の色が違うのは、上司と部下だからですかね？」

「そうちゃう？　赤のほうが目立ってるし。後ろについてきてる警官隊は、もっと下っ端やな」

「ちゃんと弓矢も持って武装してる。なんだか強そうですねえ」

寺田も元気を取り戻していた。ふたりでにわかじこみの知識を披露しあっていたら、隣の夫婦に声をかけられた。

「あんたら、えらい詳しいなあ」

こういうときに、ただ綺麗だと見とれるだけでなく、その意味あいや位置づけが気になってしまうのが、花いわく「理系男子」の性《さが》だろうか。花見でのクマリンの話ではないが、そんなのいちいち解説しなくていいよ、と花ならうるさがるかもしれない。

「次はお供えもの系やな」

注連縄《しめなわ》のかけられた御幣櫃《ごへいびつ》をかついだ白丁《はくちょう》が、衛士《えじ》、つまりガードマンに先導されていく。それから青い着物の内蔵寮《くらりょうの》史生《ししょう》と、同じく青の装束をまとい、弓矢と豹皮《ひょう》の鞘《さや》に入った刀で武装した馬寮使《めりょうづかい》が続く。皆、帽子に葵の枝をつけている。その後ろからは、献上される二頭の白馬が牽かれてきた。

「先輩、どうしたんですか？」

乗り出していた上体を急にひっこめた山根に向かって、寺田が聞いた。

「いや、馬はちょっとな」

山根は新入生の頃、北部キャンパスで馬術部の練習馬に轢《ひ》き殺されかけた経験がある。目の前の馬たちは、神様に捧げられるだけあって育ちがいいのか、それとも長い道程で疲れているのか、おとなしくふし目がちに歩いてくるものの、ぽくぽくと鳴る蹄《ひづめ》の音にはどうも体がすくむ。

「そんなにこわがらなくても、かわいいですよ。僕、乗ったこともあります」

「ほんまに？　やっぱお前、ぼんぼんやな？」

「違いますよ。親戚のうちで乗せてもらっただけです」

　馬を見送ると、巨大な花傘が近づいてきた。上には赤やピンクや白の花がてんこ盛りになっていて、迫力がある。

「風流傘《ふりゅうがさ》です」

　寺田が隣の老夫婦に向かって解説を入れた。夫のほうがカメラを構え、何度かシャッターを切った。妻は小さく手をたたいている。

「立派なもんやねえ。見るからにおめでたい感じやし」

「上にのっているのは、牡丹《ぼたん》やかきつぼただそうです。あれは造花なんですかねえ。あ、近衛使代も来ましたね」

　黒い衣裳を身につけた近衛使代は、長い裾をひいている。傘に背後を護《まも》られ、雑色《ぞうしき》や小舎人童《こどねりわらわ》を従えて、厳かに二の鳥居を目ざしていく。行く手には出迎えの警護隊が控えている。

「さすがに貫禄があるなあ」

「近衛使代は今日の主役ですもんね」

「主役は斎王代やないの？」

老婦人の質問に、違うんですよ、と寺田がすかさず答えた。

「この近衛使代が、行列の中で一番位が高いんです。天皇のお使いですから」

「はあ、なるほどねえ」

「勅使代《ちよくしだい》って呼ばれることもあるみたいですね。勅使も天皇のお使いのことですけど、どっちにしても代行者がお務めしているんです。だから、代、がつくんですよね」

「斎王代も斎王の代理やから、それと同じ意味ですよ」

山根も言い添えた。

「あらあ、そうなんや。お兄さんたち、ほんまに物知りやねえ。うちの孫らとはえらい違い」

「いや、全部ここに書いてありますから」

寺田がパンフレットをかかげてみせた。気持ちは山根にもよくわかる。別に感謝されたいわけではないのだ。新しい知識を得ると、どうしてもそれが口からこぼれ出てしまうだけである。

「そない細かい字、読みたないわ」

なあ、ねえ、と夫婦は顔を見あわせた。押し返された冊子に目を落とし、山根は首をかしげた。

「あれ？　そういや、牛車は？」

馬と近衛使代の間に描かれている牛車がまだ来ていない。まさか、前を通過したのに見落としていたということはないだろう。

「並びが変わったんでしょうか？　それとも、牛がのろくて追い抜かされたとか？」

「えっ、それはありえへんやろ？　今までは全部、書いてある通りやったで」

山根は参道の左右を見回した。すでに近衛使代は左に過ぎ、二の鳥居へと着実に近づきつつある。右のほうからは、雅楽の音色とともに、風流傘がすぐ手前まできていた。傘の後ろで見慣れない形の和楽器を奏でているのは、朱の着物と紫の袴というおそろいの装束をつけた陪従《べいじゅう》の一団で、これもパンフレットの記述と相違はない。

「牛車のこと、なんか書いてありましたっけ？」

寺田がぱらぱらとページをめくるのを、山根も横からのぞきこむ。

「げ」

「うわ」

目当ての記載を見つけたのは、ふたり同時だった。

「一の鳥居の先は御神域となるため、騎乗、輿《こし》、牛車は入れません。皆、鳥居の前で乗りものから降りられ、その先は徒歩での参進となります」

寺田が仏頂面で棒読みする。

「安藤先輩を見逃しちゃいましたねえ」

「ま、そない気合入れて見るほどのもんでもないけどな」

言ったものの、山根もやはり少し残念ではあった。忙しいけど見に行ったるわ、と恩着せがましく約束した手前もある。それを聞いた安藤が、なんやねんえらそうに、と応じつつも、けっこううれしそうだったのも思い出された。

「後で一の鳥居のほうに回ってみます？　まだそのへんにいらっしゃるかもしれませんよ」

「そうやなあ」

どうせなら行列について歩いているところを見たかったけれど、しかたない。

「女人列ももうすぐですし、それだけ見たら行ってみましょうか。牛さんも入れて、四人で記念撮影もできるかも」

寺田は言って、パンフレットから目を上げた。そして、叫んだ。

「あ、ほら、来ましたよ！」

裸足《はだし》のままベンチから芝生に飛び降り、声を限りに呼びかける。

「お姉様！」

列の先頭をひと目見て、山根も椅子から立ち上がった。

お姉様、お姉様、と夢中でわめいている寺田につられたせいではない。道沿いで押しあいへしあいしている群衆の真似をしたわけでもない。声が出ない。息もできない。山根は呆然《ぼうぜん》と立ちつくした。

歩いてくるのは、美月さんだった。

十二単《じゅうにひとえ》をまとい、白粉をつけ、豊かな黒髪に葵の葉をさしている。垂らした白い髪飾りが、ひと足ごとにかすかに揺れる。薄紅色や萌黄《もえぎ》色といった明るい色あいの着物を身につけた童女《わらわめ》に傅《かしず》かれ、神々しいばかりの威厳とともに、斎王代がしずしずと近づいてくる。

10　総本山

寺田と別れて研究室に戻るなり、山根はパソコンを立ち上げた。インターネットに接続して、「斎王代」で検索をかける。たちまち数十万件がヒットした。

一番上の、「今年の斎王代決まる」とタイトルのついたニュース記事を開いてみる。添えられている写真は記者会見の様子らしい。金屏風《きんびょうぶ》の前に立ち、豪奢《ごうしゃ》な振袖姿で微笑んでいるのは、まぎれもなく美月さんだった。

〈京都三大祭のひとつ、五月十五日の葵祭のヒロインとなる斎王代に、野々宮美月さん（26）＝京都市中京区＝が選ばれた。発表は、四月十二日に上京区の平安会館にて。美月さんは、月灯寺《げっとうじ》住職を務める野々宮光之助《こうのすけ》さん（54）の長女。京都市に生まれ、小学校から大学まで市内の学校に通った生粋の京女で、趣味は読書、華道、お琴。記者会見では「このたびは大役を務めさせていただき、大変光栄です」と話した。野々宮住職は、「歴史のある祭事に娘がこういう形で参加させていただけることを、非常にうれしく思う。重大な責任を無事に果たしてほしい」と述べた。葵祭行列保存会の会長も「長い伝統を受け継ぐにふさわしい、京都に縁の深い方」と喜んだ。〉

記者会見か、と山根は力なくひとりごちた。まるで芸能人だ。フラッシュを浴びる美月さんは、いかにも別世界の住人に見える。

パンフレットにも記されていた通り、もともと葵祭の主催者だった斎王の、文字通り「代理」が斎王代である。古来、未婚の皇族女性が斎王となって神に仕えていたのを受け、現代の斎王代もやはり未婚の女性で、ただし皇族ではなく一般人が務める。一般人といっても、広く公募をかけるわけではない。選考方法も基準も公表されていないが、京都にゆかりの深い寺社、実業家、文化人といった、いわゆる良家の子女が毎年選ばれる。

というようなことを、山根は上賀茂神社で寺田に聞いてはじめて知った。

インターネットにはそこまで詳しくは書かれていない。他のページをのぞいてみても、写真の角度が微妙に違うくらいで、掲載されている情報はどれも最初のニュース記事と似たり寄ったりのものだった。禊の儀のときの画像もいくつか見つけた。下鴨神社での神事の最中、御手洗《みたらし》池に手を差し入れて身をきよめているところや、行列の先頭に立つ横顔をとらえたショットもある。

新しい画面が現れるごとに、記憶に残っている美月さんの姿は、じわじわと斎王代のそれに塗り替えられていくようだった。

山根はぎゅっと目をつぶってみる。アルバムをめくるように、ひとつひとつの場面を思い起こす。そっと傘を差し出す美月さん、マトリョーシカとにらめっこしている美月さん、ワンピースの裾を翻してぶらんこを揺らす美月さん。忘れようもないそれらは、しかし、もはや山根の頭の中にしか残っていない。まぶたを開ければ、そこには厳粛に口もとをひきしめた斎王代がいる。次から次へと映し出される写真は、圧倒的な現実味をもって視覚に迫り、美月さんの面影を上書きしていく。

それでも、クリックする手は止まらない。山根は憑《つ》かれたように検索を続けた。マスコミや地域団体の公式ページから個人のブログまで、人気者の斎王代はそこら中に登場している。地元新聞社のサイトでは、美月さんも含めた歴代の斎王代が一覧になって紹介されていた。本人の名前や年齢に加えて、実家の情報も記されている。父親は、呉服屋の社長、茶道や華道の家元、料亭の経営者、とそうそうたる面々だ。斎王代本人のほうは、社会人が半数ほどで、残りは大学生だった。もっとも、今は学生でも、いずれは家を継ぐ場合も多そうだ。去年の斎王代は山根と同じ二十三歳、実家の老舗料亭で女将《おかみ》の見習いに励んでいるという。

美月さんも家業を継ぐのだろうか。確か、家を手伝っていると言っていた。思いついて、月灯寺、と検索欄へ打ちこんでみる。神社仏閣に疎い山根でも、名前に聞き覚えはあった。けっこう有名な寺なのか、それとも以前、先輩か安藤にでも連れられて訪れたことがあったかもしれない。

月灯寺のホームページは、かなり凝っていた。トップページには〈月願《げつがん》宗総本山〉の筆文字が燦然《さんぜん》と輝き、フラッシュを駆使した動画が流れている。本堂、釈迦《しゃか》堂、阿弥陀堂、と解説とともに浮かび上がってくる立派な建物は、どれも緑に囲まれ、重厚で威厳がある。古い歴史を背負った寺と、現代の情報社会を象徴するインターネットというのはなんとなくそぐわない印象があるけれど、今時はそうでもないのかもしれない。少なくともこのホームページは充実している。「月灯寺について」「行事案内」「境内マップ」「参拝時間・アクセス」とメニュー構成は見やすく、「お知らせ」欄の更新頻度も高い。全体のデザインもモダンでしゃれていて、前に花から教えてもらった、レストランやギャラリーのページと比べても遜色ない。英語にも切り替えられるようになっているのは、外国人観光客も多いからだろうか。

ひとわたり目を通し、山根は最初の画面に戻った。月願宗総本山、の六文字が、左から右へ一字ずつ順に、ゆったりと点滅を繰り返している。

総、本、山。

仏教についてなんの知識もない山根にも、その称号の示すところくらいはわかった。斎王代とはまた別の意味で、ものものしい響きがある。要は組織全体の頂点に立つ大元締め、山根の生活圏に置き換えれば、日本最先端エネルギー開発・推進学会理事会あたりが近いだろうか。理事会というか、会長か。会長は、数年前からノーベル賞候補になっている。

ピラミッドのてっぺん、とがった三角の先端を、山根は連想した。見上げたら、そこには斎王代の衣裳を身にまとった美月さんが立っていた。赤い唇をきゅっとひき結び、りりしく前を見据えている。下界には、目もくれない。

山根は机につっぷした。

額がキーボードをたたき、かしゃん、と耳ざわりな音を立てる。のろのろと顔を上げると、画面は黒く塗りつぶされていた。

実験の続きに手をつけてみたものの、まったく身が入らず、山根はあきらめて早めに寮へ戻った。

玄関に足を踏み入れたら、安藤がたたきでかがみこんで、スニーカーの紐《ひも》を結んでいた。山根の顔を見て、どうやった、と言う。

「へ？」

「牛、かわいかったやろ？」

まだ数時間しか経っていないのに、上賀茂神社で行列を見物したのがはるか昔の出来事に思える。いろいろなことが起こりすぎて、一気に年を取った気さえする。

「けっこう暑かったし、終わったらもう汗だくで、おれらも牛もへとへとやわ」

言葉とは裏腹に、安藤は元気そうだ。

「えらい人出やったな。ちゃんと見えた？」

「ああ、まあ」

牛車を結局見そこねたとは言いにくく、山根は曖昧にうなずいた。

「そういや、話変わるねんけど」

話題をそらそうという意図でもなかったのだけれど、思いついて聞いてみる。

「月灯寺って、知ってる？」

「ああ、斎王代の？」

いきなり直球が返ってきた。山根の肩に力が入る。

「あそこなら、山根もいっぺん一緒に行ったやん。一回生のときやわ。先輩と三人で」

機嫌よく続けた安藤は、しかし別段なにを察したわけでもないようだった。

「そうやったっけ？」

　山根はそっと息を吐き、相槌を挟んだ。考えてみれば、行列の一員として朝から延々と歩いていた安藤の口から斎王代という単語が出てくるのは、さほど不思議でもない。そうでなくても、斎王代の知名度がいかに高いか、山根もすでに思い知っている。

「ほら、中京区の、めちゃめちゃ立派なとこやで。本殿に細かい龍の彫刻があって、慶長元年にできたいかつい鐘があって、客殿には文化財の屏風と襖絵《ふすまえ》があって」

　安藤はすらすらと説明してみせる。

「覚えてないなあ」

　あの頃は毎週のようにどこかしら出かけていた。それも一日に数箇所を回るのだ。よほど特徴がない限り、記憶には残っていない。

「でかいなあ、すごいなあ、ってお前も珍しく感動してたやん」

　珍しく、というのは人聞きが悪いが、正直なところ寺めぐりは食傷気味だった。安藤たちのほうが、「感動」しすぎなのだ。拝観時間いっぱいまで粘って追い出されたり、立入禁止の柵を乗り越えてこっぴどく怒られたりもした。

「山根、ほんまにやる気なかったよなあ。先輩は先輩でテンション上げすぎて、そのうち疲れていらいらしてくるし。いろいろ気ぃ遣ったで、おれも」

「よう言うわ」

山根もだんだん思い出してきた。休もう、帰ろう、と言い張っても、安藤にはことごとく黙殺された。鐘だの彫刻だの、寺そのものの細部は克明に覚えているくせに、都合のいいところだけ忘れている。明らかに偏ったその記憶力に物申したいのをぐっとこらえ、山根は話を本筋に戻す。

「そんなにでかいんや？」

「まあ、有名どころやしなあ。しかも紅葉の時季でめちゃくちゃ混んでたな。そうやお前、最初は元気やったのに、すぐへたれたやん。門の前にあったお茶屋で、餅おごったったやろ」

「ああ、あそこか」

山根もやっとぴんときた。店先のベンチから眺めた門構えが目に浮かんだ。

「思い出した？　花より団子やな」

安藤にだけは言われたくない。

それはともかく、確かに「でかい」し「すごい」寺だった。ホームページから受けた堂々たる印象は、思い違いではなかったのだ。市内の中心部にもかかわらず広々とした敷地に、国宝だか重要文化財だか、ともかく価値のある仏像や建築が目白押しだった。先輩と安藤ははしゃいでいたけれど、山根のほうはひと通り見て回るだけでくたびれ果ててしまった。

「けど、あの餅はかなりうまかった。また近いうちに行こうや」

「そうやな」

山根はうなずいた。餅はさておき、月灯寺にはぜひもう一度行かなければならない。

「いつにする？」

「せやなあ。今日まるまる休んでもたから、今週はきついかもしれんけど。ちょい待ってな」

予定を調べようとポケットから携帯電話を取り出した安藤は、あ、やべ、と声をもらした。

「ごめん、また後で決めていい？　打ち上げに遅れそうや」

安藤があわただしく出ていくと、どっと疲れが出た。山根は玄関口に座りこみ、靴を脱ぐでもなく宙を見上げた。

「おかえり」

話し声を聞きつけたのか、受付から管理人が顔をのぞかせた。山根をみとめ、不審げに聞く。

「どうしたんや？　魂、抜けとるで」

「ああ、大丈夫です」

山根はふわふわと首を振った。確かに今、魂は中京区の上空をさまよっているに違いない。

なんとか立ち上がり、二階に上りかけて、寺田の部屋の前で足が止まった。山根は扉をたたき、耳をすました。電子音がかすかに聞こえてくるばかりで返事はない。

もう一度強めにノックして、戸を開けた。

「入るで」

案の定、寺田はテレビに向かっていた。畳の上にじかに置かれたテレビと、その真正面に正座してコントローラーを握りしめている寺田は、コードでつながれた一対の置きもののように見える。薄暗い部屋の中で液晶画面が明るく浮かび上がり、寺田の横顔を青白く照らしている。

「はあい」

前を向いたまま答えた寺田のすぐ横まで近づき、なあ、と山根は呼びかけた。

「ちょっといい？」

「はい、はい」

寺田は依然として画面から目を離さず、生返事をよこした。山根もふだんなら邪魔せずに見守るところだけれど、今日は待てなかった。

「なあ、寺田」

思ったよりも、声が大きくなってしまった。寺田が手を止め、山根を見上げる。

「どうなさいました？」

いつもと変わらず丁寧な口調である。わずかに眉根を寄せているのは、迷惑がっているというよりは、せっぱつまっている山根を訝しんでいるように見えた。

「いや、ちょっと」

山根は口ごもった。強引に声をかけたくせに、どう切り出したものか、あまり考えていなかった。どうも頭がうまく回っていない。

「先輩？」

寺田が眉をさらに寄せ、一時停止のボタンを押していったん画面を凍らせた。ぷつりとゲームの音が消える。

「いや、ちょっと」

山根は繰り返し、へたりこむように畳へ尻をつけた。美月さんのことを教えてくれ、と単刀直入には聞けない。

寺田が立ち上がって電灯の紐をひいた。部屋がぱっと明るくなった。

「大丈夫ですか？　具合はいかがです？」

斎王代を見送った後、山根はあまりの衝撃に放心してしまい、しばらく座りこんだまま動けなかったのだ。

「まあ、ぼちぼち」

山根は歯切れ悪く応じた。具合がいいとはとても言えない。

「それにしても、びっくりしたわ」

「え？」

「いや、斎王代が……」

美月さんだったなんて、と言いかけたのを、すんでのところでのみこむ。

「寺田のいとこやったとはなあ」

「僕だってびっくりしましたよ！　まさか自分のいとこが斎王代になるなんて」

寺田が嬉々《きき》として応じた。この無邪気な後輩と美月さんがいとこどうしだというのも、またびっくりだ。

「身内が言うのもなんですけど、名誉ある役目ですから。誰でもなれるってわけじゃないですし」

それはそうだろう。名だたる旧家が軒を連ねている京都の街で、一年にたったひとりしか選ばれないのだ。見た目、仕草、話しかた、美月さんはどこもかしこも上品で洗練されている。育ちのよさは一目瞭然ではあるものの、しかし斎王代とは。

「綺麗でしたよね。ほんとに」

恍惚《こうこつ》として言う寺田に、山根も大きくうなずき返す。綺麗だった。本当に。

「親戚もみんなで見に行ったらしいんですけど、盛り上がって大変だったみたいです。

母も感動しちゃって。さっき、電話までかかってきました」

「へえ」

「声がおかしくなってました。叫びすぎたのかも」

お姉様、のかわりに、美月ちゃん、とでも呼び続けたのだろう。寺田家と野々宮家はかなり親しい間柄のようだ。

「仲いいんやな」

「そうですね。小さい頃から行き来はありました。僕の実家が引越す前は近くに住んでましたし、お姉様にもよく遊んでいただいて」

「ええなあ」

山根は思わずつぶやいた。寺田がきょとんとしているのに気づき、

「うちは、あんまり親戚づきあいとかないねん」

と、あわてて苦しい言い訳を添える。少なくとも、美しいいとこはいない。

「そうなんですか。まあ僕も、今はすっかりご無沙汰してますけどね。お姉様もいろいろ忙しそうですし」

「そうやろうなあ」

なにせ、斎王代だ。

忙しいというメールに嘘がなかったのは、証明された。美月さんが山根を避けてい

るわけではないともわかった。だからといって、今となっては単純に喜んでばかりもいられないのが、つらいところだ。避けるもなにも、もともと美月さんはおそろしく遠くにいる。

どうやったら距離は縮まるのだろう。そもそも縮められる距離なのか。

「斎王代のほうは今日で一段落ですけど、おうちのほうも大変ですしね」

「ああ、月灯寺？」

「ええ」

いったんうなずいた寺田は、首をかしげた。

「あれ、お話ししましたっけ？」

また余計なことを言ってしまった。山根は内心ひやひやして、ごまかした。

「ええと、禊の儀のときやったかな」

「ああ、そうでしたか」

寺田は簡単に納得した。あれだけ興奮していたら、あまり細かいことまで覚えていないだろう。

「なにしろ、あの月灯寺ですからね。しかもお姉様は一人娘ですし」

あの月灯寺。

山根は唾をのみこんだ。美月さんは、とまた危うく言いかけて、いとこさんは、と言い換える。声がかすれた。

「後を継ぎはるんや？」

「そうですね。婿養子を取ることになりますね」

「婿養子……」

ぼんやりと反復した山根の顔を、寺田が心配げにのぞきこんだ。

「先輩、やっぱりしんどそうですよ。お顔が熱っぽいし、目も赤いです。今日は早くお休みになったほうが」

「うん。そうしよかな」

山根は退散することにした。ドアに手をかけたのとほぼ同時に、背後で電子音が響きはじめた。

11　持つべきもの

ガラスをたたく雨の音で、山根は浅い眠りから覚めた。寝不足のせいか頭がだるい。昨日は寺田の部屋を辞して自室に戻った後も、またパソコンを立ち上げた。斎王代の検索を続けているうちにどんどん目が冴《さ》えてきて、すっかり夜ふかししてしまった。実験で徹夜するのは慣れているけれど、それとはまた違った疲労が、全身に重くまとわりついている。

朝食の時間ぎりぎりまでぐずぐずと布団の中で過ごし、食堂へと向かった。細長いテーブルの端、厨房から一番遠い席につく。

「おはよう」

隣の安藤が気だるげに言った。心なしか酒臭い。昨日の打ち上げが盛り上がったのだろう。おはよう、と山根が答えると同時に、音楽がはじまった。

ラジオ体操が終わると、各自の茶碗が行き来し、食卓が整った。いつもと同じ朝だった。少なくとも山根はそう思っていた。あれ、寮長がおる、と安藤がつぶやくまでは、食堂にいつもよりひとが多いことにも気づいていなかった。

長方形のテーブルの短い一辺、いわゆるお誕生日席に、寮長は座っていた。厨房寄り、山根とは反対側である。その斜め後ろ、こちらから見て対角線上には、しかめ面の管理人が立っている。いつもなら厨房にひっこんでしまう料理長も、炊飯器をぶらさげ、寮長の隣に控えている。

「なんやろ」

安藤が怪訝そうに声を上げ、他の寮生たちも箸と茶碗に伸ばしかけていた手を止めて、三人に注目した。ぼんやりしていた山根も、さすがに寮長のほうへ向き直った。寮長がこうして一緒に食卓を囲むのは、ごく稀《まれ》なことである。しかも他のふたりもそろってとなると、山根の知る限りではじめてだ。

「おはようございます」

寮長が言った。寮生十人も反射的に挨拶を返す。

「おはようございます」

「今日は、皆さんにお話があります」

寮長に切り出されて、皆、身構えた。硬い口ぶりから、愉快な話ではないのは察せられた。

「また誰か、なんかやらかしたんかな」

川本がささやいた。寺田が身震いをする。

「今度はなんでしょうね」

山根が庭の植木を花火で焦がしたときも、川本が部屋の畳に大量の茸《きのこ》を生やしてしまったときも、寮長は厳しい口調で寮則の追加を宣言したものだった。寮の庭では火気厳禁。動植物、特に菌類の、自室への持ちこみは禁止。日頃は穏和な寮長だけに、たまに見せる険しい表情からは、なんとも重苦しい雰囲気が漂う。

けれど寮長が口にした内容は、思いもよらないものだった。

「この寮が取り壊されることになりました」

食堂がしんと静まった。雨音が大きくなった。


呆然としている寮生たちに、寮長は抑えた口調で説明を続けた。

大学で新しい研究棟を整備する計画が進んでいること。建設地は、なるべくキャンパスと近い場所が望ましいとされていること。その近辺でまとまった広さの土地を新たに買いとるのは難しく、もともと大学が所有している敷地でまかなわなければならないこと。普通の校舎や食堂といった「優先度の高い」建物をはずしていくと、寮が建っている南端の一角が、第一候補として残ること。そこにあるテニスコートやグラウンド、そして寮の土地を合わせれば、ちょうど必要な面積に足りること。大学から学生が減る夏休みの時期に、着工する予定になっていること。

「夏休みって、もうじきじゃないですか」

寺田が悲愴な声でつぶやいた。

「信じられへん」

安藤がうめく。食堂にざわめきが広がっていく。

「すみません。わたしも先週はじめて知らされたんです」

淡々と話していた寮長の口ぶりが、わずかに揺れた。料理長と管理人は寮長の両脇で、むっつりと黙りこくっている。どこかで見た構図だった。美月さんとラーメンを食べた帰りに、出かけていく三人と寮の入口ですれ違ったのを、山根は思い出した。

「おれら全員、住むとこがなくなってまうってこと？」

「ええ！　どないすればええん？」

「別の寮に移るとか？」

「どこもいっぱいやろ。ひとりやふたりならともかく、十人やで？」

「普通の下宿やったら家賃も高くつくやろなあ。やばい、払えへんかも」

言いかわしているうちに、皆だんだん顔がひきつってくる。

「寮長」

手を挙げて質問したのは、寮生の中で最年長、法学部八回生の先輩である。

「取り壊すってことは、強制退去させられるってことですよね？　住人としての我々の権利はどうなるんですか？」

　留年を繰り返しているとはいえさすが法学部、発言が一味違う。日頃から、なぜ大学には八年しか在籍できないのか、それを超えると強制的に中退させられるのは学ぶ権利の侵害ではないか、ねえきみはどう思う、と誰彼かまわず議論をふっかけてくるだけのことはある。

「大学側の、権力の濫用ですよ。横暴すぎます」

　もともとこの先輩は、大学当局に対して批判的である。彼によると、学生の能力をテストの点数ではかろうという短絡的な発想自体が笑止で、他に有効な手段を開発できないのは大学の責任であり怠慢でもあるらしい。試験に落第するたびに、自分の知能指数や知識の量に問題はない、ただ尋常でなく本番に弱いだけなのだと開き直っている。

「それに我々にとっては、この寮は単なる住居を超えて、精神的な支柱でもある。つまりこれは、アイデンティティーの危機でもあるんですよ！」

　先輩は唾を飛ばして熱弁する。やや熱が入りすぎている感もあるものの、言いたいことは理解できなくもなかった。アイデンティティーと呼ぶかどうかは別として、山根にとっても、寮はどこかで心のよりどころになってしまっている。ここがなくなってしまったら、住む場所を失って不便だということ以上に、純粋にさびしい。

「もちろん、きちんと補償はしてもらうつもりです」

寮長はテーブルを見回した。

「いえ、絶対に補償してもらいます。取り壊しの時期や、退去した後の手当てもわたしが交渉しますから、皆さんは安心して下さい。心配いりません」

きっぱりと言いきられて、先輩は口をむずむずさせながらも、とりあえず黙った。

「今後も、状況はお知らせします」

寮長はしめくくり、すっと立ち上がった。話はここまでということらしい。料理長と管理人も無言で身を翻し、それぞれの持ち場へと戻っていく。

三人がいなくなったのを境に、食堂は再び騒然とした。

「どないしよ?」

「どうもこうも、なあ」

冷めてしまった朝食をつつきつつ、寮生たちの間で議論がはじまった。ふだんはまとまりのない十人が、同じ話題に集中するのは珍しい。それだけ事態が深刻だともいえる。寮長を信頼しないわけではないけれど、やはり先が思いやられる。もしここを出なければならなくなったとしたら、どこで暮らせばいいのだろう。

「やっぱり研究室やろか」

というのが、まっさきに出た意見だった。

「そうやな、今でもけっこう泊まってるし」

山根をはじめ、何人かが同意した。寝られる場所として思いつく中では、最も妥当だろう。冷暖房もあるし、カラオケや漫画喫茶と違って、基本的にただですむ。大学の食堂は朝から夕方までやっているから、食事にも困らない。その気になれば実験用のバーナーで簡単な炊事もできる。共用の冷蔵庫や電子レンジもある。

「先輩たちはいいかもしれないですけど、学部生にはちょっと微妙ですよ。正式に研究室所属ってわけじゃないので」

寺田が遠慮がちに口を挟んだ。他の学部生たちも不安げにうなずいている。

「行くとこないなら、うちに来る？」

名乗りを上げたのは、川本だった。

「広いわりにひと少ないし、二、三人ならなんとかなると思う」

「お出かけ系やもんな、お前んとこ」

川本の研究室には、山根も何回か行ったことがある。確かにいつも閑散としている。教授も学生も、動植物の採集で研究室を空けることが多いのだ。

「そうや、でっかい水槽があるから風呂がわりにもできるかも。熱湯はまずいけど、水浴びとかぬるま湯ならいけるで」

「水槽って、あの地下にあるやつ？」

案内してもらった地下室の様子を思い起こし、山根はおそるおそるたずねた。窓のない部屋には大小のケージや水槽が並び、青白い蛍光灯の光に照らし出されていた。中央に置かれた大きな水槽は、中でもひときわ目をひいた。

「おう。サイズは十分やろ？　安藤にはちょいきついかもしれんけど」

川本の言う通り、あれなら賃貸アパートのユニットバス程度の大きさはあるだろう。しかし。

「鰐《わに》が入ってたやん」

山根は言った。

「は？　鰐？」

さすがの安藤も眉をひそめた。

「それ、危ないやろ。食われるんちゃう？」

「ああ、モモちゃんのこと？　大丈夫、めっちゃおとなしいし。ああ見えて人見知りするねん」

モモちゃんの血走った両目とぎざぎざの歯並びは、今も忘れられない。頑丈そうなガラスに隔てられているとはいえ、鋭い牙《きば》を剝《む》いてさかんに威嚇され、山根は思わず何歩か後ずさってしまった。初対面の人間への警戒心を隠さないという点では「人見知り」と呼べなくもないかもしれないが、「めっちゃおとなしい」とは到底思えない。

「それにモモちゃんはグルメやから。そこまで腹がへらん限りは、人間なんか食わへんはずやで」

川本が明るく言い添え、山根は深くため息をついた。寺田を含めた何人かも、山根にならう。

「冬までなら、鴨川でもいけるんちゃう」

とりなすように、誰かが言った。

「橋の下とか、住んではるひともおるもんな」

「そこはちょっと競争率が高くないですか？」

「そうや、友達の家とかどうやろ」

ようやくまっとうな意見が出た。下宿生が大半を占める大学だから、泊めてもらう場所にはそれほど困らないだろう。実際、山根の研究室にも、奈良の実家から通うのが面倒で、友達の家を転々として暮らしている先輩がいる。

「おれらはとりあえず龍彦んちやな」

安藤に言われて、山根もうなずいた。龍彦が住むワンルームマンションには、引越しを手伝いがてら遊びに行った。広くはないものの、小綺麗で住み心地もよさそうだった。

「あ、でも花ちゃんに悪いんちゃう？」

はたと思いつき、山根は言った。花なら友達の窮状を見過ごしはしないだろうが、たまにしか会えない恋人の部屋に邪魔者が居座っていては申し訳ない。たとえば自分の立場に置き換えてみても、美月さんと会うときに安藤や他の誰かに同行されてはたまらない。

そこまで考えて、山根はひとり赤面した。自分の立場に置き換える？　龍彦にとっての花ちゃんが、自分にとっての美月さんにあたる？

ああ、なに考えてんやろ。

「悪いって、やっぱり」

邪念を振り払うように、山根はぶっきらぼうに言った。

「そうか？　いつでも一緒に飲めて、楽しいやん」

安藤が悪びれずに答える。先ほどまで真剣に話していたはずが、いつのまにかのんきな表情に戻っている。

「まあ、大丈夫やろう。寮長もああ言うてはったし」

「そうですかねえ」

肩をすぼめている寺田の向こうで、八回生の先輩が憮然《ぶぜん》として拳を握りしめる。

「おれは断固として闘うぞ」

「案外、ひょいと他の場所が見つかるかもしれませんよ」

「そんなにうまくいくわけないだろう。だいたい、工事の時期まで決まってるのに」

「だって、ここがなくなるなんてありえへんし。想像つきませんよ」

安藤だけが、あくまで楽天的である。なあ、と同意を求められて、山根は口ごもった。安藤ほど楽観はできないものの、実感がわかないのは山根も同じだ。寮がなくなるなどということが、とても現実に起こるとは思えない。この寮は何十年も、ひょっとしたら何百年も前からここにあり、そして何百年先もずっと存在し続ける――むろんそんなわけはないのだが、どうもそう感じてしまうところがあるのだった。

雨がやむのを待って、安藤と山根はコンビニでスナック菓子とビールを買いこみ、龍彦の部屋へ向かった。こんな大ニュースを、元寮生の龍彦に知らせないわけにはいかない。居候の申しこみは冗談としても、朝食のときに龍彦の話をして、ひさしぶりに顔を見たくなってもいた。

十二時頃にマンションに着き、オートロックの玄関口で何度か呼出音を鳴らしてみたが、応答はなかった。あきらめずに繰り返し部屋番号を押しながら、安藤が首をかしげる。

「休みの日やし、この時間ならおると思ってんけどなあ」

「え、なに、メールしたんちゃうん？」

山根はびっくりして聞いた。

「したけど、返事がこんねん。無理って断ってこんってことは、いけるかと思って」

言い訳する安藤を、責める気にはなれなかった。不精な龍彦と連絡を取るのがどれほど難しいか、山根も十分承知している。

「電話は？」

あきらめ半分に、一応たずねてみた。

「出ん」

安藤が即答する。

「おらんのかな」

「いや、いつものあれやろ」

安藤は宙にペンを走らせる真似をしてみせた。

龍彦はどんなときでも、頭のどこかで研究のことを考えている。もちろんずっと思索にふけっているわけではないが、ふとした拍子になにかひらめいてしまうと、もう止まらない。一睡もせず、飲み食いもせず、周りの声も耳に入らず、なにかに乗り移られたように、ひたすら手もとのメモに数式やら計算式やらを書きなぐる。運悪くメモが手に入らないときには、レシートの裏やらティッシュやら手の甲やら、あらゆるもので代用する。まだ寮に住んでいた頃、押入れの襖がすべて数式で埋まっているのを目にしたときには、背筋が寒くなったものだ。龍彦は寮長にひどく叱られていた。部屋を汚したことよりも、不摂生について説教されていた。

山根と安藤も襖の張り替えを手伝った。すまんな、と龍彦はぼそぼそと謝った。そのときにはもう正気に戻っていてほっとしたのだけれど、しかしそれ以降も、龍彦は何度かおかしくなった。病院の世話になったことさえある。門外漢の山根には数学のことはさっぱりわからないものの、龍彦の生活ぶりを見る限りでは、そうとう健康に悪そうな学問のように思える。

「まさか倒れてないよな」

急に心配になった。龍彦ならありえなくもない。

「や、それはさすがに大丈夫やろ。あいつもだいぶまともになったよ。花ちゃんのおかげやな」

安藤が保護者めいた口ぶりで答えた。確かに、花が現れてから龍彦は変わったと山根も思う。具体的になにがどう変わったとは説明しにくいが、ゆとりが出たというか地に足がついたというか、安藤の言うようにまともになった気がする。

「とりあえず、帰るか」

　ふたりが踵を返しかけたとき、背後でドアが開く音がした。

「どうしたん？」

　龍彦がいた。見慣れない、派手なピンク色のTシャツを着ているせいか、誰だか一瞬わからなかった。服装にうるさい花の見たてだろう。はっきり言って、あまり似合っていない。

「どうしたんって、そっちこそどうしたん？」

「いや、全然上がってこんからおかしいなと思って」

「龍彦が開けてくれへんからやろ」

「ほんまに？　上でボタン押したんやけどな」

　龍彦はこちら側に出てきて、オートロックのテンキーをしげしげと眺めた。

「お前、使いかたわかってへんやろ」

　安藤がぼやいた。理系のくせに龍彦は機械類に弱い。

「そういや、こないだも花ちゃんにやってもろてたやん。自分ちやねんから、いいかげん覚えてくれや」

　龍彦がまともになったといっても、あくまで以前と比べての話である。頻度は下がったとはいえ、研究熱心のあまり音信不通になるのは相変わらずだし、花にせっつかれて買ったというはじめての携帯電話も、いまだに使いこなせていない。流行の服を着ても中身まで変わるわけではないようだ。

「そっか、だから宅配便とかも来てくれへんかったんか。なるほどなあ」

謎が解けてすっきりしたらしく、龍彦はうれしそうにうなずいた。

「悪かったな。とりあえず上がってや」

「おう、せっかくやし飲も飲も」

安藤がコンビニ袋を大きく揺すった。

「待たされたおかげで、いい感じに喉も渇いてもたわ」

「あれ？」

機嫌よく扉に手をかけた龍彦が、ぱっとこちらを振り向いた。笑みはすっかり消えていた。閉まってしまったオートロックの前で、三人はがっくりとうなだれた。

中から出てきた住人と入れ違いにオートロックを突破し、やっと入れた龍彦の部屋を見回して、安藤は満足そうにうなずいた。

「これなら余裕やな」

寮時代から荷物が少ない龍彦だけあって、ワンルームは思ったよりも片づいている。

「持つべきものは友達や」

「なんやそれ？」

龍彦が首をかしげる。安藤がおもむろに大事件を伝えると、何事にも動じない龍彦も、うそ、ほんまに、とさすがに驚いた声を上げた。

「まあでも、寮長がなんとかしてくれるっていうから」

「へえ。そんなら大丈夫なんかな」

安藤のひと言で、龍彦はあっけなく冷静になった。花から譲り受けたのか、しゃれた白木のローテーブルに、山根たちが持参した缶ビールとつまみを並べていく。

「そうやろ？　やっぱり龍彦もそう思うよな？」

安藤が身を乗り出し、ポテトチップスの袋をばりばりと破った。

「みんな、けっこう気ぃ小さいねん。寺田とか泣きそうやったし、先輩はぶちきれてはるし」

「そうなん？　けど、山根もわりと落ち着いてるみたいやん」

「そういや、確かに」

安藤が思いついたように山根の顔を見た。

「お前も意外と気にしいやもんな。もっといじいじ考えそうなもんやのに、今回は男らしいやん」

「そうか？」

短く答えたものの、心当たりがなくはなかった。寮のことは確かに心配だ。でももっと大きな気がかりの陰になって、相対的にかすんでしまっているのかもしれない。

「それよか、山根、大丈夫なん？」

タイミングよく龍彦が聞いた。

「えらい気にしとったで」

と続け、主語を後から補う。

「花が」

「へ？　花ちゃん？」

安藤はきょとんとしているが、山根には龍彦の言わんとするところがのみこめたので、とっさに答えた。

「大丈夫、大丈夫」

「大丈夫ならええけど」

龍彦はやはりあっさりとひき下がった。話の流れに追いついたらしい安藤が、黙ってビールを山根に手渡した。受けとったふたつの缶のうち片方を、山根は龍彦に回した。

「花ちゃんにはいろいろ相談に乗ってもろて。ありがとうな」

「いや、楽しいって言うてたよ。聞いてるだけでうきうきしてくるんやって」

花にはまだ、美月さんが斎王代だったとは報告していない。情報通の花なら、斎王代がどんな立場なのかもぴんとくるだろう。それを聞いてもなお「うきうき」できるかは、疑問だ。

「そういう話が大好きやからなあ、花は」

苦笑まじりにしめくくった龍彦の、花、という響きが山根の耳に残った。

龍彦は、いつから花のことを呼び捨てにしはじめたのだったか。最初は確かに「花ちゃん」と呼んでいたはずなのに、いつのまにか「花」に変わっていた。せきたてられるように、山根は記憶をなぞってみる。いつだろう。その変化がどのように起きたのか、どこに境目があったのか、その参考データを使う機会がすぐに訪れるわけではないにしても、ちゃんと思い出しておきたい。

すぐでは、ない。いつなのかもわからない。それでも、いつか、変化は起きるかもしれない。美月さんが、美月ちゃん、に。あるいは、美月、に!

なに考えてんねん、と今朝がた自戒したばかりなのに、またもや妄想が走り出す。

「でも大丈夫なんやったら、よかったわ」

龍彦のまぶしい笑顔をよそに、

「いや、実はな」

山根はゆっくりと口を開いた。

　ふたりに美月さんのことを面と向かって話すのは、思えば花見のとき以来だった。時折ビールで喉を潤しながら、山根は思いつくままにどんどん喋り続けた。

　十日ほど前、美月さんが傘を返しに来てくれたこと。さんざん歩かせてしまったのに、美月さんは終始感じがよかったこと。その後ふたりで出かけたこと。途中でメモを落としてしまったものの、美月さんが優しくフォローしてくれたおかげで楽しい一日になったこと。葵祭のこと。その後で必死に調べた、斎王代にまつわるあれこれ。

　なぜふたりにこんな話をしているのか、自分でもよくわからなかった。花ではなく、少しは関係のある寺田でもなく、安藤と龍彦に一番に打ち明けることになるなんて、思いがけないことだった。龍彦にいたっては、おそらく斎王代とはなにかも知らないだろう。

「世界が違うっていうか、ものすごい遠くにいるひとやねん。でも会ってるときは、ほんまに楽しくて。せやけど逆に会えへん間は、なんや知らんけど、ずっと苦しい」

　息もつかずに山をかけ上《のぼ》ったかと思えば、そこからまた一気に谷底まで転げ落ちる。いいかげん、体がもたない。

「わけわからんやろ？　もうどうしたらいいんか、自分でもようわからん」

　たった十日間とは信じがたい、長い話になった。山根が口をつぐんだ後も、そのまましばらく、誰も、なにも言わなかった。

沈黙を破ったのは、安藤だった。

「ほんまに姫やったんやな」

と、ぽつりと言った。

「けど、がんばれや」

山根はそろそろと顔を上げた。安藤と目が合った。視線をずらしたら、龍彦もじっとこちらを見ていた。

「そうや、がんばれや」

もごもごと言う。

「ありがとう」

山根も小声で応じた。がんばれと言われても、なにをどうがんばればいいのかまったくわからない。きっと安藤も龍彦もわかっていないに違いない。しかしとにかく、がんばるしかないのだろう。がむしゃらに、がんばるしかないのだろう。

四時頃に龍彦の家を出た。

がんばれや、がんばれや、と交互に耳の奥で響く安藤と龍彦の声に合わせて左右のペダルを踏んでいるうちに、気分はわずかに軽くなっていた。昨日休んでしまった分の穴埋めに研究室へ顔を出すという安藤と、百万遍の交差点で別れた。

持つべきものは友達、か。

今出川通を走り去る安藤を見送って、山根は思う。柄にもなくしんみりしてしまうのは、ビールが回ったせいもあるだろうか。

ひとりで寮に戻ったら、玄関から出てきた寺田と鉢あわせた。

「あ、先輩、おかえりなさい。お出かけだったんですか?」

「おう、ちょっと龍彦のとこにな」

言いかけたところで、寺田の背後から現れた人影をみとめ、山根はその場で立ちつくした。

「おかえりなさい」

美月さんだった。寺田と親しげに肩を並べ、山根に笑いかけている。

「先輩、お姉様とお知りあいだったそうで」

寺田に切り出されて、山根の体はいっそう強ばった。出会いのいきさつや、その後なぜ黙っていたのかについて説明を求められるかと思ったのだが、寺田ははしゃいだ口ぶりで、

「うれしいな。偶然って、あるんですねえ」

と続けただけだった。

横でにこにこしている美月さんから、事情を聞いたのだろうか。どういうふうに伝

わったにせよ、気を悪くするような内容ではなかったらしい。もっとも、美月さんがどんな話をしたところで、寺田が気を悪くするとも思えないけれど。

「じゃあ、そろそろ行きますね」

寺田と山根を交互に見て、美月さんが言った。白く美しい肌、ほっそりとした体軀《たいく》、品のいい顔だち、なんとはなしに浮世離れした雰囲気。意識してみれば、寺田と美月さんにはいくつも共通点が見つかる。

「お気をつけて。伯父様と伯母《おば》様にもよろしくお伝え下さい」

寺田が軽く頭を下げた。

「あ、じゃあ、送っていきます」

反射的に、山根は口を挟んでいた。ふたりが同時にこちらを見る。

「いいですよ、ひとりで大丈夫です」

美月さんが首を振った。寺田はばつが悪そうに頭をかいている。

「すみません、先輩よりも僕がお送りすべきところですよね」

「いいんですよ、無理しないで」

「いえ、無理だなんてとんでもない。お姉様のためなら僕はなんでも」

「そんな、忙しいのにわざわざ来ていただくのも申し訳ないですから。また今度、ゆっくりいらして下さい」

「そうですね。伯父様たちにもずっとご無沙汰してしまってますし」

息の合った身内どうしのやりとりに、山根はなかなか割りこめない。

「たいした距離でもないのに、あのあたりってどうも行く機会がないんですよねえ」

寺田が山根に苦笑いしてみせ、美月さんのほうを向いて続ける。

「それに、どうも近頃はばたばたしておりまして」

「存じ上げてます」

美月さんが楽しそうに言った。

「先ほど見せていただいた、あの新しいゲームでしょう？」

「いや、そんなことは……」

寺田の顔が赤くなる。

「でも、今日は本当に大丈夫です。またなにか用事ができたときにでも、ついでに寄っていただければ」

美月さんが優しく言った。

「山根さんにもお目にかかれてよかった。失礼します」

山根にも会釈して、車道のほうへ目をやる。この前と同様、タクシーを拾うつもりなのだろう。そしてこの前と同様、山根はあせった。美月さんが行ってしまう。せっかくこうして会えたのに。次はいつ会えるのかも、わからないのに。

機会。用事。ついで。

なにかないか、山根は懸命に理由を探す。脳細胞を総動員させる。中京区で知っている場所が限られているのが、歯がゆい。なんでもいい、なにかないか。

「月灯寺」

と、山根は言った。

「月灯寺に、行ってみたいんです」

美月さんと寺田が顔を見あわせた。

12 使命

参道には砂利が敷きつめられていて、靴を通して硬い石の感触が足の裏へと伝わってくる。スニーカーならどうということはないけれど、高いヒールでは歩きづらくないだろうか。自分の寺の境内であれば、普通の家でいうと庭を歩いているような感覚になるのだろうか。

「すみません、こんなところまで来ていただいて」

山根の視線に気づいたのか、美月さんがこちらを見やった。じゃり、じゃり、と規則正しいリズムはくずれない。

「いえいえ」

山根はあわてて首を振った。

まさか、こんなに早く月灯寺に来ることになるとは思わなかった。しかも、美月さんと一緒とは。

せっかくだから、と美月さんは主だったところを案内してくれている。

「ここが、釈迦堂です」

「これは極楽と地獄を描いた襖絵です。室町時代のものが火事で焼けてしまって、江戸時代に復元したそうです」

「この仁王像は、最近になって国の文化財に指定されたんですよ」

ほう、とか、はあ、とか、間の抜けた相槌を挟みつつ、山根は美月さんに従った。

敷地は覚えていたよりもさらに広く、閉門時間が間近なせいか空いている。斎王代自らに実家の境内を案内してもらえるなんて、安藤なら大喜びするだろうが、山根の場合は襖絵や仁王像よりも、きびきびと説明してくれる美月さんのほうについ視線が流れてしまう。

「最後は、わたしの一番のお気に入りを」

前置きして美月さんが見せてくれたのは、林に囲まれてひっそりと佇む、小さな石仏だった。本殿の裏手にあたり、拝観の道順からもはずれていて、周りには誰もいない。像の斜め前に木のベンチがぽつんと置いてある。

「これも文化財ですか？」

腰ほどの高さしかない石仏を、山根はしゃがんでのぞきこんだ。彫りこまれた顔や手足は、風雨にさらされてなめらかにまるみを帯びている。長い衣をまとった足もとがうっすらと苔むしていた。

「いいえ、特になにも。でも、いいお顔でしょう」

まるい台座の上にすっくと立つ仏像を愛《いと》しげに眺め、美月さんが言った。確かに、石仏の表情はひどく穏やかだった。うっすらと微笑んだ口もとやゆるく閉じられたまぶたの上に、こもれびがちらちらと揺れている。

「そうですね」

山根はうなずいた。美月さんがにっこりする。

「変な子どもでしょう？　お人形やぬいぐるみより、仏像のほうが好きだなんて」

笑ったら、さらに寺田と似ている。勧められたゲームを面白いとほめたときに見せる表情だ。その顔で、自分と同じくらいの背丈の石像と向きあっている幼い頃の美月さんも、目に浮かぶようだった。

「これも」

美月さんが振り向いてベンチを指した。

「小さい頃、わたしがよくここに来て眺めているものだから、父が置いてくれたんです。ゆっくり座って見られるように」

山根はベンチに近づいて、腰かけてみた。子どものために用意したものだからだろう、座面が低く、横幅も狭い。美月さんが隣におさまると、スカートの裾が山根の脛《すね》を柔らかくすぐった。

　そのまましばらく、ふたりとも黙って仏像を眺めた。いろいろと話したいことがあったはずなのに、いざこうして陽だまりの中で並んでみれば、それだけで十分な気がしてくる。

「この仏様、ご利益は学問成就なんですよ」

　美月さんが思いついたように口を開いた。

「ああ、北野天満宮みたいなもんですか」

「そうですね。学問の神様ですからね」

　芸のない山根の相槌にも、美月さんは律儀に応えてくれる。

「こっちは仏様、向こうは神様ですけど。天神さんは神社なので」

　さりげなく言い添えられて、山根ははっと凍りついた。芸、どころか常識のないことを、口走ってしまったらしい。

「そうですよね、お寺と神社って別もんですよね。すいません、ごっちゃにして」

　寺の跡継ぎ娘に向かって、失礼にも程がある。おろおろして頭を下げると、美月さんは首を横に振ってみせた。

「そんな、謝らないで下さい。わたしも神社は好きですし。吉田神社にもご一緒したじゃないですか」

「あ、そうか」

そういえば、美月さんは下鴨神社におまいりもしていた。

そもそも斎王代という役目はどう解釈すればいいのだろう。上賀茂や下鴨の神社が会場になっている以上、葵祭は神社の行事のはずだから、斎王代が寺の生まれというのはなんだかおかしい気もする。神様と仏様は喧嘩《けんか》しないのだろうか。どちらもえらいから、そこは譲りあって仲良くやるのか。それとも、美月さんなら特別にどちらにも気に入られて、大目に見てもらえるのだろうか。

謎だ。

「神社とお寺は敵対するものじゃないんですよ」

山根の混乱を見透かしたかのように、美月さんは説明した。

「宗派にもよるかもしれませんけど、うちはそう厳しいわけでもないですし。それに、両方とも目ざすところは一緒でしょう」

「目ざすところ？」

「人間を、支えること。それぞれのひとが、使命をまっとうできるように」

美月さんが厳かに言った。山根はため息をついた。

「立派ですねえ」

「いえ、父の受け売りです」

美月さんが肩をすくめて笑う。

「使命かぁ。なんや、かっこええなぁ」

「山根さんにも、使命があるじゃないですか」

「おれに？」

「はい。地球に優しいエネルギーを開発するんでしょう？」

山根の目標を、美月さんは覚えてくれていたようだった。使命、という重々しい響きになんとなく気圧されてしまっていたのも忘れ、山根は勢いこんで言った。

「研究、がんばります」

口に出したら、決意はますます揺るぎないものになった。美月さんと、ついでに仏像に向かって、誓う。

「絶対がんばります」

漠然とした夢を、覚えていてもらえただけでもうれしかった。しかもそれを、美月さんは使命という美しい言葉で励ましてくれた。かつて経験したことのない力がみなぎってきて、山根は武者震いした。

「ぜひ」

美月さんが真面目な顔で言った。

「山根さんは、幸せだと思います。やるべきことを、なかなか見つけられないひともいますから。見つけたからには、大事にしないと」

山根の頭に、研究室や寮の仲間たちの顔が次々と浮かんだ。彼らはたぶん、見つけたのだ。だから皆、とことん、幸せそうなのだろう。

「おれの周りは、そういう奴らばっかりかもしれません」

「あの寮は、そうですよね。うれしいことだって寮長さんもおっしゃってました」

「え？」

山根は驚いて聞き返した。

「寮長とも知りあいなんですか？」

美月さんが寺田以外の人間とも面識があるとは、意外だった。

「遊びに行ったときに、たまたま玄関でお会いして。お話ししたのは二、三回だけですけど」

「へえ。うちの寮に、けっこう何度も来てはったんですね」

「ええ。好きなんですよ」

聞いたとたん、息が止まった。

きゅうと縮んだ胸に、山根はそうっと手を当てた。好きなんです。快い響きが、耳の中でわんわんとこだまする。好きなんです。好きなんです。

「おじゃまするると、いつもほっとします。落ち着くっていうか、安らぐっていうか」

説明を続ける美月さんから、山根はどぎまぎして目をそらす。仏像がにこにこしてこちらを見ている。山根はかすれ声で答えた。

「はい、落ち着きますよね」

落ち着く必要があるのは、自分だ。

美月さんは、寮のことを、本当に気に入っているらしい。好き、の対象を心の中で補ってみても、胸の鼓動はおさまらなかった。美月さんの言葉が、寮の構成員ではなく寮そのものを指しているのはわかっている。しかし寮というのは、構成分子たる寮生たちの結晶体ともいえるのではないか。

「とってもすてきな場所ですよね。雰囲気もあって」

「ええ、雰囲気はありますね」

鸚鵡《おうむ》みたいに返事をするのが、精一杯だった。無理もないかもしれない。今、山根の脳みそで正常に動いている体積は、小鳥のそれよりも小さいかもしれない。

「これからもおじゃましたいです」

「はい、これからも……」

おじゃまして下さい、ぜひとも、と言いかけたとき、だしぬけに甘い耳鳴りがやんだ。嫌なことを、思い出した。

「取り壊し、なくなるといいんですけど」

山根がつぶやくと、美月さんは目を見開いて、不安そうに身を乗り出した。

「取り壊し？」

「もうすぐ寮をつぶして、その跡地に新しい校舎を建てるらしいんですよ」

山根の説明に、美月さんはまるで自分のことのように青ざめた。

「大変。皆さん、住むところがなくなっちゃうじゃないですか」

今朝聞かされたばかりなのに、寺田はなにも話さなかったのだろうか。

「なんとかしないと」

相変わらず、美月さんは心優しい。寺田が言わなかったのは、不用意に心配させないようにと配慮したからなのかもしれない。反省しつつ、山根はなだめる側に回った。

「まあ、どうにかなると思いますよ。寮長も心配するなって言ってました」

「でも、別のところに移らなければいけないんでしょう？」

美月さんは納得しなかった。つややかな唇をとがらせ、整った眉をひそめている。綺麗なひとはどんな表情をしても絵になるものだ、と山根は関係ないことを考える。

「そもそもあの寮を取り壊すなんて、もったいないですよ」

「もったいない、ですか？」

怪訝な声が出てしまった。もちろん住んでいる寮生たちにとっては大事な場所だし、愛着もある。しかし客観的に見れば、いつ建てられたのかも定かではなく、かといってこの寺のように歴史的な価値があるわけでもない、ただの老朽化した建物である。美月さんにそこまで惜しまれるほどのものだろうか。

「あこがれでした」

美月さんがぽつんと言った。

「最初にお話ししたとき、寮長さんが言ってました。若いひとたちの才能を伸ばしていくために、できる限りのことをしたいって。寮はそういう場所なんです、目標に向けて日々を過ごしている学生さんたちを見守って、未来へ送り出すための場所なんです、って」

「へえ」

直接言われたわけではないのに、深く力強い寮長の声が聞こえるようだった。

「それを聞いて、わたし、ここもそういう場所になったらいいなって思ったんです。集まってくるのは学生さんとは限らないですけど」

目を細め、高い木々の梢を見上げている美月さんにならって、山根も頭上をあおいだ。緑の天井がざわざわと波打っている。

「だから、お手本がなくなっちゃうのはさびしいです。寮長さんを見習って、わたしもがんばろうと思ってたのに」

あこがれ。お手本。美月さんにそんなふうに言われると、何気なく暮らしてきたあの寮が、かけがえのない場所のような気がしてくるから不思議だ。

「もしかして」

ふいに思いついたことを、山根は口にしてみた。

「それが、美月さんの使命なんですか？」

「わたしの？」

美月さんは意表をつかれたように目をみはり、少し首をかしげた。

「そうですね。そうかもしれない」

うっすらと笑い、いきなり話題を変える。

「わたし、昔から信之助《しんのすけ》さんのことがうらやましかったんです」

「寺田が？」

聞き慣れない下の名前と、うらやましい、という言葉の両方に面食らい、山根は聞き返した。

「はい。どうしたら、あんなふうにひとつのことに打ちこめるのかって」

美月さんも、習いごとにはたくさん通った。自分でも練習した。お花、お習字、日本舞踊、テニス、お茶、お琴、ピアノ。なんでもひと通りはできるようになったけれど、「打ちこむ」とまで言えるものは見つからなかったという。

「ピアノ教室には、信之助さんを連れて行ったこともあるんですよ。叔母《おば》に頼まれて」

放っておいたらゲームばっかりやってなにもしないから、なにか習いごとでもさせたいというのだった。美月さんが小学校の高学年、寺田は低学年だった。

「え、あいつ、ピアノとか弾けるんですか？　知らんかったな」

「いいえ」

美月さんはおかしそうに首を振る。

「結局、通えなかったんです」

子ども向けの教室では、早めにやってきた生徒がたいくつしないように、待合室に絵本やゲームが置いてあった。美月さんが先にレッスンを受けている間、寺田はそのうちのひとつに熱中していた。

「教室から出てきて交代しようとしても、ぴくりとも動かなくなっちゃって」

話しかけても無視する。ゲームを取り上げようとしたら、奇声を発して暴れる。日頃はおとなしく聞き分けのよいいとこの豹変《ひょうへん》ぶりに、美月さんは唖然《あぜん》とした。

「わたしも子どもでしょう。恥ずかしいし、腹も立ってきて。叔母さんにも任されてきたわけだから、ここは責任を持たなきゃと思って、無理やり取り上げたんです。そうしたら」

美月さんは言葉を切り、苦笑した。

「泣き出したんです、信之助さん。この世の終わりみたいに」

幼いふたりを、山根は思い浮かべた。顔を真っ赤にして泣き叫ぶ寺田と、そのそばで途方に暮れてうつむく美月さんを。

「もう、びっくりしちゃって。そこまでなにかに集中するってこと、わたしには一度もなかった。なにをやっても、ある程度まで上手になったらそれでおしまい。きっと、飛び抜けて好きにならない分、その先に進めないんですよね」

美月さんはいつになく饒舌《じょうぜつ》だった。寮の取り壊しを知った衝撃が大きかったのか、あるいは、幼い頃から親しんできた仏様の前で、安心しているせいだろうか。実際、石仏をまっすぐに見つめて話している様子は、山根にというより仏像に向かって語りかけている感じもする。

「周りに才能を持った友達も多かったですし。京都っていう土地柄もあるかもしれない。なんていうか、この町って、いろんな意味でプロが多いんですよ。わたしにはかなわないって、悩んだこともありました」

美月さんはそこでいったん口を閉じ、無言で聞き入っていた山根のほうに向き直って、微笑んだ。

「でも最近、ようやくちょっとわかってきたんです」

晴れ晴れと澄みきった、清潔な笑顔だった。かつて抱いていたという羨望も、あきらめも、悩みも、そこには影を落としていなかった。斎王代の衣裳をまとっていたときにも通じる風格が漂っている。

「わたしの役目は、支えることなのかなって。それから、祈ることも」

こんなこと言ったら父は怒るでしょうけど、と美月さんは心もち声を落とした。

「そういう意味ではわたし、シュウハとかキョウギとかも、あんまり関係ない気もするんです」

なんだか今日は、話がよく飛ぶ。

父が怒る？　周波？　競技？　うまく意味をとらえられない言葉の切れ端を、山根は必死で拾い集める。理解しようと努める。意味はわからなくても、理解しなければならないということだけは、よくわかる。集中しすぎて頭が痛い。

「月願宗じゃなくても、もっと言えば、仏教でなくても。さっきの神社とお寺の話じゃないですけど、どんな宗教でも、たぶん変わらない。信じるものがあれば、支えがあれば、きっと、ひとは元気になれる」

信じるもの？　支え？

宗派と教義をようやく漢字に変換できたと思ったら、今度は抽象的な単語がぽんぽん出てきて、山根は小鳥の頭を抱えたくなる。だめだ、難しすぎる。理系の国語力では歯が立たない。今すぐここに花を連れてきたい。全体だとややこしくなりそうだから、できれば脳だけを。特に右脳を。

「別に、宗教じゃなくてもいい。なんでもいいと思うんです」

美月さんの言いたいことが、山根にはぼんやりとしかわからない。わからないのに、なにかにつき動かされるように、山根は思わず口を開いていた。

「でも」

美月さんは強い。自らの「使命」に向かって突き進んでいけるはずだ。そうでなければ、斎王代という重役を果たせるわけがない。

でも。

「美月さんにも、支えが必要じゃないですか？」

山根は知ってしまった。誰もが崇《あが》める斎王代のりりしい微笑だけでなく、一心にぶらんこをこぐ美月さんの、あどけない笑顔を見てしまった。

「支えてばっかじゃ、しんどいですよ」

今度は美月さんのほうがきょとんとして、山根を見つめた。そうだとも違うとも言わないけれど、その表情をうかがう限り、山根の意見を否定しようという気はないようだ。勢いに任せて、山根は続けた。

「あの、おれでよかったら……」

言いかけて、口ごもる。

婿養子、という寺田の言葉が、ふと脳裏によみがえったのだ。花火がぽんと上がったようだった。光がはじけ、目がくらんだ。

「おれでよかったら、その……」

あせればあせるほど、言葉が喉につかえる。強ばっている体とは対照的に、脳内の花火大会は盛り上がる一方だ。

もし婿養子になったら、この寺の住職として働くことになるのだろうか？　住職になるには、一体どうすればいいのだろう？　山に籠って修行を積むのだろうか？　なにか資格が必要だったり、専門の学校や試験があったりするのだろうか？

まったく見当もつかない。

山根にとって仏教に接した経験といえば、祖父の葬式くらいだ。あのときは通夜も告別式も寺でやったし、実家には仏壇もある。熱心な信者というわけでもないが、うちが仏教なのはまず間違いない。残る問題は、さっき出てきた「宗派」だろうか。美月さんは気にしないと言ってくれたとはいえ、やはり違ってはまずい気がする。しかし先祖代々続いてきたものを、そう簡単に変えられるものなのか。

もちろん山根としては、月願宗でいい。いや、月願宗がいい。月願宗しかない。なんなら今すぐにでも信者になる。仏様でも神様でも、美月さんが信じるものを、とにかく信じる。

美月さんと一緒にいられるなら、なんだってやる。

山根は意を決して顔を上げた。ひときわ大きく美しい花火が、目の前でまるく開く。その向こうには、美月さんがいる。

「おれでよかったら」

夢中で言葉を継いだ。美月さんがまばたきをした。

「寺に入ります。修行します。がんばります。なんでもやります」

小さく口を開けた美月さんの頬を、西陽が薄赤く染めている。山根の頬も、こちらは太陽のせいではなく、内側から熱くほてっている。

13 本気

「姫が斎王代だったんだって？」

というのが、ひさびさに会う花の第一声だった。

「なんなのもう、すごいじゃない。なんですぐに教えてくれないの？　さっきたっくんに聞いてびっくりしちゃったよ」

話しながらせかせかと四畳半をつっきって、山根の正面にすとんと腰を下ろす。一緒に山根の部屋へ入ってきた龍彦は、その斜め後ろにあぐらをかいた。

「それで」

花が身を乗り出す。

「どうなの、その後の進展は？」

「ええと……」

山根が答えに詰まっていると、花はもどかしげに手のひらで畳をたたいた。

「照れてないで聞かせてよ。連絡はとったんでしょ？」

「とったけど……」

「その後、会った？」

「会ったけど……」

「いいじゃない。順調、順調」

花が満足そうにうなずいた。山根の語尾がふにゃふにゃとおぼつかないのは、気にもとめていない。

「報告してくれないなんて水くさいよ、一緒にデートコースだって考えたのに。今さら恥ずかしがることないでしょ」

そこまで言って、花は芝居がかった仕草でぱっと口をおさえた。

「そっか、もうわたしの助けはいらないってこと？　最近、全然相談もしてくれないもんねえ。冷たいよね」

「いや、その」

「いいのいいの、山根くんが幸せならわたしはそれで満足だから。話くらい聞かせてくれてもいいとは思うけどね」

「だけど、あの」

「姫に夢中でそれどころじゃないっていうのはわかるよ。わかるけど、わたしだって、今どういうことになってるか気になるもん」

ものすごくうれしそうな声だ。おまけにものすごく早口である。山根はやっとのことで割って入った。

「全然、そんなことないって」

思いがけず、強い口調になってしまった。助けがいらないなんてとんでもない。それどころか、おそらくかつてないほどに、山根は助けを必要としている。「今どういうことになってるか」、ぜひ話を聞いてほしいし、相談にも乗ってもらいたい。

花がようやく口を閉じ、山根を見た。

「なになに？　なんでも聞くよ」

とりあえず葵祭のところから、とうながされるままに、山根は話しはじめた。メールや電話でのやりとりはあったものの、直接話をするのはひさしぶりだ。花は熱心に聞いていた。葵祭で美月さんが斎王代として現れたところでは、

「すてき、ドラマティック！」

と叫び、寺田を訪ねて寮にやってきた美月さんとたまたま出くわしたのには、

「いいねえ、運命的」

と目を細めた。でも一番盛り上がったのはなんといっても、山根が婿養子になりたいと申し出たと打ち明けたときだった。

「よく言ったよ、山根くん！　かっこいい！　すばらしい！　見直した！」

花は歓声を上げ、山根の腕をつかんで激しく揺さぶった。声が上ずっている。誰かからこんなに激しく、手放しでほめられるのは、たぶん生まれてはじめてだ。こういう状況でなければ、山根ももっと素直に喜べたに違いない。

「まあちょっと落ち着こうや」

龍彦が花の肩を軽くつついた。花をいさめようとしたのか、それとも、山根の様子がどうもおかしいと察したのだろうか。どちらにしても、花の勢いを止めることはできなかったけれども。

「それで、姫はなんて？」

龍彦の手を邪険に払い、花は勇んでたずねた。

「どんな反応だったの？」

山根は目をつぶった。あのときの様子を、美月さんの反応を、まぶたの裏に呼び起こすのは、この二週間で何百回目になるだろう。

美月さんは、微笑んだ。そして、ゆっくりと口を開いた。

「気持ちはうれしいです、って言われてん」

山根はうつむいて言った。か細い声になった。花が怪訝そうに眉根を寄せる。

「気持ちは？」

「うん。気持ちはうれしいです、でも、って……」

気持ちはうれしいです。でも、わたしは大丈夫です。

美月さんは、そう言ったのだった。微笑んで。いつもの、あの染みとおるような、優しい声で。

「それは……」

花が言いさして、口をつぐんだ。唇を開いたり閉じたりを繰り返し、しかし結局は声を出さずに膝を抱えた。

「それって、つまり」

ふたりを見比べていた龍彦のほうが、小さな声で後を引き取った。

「ふられたってこと？」

「ううん」

花がうなる。

「うう」

山根はうめいた。

「すまん」

龍彦がぼそりとつぶやいたとき、ドアが勢いよく開いた。

「すまん、すまん」

足音高く部屋に入ってきた安藤は、偶然にも龍彦と同じ台詞を、その百倍は軽やかな口ぶりで口にした。両手でこがね色の大鍋をささげ持っている。両側にとってのついた平たいアルミ鍋は、使いこまれて鈍く光っている。

「どないしたん、みんな辛気くさい顔して？」

と珍しく空気を読んでみせたかと思いきや、

「ああ、腹へった？」

さすが安藤、残念ながら完全には読みきれなかったようだ。いそいそと奥の卓袱台に近づいて、鍋を置く。

「遅くなって悪かったな。量が多いから、なかなかあったまらんかってん」

蓋を開けると、香ばしいだしの香りが白い湯気と一緒にたちのぼった。中にはおでんの具がぷかぷかと浮かんでいる。梅雨入りを間近に控えた、この蒸し暑い時期に。

「まあこれ食って、機嫌直してくれや。せっかく今日はひさびさに四人で集まれたんやし」

乾杯しておでんを食べはじめた後も、座はいまひとつ盛り上がらなかった。山根も花も黙りがちだし、龍彦はもとから口数が少ない。それに今日の趣旨からしても、いつもより場が静かなのは無理からぬことではある。

今のうちに寮で存分に飲んでおこう、と言い出したのは安藤だ。ここが取り壊されてしまう前に、心残りのないように。龍彦に連絡を取ったら、来週末に花が東京から遊びに来るというので、その日曜日に集まることになった。

「さびしくなるね」

安藤から練りがらしの器を受け取った花が、しんみりと言った。自分の分をすくったついでに、龍彦の皿にもからしをなすりつけている。

「わたしがさびしがるのもおかしいかもしれないけど」

「いや、花ちゃんもよう来てたからなあ」

安藤が言った。確かに、とりわけ卒業間近には、花は毎日のように龍彦に会いに来ていた。住んだことはなくても、あれだけ足繁《あししげ》く通ってきていたら思い出も多いだろう。特に、龍彦との。

「まあ、しゃあないよな」

当の龍彦のほうは淡々と言い、ゆで卵にかぶりついた。片頬が卵の形にぽっこりとふくらむ。

「たっくん、ちょっと冷たすぎじゃない？」

花が龍彦をじろりとにらんだ。

「この寮には大事な思い出がいっぱいあるでしょう？」

「でも、じたばたしたってしゃあないやん。思い出は頭の中にあれば十分やろ」

口をもぐもぐと動かしつつも、龍彦はいつになくまともな発言をした。

「それは、そうだけど」

言いよどんだ花の気持ちは、山根にもわかった。頭の中にある思い出だけでは、不安なときもある。

「そもそも、まだ寮がなくなるって百パーセント決まったわけでもないしな。法的な手段に訴えるって先輩も意気ごんではることやし」

それを口実に飲み会を企画しておきながら、安藤はあくまで楽天的である。

「みんな、そんな暗い顔すんなよ。ほら山根も、食え食え」

アルミ鍋からもくもくと上がる湯気をものともせずに、手際よくおかわりを配っていく。

「ああ。ありがとう」

山根はおざなりに礼を言って、こんにゃくを箸でつついた。

心が晴れないのは、むろん寮のせいだけではない。月灯寺に行ったあの日以来ずっと、ぶあつい暗雲が山根の胸を覆っている。

なかなか楽しい気分になれないせいか、かえって酒は進んだ。いつまで経っても酔わない、酔えない、と半ばやけになって飲んでいるうちに、一気にアルコールが回ったらしい。目が覚めたときには、山根は畳の上で仰向けに転がっていた。

部屋は静まり、おでんのだしのにおいが漂っている。どこかでバイクか車がエンジンをふかしている。ふが、と妙なブレーキを境にやんだ重低音は、ほどなくしてまた再開した。

地鳴りのような規則正しいリズムには、聞き覚えがあった。安藤のいびきは相変わらずすさまじい。

山根は重い頭を動かそうとして、いびきの合間にぼそぼそと低い話し声が聞こえてくるのに気づいた。まぶたをわずかに上げ、目玉だけを動かして、そっと横をうかがう。波打つように上下している安藤の腹の向こうに、鍋やビールの空き缶が雑然と置かれた卓袱台と、そこで向かいあっている花と龍彦が見えた。

「ねえ、たっくんはどう思う？」

花がひそひそと言った。

「どうって、おれにはわからんなあ。さっきから何度も言ってるやん」

龍彦が困ったように答える。

「どういうつもりなんだろ、姫は」

体を強ばらせた山根に、ふたりが気づく様子はなかった。花がぐにゃぐにゃと上半身を揺らして、卓袱台に肘をつく。だいぶ酔っているようだ。

「ふられたってわけでもないと思うんだけどな」

ぐいと首をひねって、こちらを見やる。山根はあわてて目をつぶった。乱れそうになる呼吸を、安藤の寝息に合わせてみる。

「そうなんかなあ」

威勢のいい花に比べて、龍彦の口調はなんとも心もとない。

「山根くん、なにかわたしたちに隠してることがあるとか？　うっかり姫に嫌われるようなことをしちゃったとかさ」

「それはないんちゃう？」

「そっかあ。じゃあ、なんだろ？」

再び考えこんだ花は、しばらくしてふいに手をたたいた。

「あ、わかったかも」

「へ？　なになに？」

龍彦が山根の気持ちを忠実に代弁してくれる。

「山根くんの気持ちが、姫にうまく伝わらなかったんじゃない？　いきなり婿養子とか言われたら、びっくりするもん」

「まあ、そうやろなあ」

「ね？　そうかも。ううん、きっとそうだよ」

花は自分に言い聞かせるように繰り返している。

「姫はびっくりしたんだよ。遠慮もするよね、普通」

それは、山根も考えていたことだった。今になって思い返せば、われながら唐突な切り出しかただったと思う。花の言う通り、美月さんがびっくりしたり遠慮したりするのも、わからなくもない。

「なるほど。言われてみれば、確かにそうかもしれんな」

龍彦も納得してみせた。

「山根にもそう言ってやればええんちゃう？　そんな心配することないで、って。ちょっとは元気出るんちゃうかな」

「ううん、そうなんだけど」

花の口調が、わずかに揺れる。

「でも、なんかちょっとひっかかるんだよなあ」

「あれ、花らしくないやん。これまでさんざんけしかけとったのに」

「けしかけてたんじゃなくて、応援してたの」

花はむっとしたように言い返し、

「山根くんと姫、意外とうまくいきそうだったし」

とつけ加えた。

「さっきの話を聞いててもそうだったけど、姫は山根くんとの時間をすごく楽しんでる感じゃない？　このペースで走れば、いけるような気もしてたんだ。このまま姫をお城からかっさらえるんじゃないかなって」

かっさらう？　物騒な表現に、山根はむせそうになった。文学部出身の花は、たまに小説や漫画のような想像力を発揮する。

「ただ……」

花はそこで言葉を途切らせた。龍彦が山根にかわって続きをうながす。

「ただ？」

「いや、わたしも直接その場に居あわせたわけじゃないから、なんとも言えないんだけど」

考え考え、花は言葉を継いだ。

「びっくりしたとか、遠慮したとか、それで断ったのなら、まだ望みはあると思うの。でも、どうもそれだけじゃない気がする」

「ええ、そうなん？　なんで？」

「ううん、なんでって言われても困るんだけどね。勘、かな？　直感？」

勘にしても直感にしても、やっぱり花は鋭い。山根は体を動かさないように注意しつつ、ほうと息をもらした。

胸の中に、ひとつの化合物が生成されていた。花の言葉を触媒にして、散らばっていた灰色の分子がするすると結合したのだ。プレパラートにして顕微鏡をのぞけば、得体の知れない憂鬱の原因が、レンズの向こうに映し出されている気がした。

美月さんが、本当に「びっくり」して、あるいは「遠慮」していたのなら、こんなに悩む必要はないと山根も思う。けれど、あのとき、美月さんはゆったりと微笑んでいた。ためらいも、迷いも、感じられなかった。口ぶりも落ち着いていた。

大丈夫です。なめらかに言いきったのは、どちらかといえば単純な辞退のように、聞こえた。驚きや遠慮というのではなく、不必要なもの、無用なものを、すっぱりと断ったように。

「姫には姫なりの、責任とか義務とかがあるでしょ？」

花が続ける。

「外の世界にひかれたからってすぐにお城を抜け出すわけにはいかないし、先祖代々受け継いできたものを守らなきゃいけない。姫はきっと、そういうこと全部を覚悟してるはずだよ」

「そっか、そうやな。複雑な立場よなあ」

龍彦はすっかり花の推測にひきこまれている。

「いや、あくまで想像だよ。実際のところはわかんない」

花が言った。とくとくとく、と液体を注ぐ音が沈黙を埋める。

「それにしても、こんなにやつれちゃって、山根くんかわいそう。なんとかならないかって思うんだけど、どうすればいいかがよくわかんないんだよね」

きつく目を閉じたまま、山根は思わずうなずきそうになる。まさに同感だった。どうしたらいいのか、山根もさっぱりわからない。花にもわからないとなると、いよいよお手上げだ。

さっきの花の推理をはなから否定するつもりはないが、龍彦のようにのんきに賛成もできない。山根は美月さんを今いる場所から連れ出そうとしているわけではない。逆に、自分がそこに飛びこみたいのだ。

でも姫君としては、よそものをおいそれと城に招き入れるわけにはいかないのだろうか？　山根の提案は、非現実的で常識はずれなものなのだろうか？

「まあ、これからもなるべく相談に乗ってやってや。山根も花のこと頼りにしてるみたいやし、おれや安藤にはいまいち手に負えんし」

龍彦が言った。

「うん。もちろん」

花はつぶやいた。

「だけど、いいかげんなことは言えないよ。だって山根くん、本気だもん」

本気、というものは、どういう成分でできているのだろう。寝たふりを続ける山根の頭を、ふとそんな考えがよぎる。

感情や心の動きといった精神的な世界は、化学物質とは無縁のようにとらえられがちだけれど、実はそうでもないという。研究室で教わった。たとえば心の病も、化学物質の過剰反応が原因となっている症例があるらしい。病気とはいえないまでも、美月さんと出会って以来、山根の体内でなにかおかしな物質が分泌されているのは間違いない。できればこれも、顕微鏡でじっくり観察してみたい。どんな色と形をしているのか、どういうしくみで脈を速くしたり、耳を熱くしたり、絶望的に胸をしめつけたりするのか。

顕微鏡で見たいものは、他にもある。美月さんがなにを考えているのか。そして、自分がなにを考えているのか。

本当に、なにもかも、わからないことだらけだ。山根のため息に張りあうかのように、安藤のいびきがひときわ大きくなった。

花がふらりと立ち上がった。軽い足音が近づいてくる。山根は息を詰め、手足を動かさないように力を入れた。

次の瞬間、腹の上にふんわりとした重みがのった。乾いたタオル地のざらついた感触が腕をなでた。布団と一緒に折りたたみ、部屋の隅に置いてあったタオルケットを、花がかけてくれたのだった。

山根は寝返りを装って横向きになり、薄目を開けてみた。大判のタオルは、山根だけでなく隣に並んだ安藤の胴まで覆っている。卓袱台に戻っていく花の背中と、大あくびをもらした龍彦も、見える。三角形を描くように、三人を順繰りに目で追っているうち、まただんだんと眠気が襲ってきた。山根は再びまぶたを閉じて、全身の力を抜いた。

明くる日はひどいふつか酔いだった。なんとか朝食の席には出たものの、鈍い頭痛の波が寄せては返し、食欲もない。少しでも体内のアセトアルデヒドを薄めるべく、山根はとりあえず水ばかりがぶ飲みしていた。

「食わへんの？」

同じ勢いで飲んだ挙句、酔いつぶれていたはずの安藤のほうは、けろりとしている。ひょっとしたら問題は酒の量ばかりではないのかもしれない。料理長が少なめに盛ってくれたごはんを食べきるのが精一杯で、山根は魚の皿を隣へ押しやった。

「よかったらこれ、食っていいで」

「ほんまに？」

安藤が目を輝かせ、こんがりと焦げ目のついためざしにすばやく箸を伸ばす。

「先輩、早く元気になって下さいよ」

空になった山根の湯のみに、寺田がかいがいしくほうじ茶を注ぎ足してくれた。安藤と川本の分も順に満たしてから、三人を見回して口を開く。

「ところで、先輩がたはホタルってお好きですか？」

「ホタル？　なにそれ、新しいゲーム？」

安藤がさかんに口を動かしながら答えた。唇の間にめざしの頭が見え隠れしている。

「いいえ」

寺田が首を振った。

「本物の蛍です。光って飛ぶ、虫の」

まず川本が即答した。いつになく強い口調だった。

「好かんな」

「派手すぎる。おれは好かんわ」

ダニと比べたら、確かに蛍のほうがずいぶん華やかではある。別にどっちが優れているという話をしているわけでもないが、研究者としては思うところがあるのだろう。

「そうですか」

肩を落とした寺田に向かって、今度は安藤が口を挟んだ。

「おれは好きやで。実家の近くにもようさん飛んどったし」

「へえ。安藤先輩は、大阪でしたっけ？」

「いや、奈良。山奥やから夜は真っ暗になってな、田んぼの上を飛んでる蛍と空の星がまじって、すごい眺めやで。宇宙に浮かんでるみたいやねん」

安藤らしくもない詩的な表現に、寺田はうっとりと目を細めた。

「すてきですねえ」

山根は反射的に目をそらしてしまった。微笑んだ寺田の口もとに、美月さんの面影が漂っていた。また喉が渇いてきて、ほうじ茶を一気に飲み干したところで、安藤が話を振ってきた。

「山根も蛍は好きやんな」

「え？　なんで？」

蛍を好きだとか嫌いだとか、山根はあまり意識したことがなかった。安藤のように地元で見物する機会もなければ、川本のように昆虫を研究しているわけでもない。生きものは専門外だ。これが元素の話であれば、たとえば窒素やラジウムやゲルマニウムなら、ちゃんと気に入っている順番に並べることもできるけれども。

「なんでって、前、なんやいろいろ調べてたやん」

安藤に言われて、やっと思い出した。

「ああ、あれは先輩のやけどな」

去年、修士論文の締め切り間際に、山根は研究室の先輩に頼みこまれて文献集めを手伝った。卒業がかかっているので先輩も必死で、無事に提出した後には三条のすき焼き屋で特上コースをおごってもらった。あれはうまかった。味にしても値段にしても、これまでの人生でおそらく最高級の肉だった。

論文のテーマがホタルだと聞いて、はじめ山根は新種の化学物質かと思った。生物ではなくエネルギーを専門とする研究室である。ホタルってなんなんですか、と素朴な質問を口にしたら、大いに憤慨されてしまった。いわく、蛍が発光するしくみには、光エネルギーの観点からも注目が集まっている。最近大流行している、環境に優しいエコエネルギーなのだそうだ。

光エネルギーは基本的に化学反応で生じる。たとえば燃焼だ。物質が酸素と結合したときに、通常は光だけでなく熱も放出される。その、いわばむだな熱エネルギーが、蛍の光からはほとんど出ない。消費エネルギーの実に九割ほどが光エネルギーに変わるという、非常に効率的な変換がなされるらしい。しかも、発光に使われた物質は蛍の体内で再び使われる。理論の上では、半永久的に光エネルギーを生み出し続けることができる。

先輩はすき焼きをもりもりと食べつつ、日本のエネルギー需要のうち三割を蛍でまかなうという計画について語ってくれた。全国の農村部で蛍を養殖し、専用の発電所を建て、独自の送電網まで整備するという、数十年がかりの構想である。蛍の光エネルギー、といううらさびしい響きに似合わず、先輩の野望はすこぶる壮大だった。

「ルシフェラーゼとルシフェリンよな？　おれもあの後、ちょっと調べてみてん」

蛍の発光にかかわる、舌を嚙みそうなたんぱく質の名前を、安藤は正確に発音した。相変わらず、関心のある物事については並外れて物覚えがいい。そして、あらゆるものを植物に結びつけたがる。

「光る野菜とかも作れるらしいで」

「光る野菜って、そんなもん別にいらんやろ」

川本が面白くなさそうに切り返した。

「発光サラダとか、おもろいやん。綺麗やし」

「ダニやってかわいいで。いろんな模様があるんやで」

「でも、ダニは害虫やろ」

安藤のひと言で、いつもは温和な川本の表情がにわかに険しくなった。

「害虫ってなんやねん。人間の都合で決めんなや」

「しゃあないやん、害があんねんから。こないだハダニのおかげで、トマトときゅうりが全滅してんで。あんなにちっこいくせにどんだけ食うねん、ほんま勘弁してほしいわ」

安藤も珍しくむきになって言い募る。寺田が救いを求めてちらちらと目くばせしてくるのに気づいてはいたけれど、山根はひとまず黙っていた。ふだんなら助け舟を出してやるところだが、いかんせん今日はしんどい。

「野菜は人間だけのもんやないんやって。野菜のほうも、実はお前よりダニに食われたいって思ってるかもしれんで」

「なんやと！　おれのトマトときゅうりがそんなこと思うわけないやろ！」

口論はいよいよ白熱し、もはやダニと野菜の代理戦争になりつつある。

「すみません、僕がよけいなことを」

責任を感じたらしい寺田がおろおろしながら割って入ったものの、相手ふたりに鼻息荒く撃沈されてしまった。

「いや、寺田は関係ない」

「そうや、これはおれらの問題なんやから。悪いけど、ちょっと黙っといてんか」

おれらの問題というか、ダニの問題である。後輩に食ってかかるなんて八つ当たりもいいところだ。

「わかったから、ちょっと静かにしてや」

山根はようやく仲裁に入った。理不尽な先輩たちに反論もせずにしょげている寺田も不憫《ふびん》だし、なにより、ふつか酔いの頭に大声が響く。

安藤たちはいったん口をつぐみ、互いにそっぽを向いて食事をかきこんだ。川本のほうが先に食べ終え、足音高く食堂を出ていってしまうと、寺田は山根と安藤に遠慮がちに声をかけた。

「あの、もし今晩おひまなら、蛍を見にいきませんか？」

これが本題だったのに、不毛な議論で回り道してしまったらしい。

「行く、行く。山根も行くよな？」

ふたつ返事で応じた安藤の隣で、山根はためらった。こんなに頭がぐらついていては、蛍見物などとしゃれこんでいる場合ではない。

「ううん、今日はちょっとなあ」

「大丈夫やって、夜ならもうアルコールも抜けてるやろ？」

「夕方までゆっくりなさって、ちょうど元気になる頃ですよ。六時半に出るくらいでいかがですか？」

ふたりから口々にたたみかけられて、山根は渋々うなずいた。ふつか酔いさえおさまれば元気が出てくるというものでもなさそうなのだけれど、それを説明するだけの気力もない。

夕方までは、布団の上でだらだらと過ごした。何度かうとうとしているうちに、いつのまにか窓の外も暮れはじめていた。六時前になって身を起こすと、幸い頭痛も吐き気も消えていて、せっかくだから行ってみようかという気になった。

山根は本物の蛍を見たことがない。論文を手伝っている間に写真やスライドはうんざりするほど集めたにもかかわらず、実物には一度もお目にかかったことがない。蛍の成虫が湿度の高い場所を好むとか、川や田んぼの水際を飛び回るとか、街灯や家の照明を避けて暗がりに集まるとか、資料を読み漁《あさ》るうちにある程度の知識はついたとはいえ、京都市内だとどのあたりで見られるのやら、具体的な場所は思い浮かばない。

安藤が言うには、年にもよるが、鴨川、高瀬川や祇園白川、それから哲学の道にも蛍は飛んでいるらしい。鴨川や哲学の道なら山根もたまに通るが、見られる時季や時間帯はかなり限られているし、そもそも数も少ないので、目にはとまらなかったのだろう。あとは糺の森や、さらに貴船《きぶね》や高雄《たかお》まで足を延ばせば、見られる可能性は高くなるという。

山根は立ち上がり、脱ぎ捨ててあった昨日のシャツにそのまま袖を通した。心なしか足もとがおぼつかないものの、なんとかなりそうだ。それより、服がほのかに酒臭いのが気になった。かすかにおでんのにおいもして、ぐう、と腹が情けなく鳴った。

「そんなことやと思っててん」

待ちあわせの少し前に山根の部屋へやってきた安藤は、持参した皿を得意そうにかかげてみせた。握りこぶし大のおにぎりが三つ、のっている。

「朝もほとんど食べてへんかったもんな。それじゃ力が出んやろ」

「さすが、安藤」

山根は礼もそこそこにひとつ取って、夢中でかぶりついた。食べものに関しては、安藤は本当に気が利く。

具も入っていないただの塩むすびは、なぜか異様にうまかった。米は甘く、塩はぴりっと辛く、ややかための炊きかげんも申し分ない。安藤の言う通り、体の奥から力がわいてくる感じがした。あっというまに食べ終えて、ふたつ目に取りかかる。

「うまそうに食うなあ。やっぱり人間、食欲がないとあかんな」

にこにこと見守っていた安藤も、山根の食べっぷりに刺激されたのか、残りひとつになった自作のおにぎりに手を伸ばした。

「おれもひと口もろていい？」

「ええよ、もちろん。だって安藤が作ってくれたんやん」

おにぎりを口いっぱいにほおばりながら、山根はうなずいた。

「まあでも、これは山根用やから」

言いながら、安藤はひょいと最後のひとつをつかみ、がばりと口を開けた。温かい感謝の念に満たされていた山根の胸を、一抹の不安がよぎった。

「いただきまあす」

はたして、「山根用」に作ってきてくれたはずのおにぎりを、安藤はひと口で飲みこんでしまった。

「ええ、うそやろ」

あまりの早業に、さっきまで殊勝にありがたがっていたのも忘れ、山根は思わず抗議の声をもらした。

「ひと口くれって言うたやん」

むろん安藤は動じない。唇をとがらせ、指にくっついた米粒をひと粒ひと粒、器用についばんでいる。

「やっぱ、おにぎりは一気にまるごと食うのがうまいな！」

米粒を口の端にくっつけ、満足げにうなずいて、山根の手もとをじっと見ている。三分の一ほどに減っていた食べさしを、山根はあわてて口の中に押しこんだ。

「そろそろ行くか」

立ち上がった安藤の後に、山根も続いた。腹がしっかりと温もったせいか、もう足はふらつかなかった。

14　蛍

賀茂大橋を渡って左に折れ、何度か小路をくねくねと曲がったあたりで、なんとなくおかしいと山根は気がついた。

こちらの方角に来ることはほとんどないにもかかわらず、夕闇の中で刻々と青みを増していく町並みに、どういうわけか見覚えがあった。堂々とそびえ立つ二条城、その向かいに建つ神社の立派な鐘楼、町家《まちや》づくりをそのまま生かした酒屋、店先に据えられた見事な盆栽。目に入るものがいちいちひっかかる。坂でもないのにだんだんペダルは重くなっていくが、寺田と安藤に前後を挟まれて、止まるのもままならなかった。

機械的に足を動かしているうちに、とうとう月灯寺の前に着いてしまった。いつか安藤と入った門前の茶屋はすでに閉まっている。

「蛍の宴」

門の柱に立てかけられた立派な看板を、安藤が読み上げた。それから山根のほうを振り向いた。傍らの灯籠《とうろう》の光で、眉が下がっているのがぼんやりと読みとれた。美月さんをここに送ってきたときのことを、安藤も知っているのだろう。直接は話しそびれていたけれど、昨晩、山根が先に寝てしまった後に、花たちから聞いたに違いない。

「こっちです」

寺田にうながされ、ふたりはとぼとぼと門の中へ入った。駐輪場に自転車をとめ、本殿のほうへと向かう。寺田と安藤が並び、その二、三歩後ろを山根が歩く。参道にはちらほらと人影があった。

「どういうイベントなん、これは？」

安藤が寺田にたずねた。どうしても知りたいというより、間を持たせるためにとりあえず聞いてみたというふうだった。

「蛍を見て、楽しむ会です」

寺田は簡潔に答えた。

「年に一回、この時季にやるんですよ」

「寺田は毎年来てるん？」

「いいえ、僕もひさしぶりですね。大学に入って以来、はじめてかな。この間、お姉様が寮に遊びに来たときに誘われたんです」

足がもつれそうになったのを、山根はなんとか持ちこたえる。

「それで、ひさびさに来てみようかなと思って。あ、お姉様っていうのはですね」

説明しかけた寺田を、安藤はうなずいて制した。

「ああ、山根に聞いた」

ひ、と続けかけて、言い直す。

「斎王代、なんよな？」

「はい。今日はたぶん会えるはずなので、ご紹介しますね」

寺田がはきはきと答える。今度こそ、山根はこらえきれずにつんのめり、前を歩いている安藤に軽くぶつかってしまった。

「山根？」

振り返った安藤も、同じく立ち止まった寺田も、体の輪郭はかろうじてわかるものの、暗くて顔はよく見えない。心配そうな声だけが、山根の耳に届いた。

「大丈夫か？」

「どうかなさいました？」

まったく大丈夫じゃない。どうかしている。ふたりの質問に、山根は心の中で順に答える。どうして美月さんはいつもこうして突然に姿を現すのだろう。会えないよりは会えるほうがいいとはいえ、毎回驚かされていては寿命が縮まる。

心の準備も、できていない。

山根にもこのままではいけないというのはわかっている。美月さんがなにを考えているのか知りたいなら、直接会って話すのが一番の近道だというのも、わかっている。しかし今はまだ、なにをどう話していいのやら見当もつかない。こんなふうに顔を合わせるなんて思ってもみなかった。

花は昨日、美月さんには美月さんなりの事情があって、山根の提案を断ったのだと推理してみせた。それがたとえ正しかったとしても、どうやってそれを確かめるのか、さらに、では山根がどんな形で、事情を抱えた美月さんの役に立てるのか、わからないことは山積みである。わからないだけでなく、答えなどそもそも存在しないのかもしれないと考えて、山根は愕然《がくぜん》としてしまう。

本殿の前はかなりの人出だった。灯籠や提灯《ちょうちん》がそこここに配され、入口のほうよりだいぶ明るい。ぬるい風に乗って笛や太鼓の音が流れてくる。

「蛍を放す前に、ちょっとした舞台があるんですよ。音楽と、あとは踊りもあったかもしれない。昼間はお茶会もやってます」

寺田が解説した。

「でも、主役はなんといっても蛍なので。もうだいぶ暗くなってますし、じきにはじまるはずです」

すでに日は完全に暮れている。暗くなったあたりを見回して、山根の胸はまた波立った。

この間訪れたときは、ここはひっそりと静まり返っていた。美月さんとふたり、肩を並べて歩いた。空は青く、夕暮れ前の透明な陽ざしが木々の間からたっぷり降り注いでいた。和楽器の調べのかわりに、美月さんの声が心地よい音楽になって、山根の耳を満たしていた。

完璧な風景画のようだったあの場所は、もはや失われてしまった。そして永遠に戻ってこない。

今、山根を取り囲んでいるのは、暗闇とざわめきと安藤の巨体である。夜の寺もなかなか幻想的で美しいし、安藤にも恨みはないけれど、やはり山根の胸はきりきりとしめつけられる。

「一応、中ものぞいてみますか？」

すぐそばに立っているはずの寺田の声が、いやに遠くから聞こえる。

「招待客しか入れないんですよ。僕も招待状は持ってないんですけど、説明したら入れてもらえると思います。はじめてなら、けっこう面白いかもしれません」

さぞかし風流な催しなのだろうが、この状況ではとても面白がっている余裕はない。押し黙っている山根の横で、安藤のほうは身を乗り出した。

「それはすごいな。ほんまにええの？」

選ばれた招待客しか見られない寺の行事とあっては、安藤が黙っていられるはずがない。山根を心配する気持ちをすっかり忘れたわけではないだろうけれど、好奇心をおさえきれなくなったと見える。

「もちろん。せっかくですしね。ちょっと様子を見てくるので、おふたりはここで待っていただけますか？」

ふたりを置いて本殿のほうへと向かいかけた寺田は、一歩足を踏み出したところで立ち止まった。

「あれ？」

さかんに手を振りはじめた後姿をみとめ、山根はすくんだ。その先に誰がいるのか確かめる勇気はなかった。うなだれた山根の耳に聞こえてきた名前は、しかし想像とは違っていた。

「小笠原《おがさわら》さん！」

山根は顔を上げた。向こうから歩いてきた着物姿の人影が、寺田に応えて手を挙げるのが目に入った。灯籠を背にしているので、逆光になって顔はおぼろげにしか見えない。黒々とした影が長く伸びているせいか、ひどく大柄に感じられた。

「信之助くんか。ひさしぶり」

近づいてきた小笠原氏は、くだけた口調で寺田に声をかけた。はじめに圧倒されたほど大きくはないものの、それでも山根や寺田よりはだいぶ長身だった。暗くて顔ははっきりと見えないが、声は若々しい。

「安藤先輩と、山根先輩です。こちらは、小笠原さん」

それぞれを紹介してくれた寺田を挟んで、はじめまして、と三人は互いに挨拶をかわした。

「小笠原です。今日はわざわざ来てもらって、ありがとうございます」

てきぱきした、感じのいい話しかただった。来てもらって、ということは、彼も寺田の親戚だろうか。この寺の関係者という可能性もある。いや、坊主頭ではないから、やっぱり親戚の線が強いだろうか。

「信之助くんがいつもお世話になって」

小笠原氏が朗らかに続け、山根の予想は確信へと変わった。この身内めいた言いかたは、親戚に違いない。

「どうする、もう席に行こうか？」

小笠原氏が寺田にたずねる。気さくな物言いからして、ふたりは親しいのだろう。美月さんと同じいとこどうしか、あるいは、年齢の近い叔父《おじ》のような雰囲気もある。

「お姉様は、まだ？」

寺田が聞き返した。小笠原氏が何者なのか考えるのは後回しにして、山根は息をひそめて返答を待った。

「美月さんにかかわる情報は、他のなにによりも優先される。

「美月さんはまだ中にいるけど」

美月さんの名前を、小笠原氏はごく無造作に口にした。

「準備がいろいろ忙しいみたいだよ」

「それじゃあ、挨拶は後にしましょうか」

「うん、そのほうがいいかな。席で待ってれば、美月もそのうち来るよ」

美月、という名前が出てくるたびに、山根の胸は小さく震える。もはや、寺田と小笠原氏の間柄はどうでもいい。美月さんと小笠原氏のそれだけが、気になった。

「あと、先輩方を本殿の中にもご案内したいんですけど、それも後からにしましょうか？」

「そうだね。今はけっこう混んでるし」

「じゃあ、とりあえず席に行きましょうか」

小笠原氏を先頭に、四人で観覧席に向かう間も、答えの出ない問いで山根の頭はいっぱいだった。

寺田には「信之助くん」と一応は「くん」を付けているのに、美月さんを「美月」と親しげに呼び捨てにするということは、小笠原氏にとっては美月さんのほうがより近しいのだろうか。ひょっとして、兄妹《きょうだい》とか。いや、美月さんは一人娘のはずだ。苗字も違う。やはり三人ともいとこどうしで、ただ単純に、お互いに美月さんとのほうが親しいのか。小笠原氏に対する寺田の態度も、美月さんへのそれに比べて、幾分あらたまっているような気もする。

がっしりした小笠原氏と華奢な寺田のシルエットを見比べ、山根は黙々と足を進める。行く手に観覧席が見えてきた。

闇の中で、歓声が上がった。無数の小さな光が点滅しながら、ふわりふわりと夜空に吸いこまれていく。

境内を横切って流れる小川のほとりで、蛍はいっせいに籠から放たれた。川の左右に設けられた観覧席の間を飛び回るもの、高くまっすぐに天へ上っていくもの、まだうろうろと籠の周りにとどまっているものもいる。

上流側に設けられた特別席からは、蛍が外に舞い出る瞬間だけでなく、運ばれてくる様子も見物できた。まず、蛍の光を大きくふくらませたような、薄ぼんやりとしたまるい灯《あか》りが現れた。提灯だった。袈裟《けさ》を身につけた坊さんが、片手にぶらさげている。提灯を持つ手と反対側の肩には、子どもの背丈ほどもある、大きな籠がのっていた。それを、同じような服装の坊さんが隣にもうひとり、さらに後ろにもふたりつき、あわせて四人がかりで支えているのだった。神輿をかつぐ要領で、しかし祭の活気や喧騒《けんそう》とは程遠い厳粛な空気を漂わせつつ、しずしずと歩みを進めていた。

彼らは蛍がすべて籠から出てしまうと、扉を閉めて厳かに一礼した。飛び立っていく蛍たちの無事を祈ってか、今もまだ四人そろって背筋をぴんと伸ばし、手を合わせている。

「ほんまにいい場所やん。寺田、ありがとうな」

安藤が言った。招待客しか入れないはずの、畳敷きの特別席に座らせてもらえたのは、寺田のおかげだ。

「いえいえ、こちらこそつきあっていただいちゃって。でも、綺麗ですね」

「うん。絶景やわ」

言いかわしつつ、ふたりは蛍の乱舞にみとれている。間に挟まれて、しかし山根は一向に集中できなかった。蛍よりも、断然気になることがある。

小笠原氏は寺田の向こうに座っている。間にちょうど観覧席の柱があって、そこにとりつけられている小さな電球が、それぞれの横顔を照らし出している。山根は目だけを動かして、並んで座っているふたりを盗み見た。

いとこなら何分の一かは血がつながっているはずなのに、まったく似ていない。どちらも整った顔立ちではあるものの、小笠原氏の切れ長の瞳やひきしまった口もとには、やや中性的ともいえる寺田とは違った、もっと男らしい存在感があった。肩は厚く、均整のとれた長身にきちんと筋肉がついているのが、着物越しにも見て取れる。なにか運動でもやっているのだろうか。名前は知らないが、よくテレビのコマーシャルに出てくる、若手俳優に似ている。最近かなり売れっ子で、車とか清涼飲料水とか歯みがき粉とか、実にいろいろなものを宣伝している。商品そのものよりも精悍《せいかん》な笑顔ばかりが印象に残るのは、広告として効果的といえるのかは別として。

「山根、山根！」

安藤が叫んだ。山根が振り向くと、目の前ににゅっと腕がつき出された。手の甲に豆電球のような光がぽつんとともっている。

「手乗り蛍！」

大きな声に驚いたのか、蛍はまばたきするように点滅して、危なっかしく飛び立った。あれ、待ってや、と手を振り回す安藤から逃れるようにふらふらと旋回し、またじりじりと高度を下げ、山根のほうへと向かってくる。

「ええなあ。山根、好かれてるやん」

山根の胸に羽を休めた蛍を、安藤はうらやましそうにのぞきこんだ。

「おれやと、すぐに逃げてまうのに。血液型とか関係あるんかな？　それとも、体から出てる二酸化炭素の量とか？　汗の成分とか？」

好かれている、と表現するのはちょっとおかしいように思えるけれど、寄ってこられて悪い気はしない。山根は顎を首にくっつけるようにして胸もとに目をこらした。蛍はかすかに震えている。

「どうしたんですか？」

寺田が割って入る。

「なんや、山根になついてるみたいやねん」

安藤がどことなく悔しそうに説明する。山根はそろそろと上体をひねり、寺田のほうに胸を向けた。

「山根、お前なんか妙な誘引物質でも出してるんちゃうの？　蛍フェロモンやろか？」

「いいですねえ」

また突拍子もないことを言い出した安藤と同じく、寺田もうらやましげに蛍に見入っている。その後ろから、小笠原氏もひょいと顔をのぞかせた。

「すごい、ブローチみたいだ」

蛍がぱっと山根から離れた。

「あ」

反射的に伸ばした山根の手をすり抜けて、まっすぐに上を目ざしていく。先ほどよりも飛びかたがかなり安定していた。籠の中にとらわれていたせいで、少し調子が狂っていたのかもしれない。

「おおい、戻ってこい」

「ほら、こっちにおいで」

安藤と寺田が必死に呼びかけるのを無視して、蛍は闇に白く優雅な弧を描いた。ぽかんと口を開けて見上げている四人の頭上を二、三周し、そのまま飛び去ってしまうかと思いきや、すいと再び舞い降りてくる。

蛍は山根の鼻先をかすめて、小笠原氏の肩に着地した。

「小笠原さんも、好かれてるじゃないですか」

じっと動かなくなった蛍を見て、寺田が口をとがらせた。

「フェロモンか……」

安藤がつぶやく。人間たちの会話をよそに、蛍は身動きもせず、涼しい光を振りまいている。

寺田と安藤はどうしても蛍ともっとふれあいたいらしく、連れ立って川のほうへ降りていった。山根は腰を上げそびれ、小笠原氏とふたりで席に取り残された。

「目立ってるなあ」

小笠原氏がのんびりと言った。一段低くなった川べりで蛍を追いかけているのは、皆、小さな子どもたちだ。きゃあきゃあと声を上げてかしましくはしゃいでいる中で、倍ほども背丈があるふたつのシルエットはかなり浮いている。年齢のほうは、おそらく倍以上だろう。

「いとこ、なんですか？」

山根は勇気を出して聞いてみた。

「いとこ？」

小笠原氏は空いた寺田の席越しに山根のほうへ向き直り、きょとんとして聞き返した。

「信之助くんと、僕が？」

それから美月さんも、と山根は頭の中でつけ加え、しかし口には出さずにうなずいた。

「はい」

「いや、違います」

小笠原氏はあっさり首を振った。

「僕らは幼なじみなんですよ」

「へえ、そうなんですか」

思いがけない答えだった。どうやって話題を美月さんに向けていったらいいものか思案しつつ、山根はとりあえず会話を続けようと試みる。

「じゃあ、今も近所に住んではるんですか？」

このふたつめの質問には、小笠原氏は答えなかった。かわりに、別のことを言った。

「あれ、違うな」

ひとりごちて、首をかしげる。

「幼なじみなのは僕と美月だから」

聞きたかった名前がいきなり耳に入ってきて、山根はどきどきして目をふせた。

幼なじみ、ということは友達なのか。今もつきあいが続いているとなると、よほど仲がいいのだろうか。それとも家族ぐるみで親しいのか。切れ切れの考えが、とりとめもなく頭をよぎっていく。

「信之助くんと面識ができたのはもっと後かな。顔と名前を知ってただけで、よく考えたら、話すようになったのは去年か一昨年かもしれない」

小笠原氏はそこで思いついたように言葉遣いをあらため、

「寮ではいつも面倒を見てもらってるそうで、ありがとうございます。先輩たちのことは、信之助くんからもよく聞いてます」

と頭を下げてみせた。やはり、身内然とした態度である。つきあいはじめて日が浅いとは思えない。

「いえいえ」

　山根もつられて頭を下げた。

「どうですか、信之助くんは」

　小笠原氏は気遣わしげにたずねる。

「ちゃんとうまくやってるのかな？　信之助くん、のめりこむと周りが見えなくなるときがたまにあるでしょう？」

「いや、全然そんなことないですよ」

　山根はとっさに答えた。こんなに強く否定していいかは疑問だが、うまくやっていることはやっているから、まったくの嘘というわけでもない。

「よう気がつくし、親切やし」

　えらそうに先輩風を吹かすのは気がひけるものの、いきがかり上、そうも言い添えてみた。ゲームをしていないとき限定で、というのも省略する。

「そう、よかった」

　小笠原氏はほっとしたように表情をゆるめた。

「もうすぐ院試もあるし、ゲームはほどほどにしてちゃんと勉強するように、言ってやって下さい」

　まるで保護者面談だ。新米教師に向かって、我が子の日常生活をあれこれと心配し

てみせる若い父親、といったところだろうか。小笠原氏のペースに巻きこまれて、

「まあ、本人もそれはわかってると思いますよ」

と山根までそれらしい調子になってしまった。ゲームではなくロボットを専攻するつもりだと話していた寺田の醒《さ》めた表情が、頭をかすめた。

「山根くんも、工学部？」

「はい。学科は違いますけど。僕は専攻がエネルギーで」

説明しかけた山根を、小笠原氏はさえぎった。

「あ、もしかして、エコエネルギーの開発？　環境への負荷が少ないっていう？」

「はい、そうです」

山根は少し驚いた。寺田が小笠原氏にそんなことまで話しているとは思わなかった。ふたりは最初の印象よりも親しいのかもしれない。

「そうか、山根くんのことだったのか。そういえば、寮に住んでるって言ってたっけな」

小笠原氏は記憶を探るように目を細め、それから山根の顔を見据えて、

「エネルギーって、最近ますます注目の分野だよね。日本の未来のために、がんばって研究してもらわないと」

と言った。

「そんな、たいそうなもんやないですよ」

「いや、地球に優しいエネルギーっていうのは人類みんなから求められているわけだから。山根くんの研究も、そこに貢献していくわけでしょう？　すごいよ」

「人類って、そんな大げさな」

山根は苦笑したが、小笠原氏は真顔だった。

「大げさじゃないって。山根くんが発見したなにかが、僕らの生活を変えるかもしれないんだから」

大仰な、と感じる一方で、山根も研究者の端くれとして、自分の取り組みを認められるのはやはりうれしくもあった。研究室の中には、専門外の人間にあれこれ口出しされても困る、と研究の話題を避けたがる先輩もいるけれど、山根にそういう感覚はない。身を乗り出して話を聞いてもらえると、がんばろう、と素直に思えてくる。特に、相手が社交辞令ではなく真摯に興味を持ってくれているときは、それとわかるものだ。

小笠原氏も、そうだった。ほめられたからというわけでもないが、話しているうちに山根の気持ちもほぐれていた。相手を安心させ、くつろがせるのは、人柄もあるのだろう。さすがに美月さんの幼なじみだけあって、人間としての器が違うのかもしれない。

「そういえば、蛍の光を利用するってアイディアもあって……」

山根が勢いづいて言いかけたところで、ちょうど寺田たちが帰ってきた。

「すみません、お待たせしちゃって」

「おう、どうだった？」

小笠原氏が快活に迎える。

「下のほうにはもっといっぱい飛んでて、僕もちゃんとさわれました」

興奮気味に答えた寺田の後を、安藤がひきとった。

「おれも、おれも。やっぱフェロモンやなくて、愛情ですかね」

「愛情、か。確かにそうかもしれないな」

安藤のとんちんかんな言葉にも、小笠原氏は優しく応じる。調子づいた安藤は、さらに熱っぽく続けた。

「こんないいイベントがあったなんて、今まで知らんかったのがもったいないです。眺めてきれい、さわって楽しい、一粒で二度おいしいっていうか」

「そんなに気に入っていただけたなら、来年も誘いますよ」

「うん、頼むわ」

寺田の申し出に、安藤がさっそく飛びついた。

「この季節の京都って、ほんまに行事がもりだくさんよな。毎月、なんかしらあるやん。先月が葵祭やろ、今月はこれ、来月は祇園祭やろ。八月には送り火もあるし」

いちいち指を折って数え上げていく。暗い中でも、目が輝いているのが見て取れた。

「先輩も葵祭の行列に参加なさったんですよ」

寺田が小笠原氏に補足した。

「へえ。ふたりで？」

「いや、おれだけです」

安藤は答え、山根のほうを向いて、

「山根は送り火一筋なんで」

と言い足した。

「そうか、そうでしたよね」

寺田がうなずく。

「ボランティア、今年もなさるんですか？」

「ああ、たぶん」

すっかり忘れていた。

五山《ござん》の送り火を手伝うボランティアに、山根は二年前から参加している。東山如意《にょい》ヶ岳《たけ》に「大」、松ヶ崎西山と東山に「妙法」、嵯峨仙翁寺山《さがせんおうじ》に鳥居形、西賀茂船山《にしがもふなやま》に船形、そして大文字山には、左大文字。それぞれの山肌に炎で巨大な字をあぶり出すというこのすばらしくスケールの大きい行事に、山根の血が騒がないはずがない。大学に入った当初から、どうやったらかかわれるのかいろいろと調べてみたのだが、残念ながらうまい方法はなかなか見つからなかった。

送り火は、山ごとに地元の保存会によって運営されている。無償のボランティアといっても、葵祭のアルバイトなどとは違って一般募集はかけていないので、しかるべきつてがない限り、応募すらできない。

「送り火って、一般からも参加できるんですか？」

小笠原氏もびっくりしたようだった。

「はい。かなり狭き門ですけどね」

山根が運よくボランティアとして東山如意ヶ岳の一隊に加われたのは、寮長が地元の知りあいに口を利いてくれたおかげである。ただし、絶対に参加できるという保証はない。毎年、日が近くなり、保存会の幹部で段取りが決められた後に、人手が必要であれば連絡がくることになっている。

今年も、もうしらせがあってもいい頃だった。八月十六日の送り火までもうすぐ二か月だ。去年や一昨年は、ゴールデンウィークが明けたあたりから、じりじりしながら連絡を待っていたものだった。

それを、今になるまで思い出しもしなかったなんて。

山根は内心で愕然とする。自分がいかにおかしくなっているのか、思い知らされた気がした。強く頭を振ったちょうどそのとき、背後から涼やかな声が聞こえた。

「こんばんは」

「お姉様！」

寺田がぱっと振り向いた。一拍遅れて、安藤も。

「こんばんは」

さすがに緊張しているようで、口調がいつになく硬い。その隣で、山根もそろそろと振り返る。

美月さんは、にこにこして軽く頭を下げた。白っぽい着物姿は、蛍とはまた違った種類の光を放っている。

美月さんに案内されて、山根たちは本殿の中へと入った。

一般の参拝客には公開されていない本殿の裏側まで見られるとあって、安藤はすっかり舞い上がってしまい、ひっきりなしにあちこちを指さしては質問を重ねている。

玄関口で靴を脱いだあたりまでは山根と一緒におとなしくしていたが、それは緊張ではなく興奮のためだったらしい。中庭に鎮座している巨大な岩の由来や、欄間の凝った細工の技法といった蘊蓄で脳みそは占領され、もはや山根の複雑な心情を慮《おもんばか》る余地など一平方ナノメートルもないだろう。

京都ツアーにやってきた外国人観光客顔負けに、感嘆の声と細かい疑問を交互に繰り出す安藤の横で、寺田が律儀に相手をしている。答えられないものだけは美月さんに聞いて、補ってもらっているようだった。美月さんと並んで歩いている小笠原氏のほうが、先に口を挟むときもある。

四人から一歩遅れて、山根ものろのろと進んだ。重い足をひきずって、長い渡り廊下を抜け、いくつかの部屋を通り過ぎる。安藤のように周りを見回す気にもなれなかった。さっきから視線はほとんど一点に固定されている。角を曲がったり、足もとの段差を確認したり、たまにはずれるときはあっても、またすぐにそこへ戻っていく。

美月さんに変わった様子はない。この間のことにも一切ふれない。もちろん、他の三人がいる手前、いきなりそんな話をするわけにはいかないだろうが、山根としては落ち着かない。

実のところ、前に月灯寺に来たときの記憶は完全なものではない。美月さんが微笑んだところで、途切れている。

気持ちはうれしいです。でも、わたしは大丈夫です。

覚えているのはそこまでだ。その続きはわからない。どうやって美月さんと別れたのかも、どうやって寮まで帰ってきたのかも、どうしても思い出せない。気がついたら、山根は寮の部屋で布団の上に倒れていたのだった。がんがん痛む頭を抱え、枕もとに目をやると、いつか安藤が持ってきてそのままになっていた一升瓶が転がっていた。半分以上残っていたはずの中身は、空になっていた。

とにかく自力で部屋まで戻れたわけだし、なにかとんでもないことをしでかしたというわけでもないと思う。思いたい。が、いかんせん、覚えていないというのは不安だった。そうかといって、自分からたずねるわけにもいかない。泥酔して記憶が飛んでしまったなんて、口が裂けても言えっこない。

山根はひとり悶々《もんもん》としつつ、四人を追った。和やかな会話も、その中でとりわけ際立つ安藤の大声さえも、妙に遠く聞こえる。

通されたのは、畳敷きの大広間だった。

「広っ」

安藤がつぶやいた。何十畳あるだろう。掛け軸と花が飾られた床の間が、はるか奥に小さく見える。その床の間からこちらの入口まで、長方形のテーブルがいくつも、短い辺どうしをくっつける形で並べられている。卓のところどころに料理や飲みものが置かれ、その周りには数人ずつが集まって、食べたり飲んだり喋ったりしていた。大規模な法事といった風情もある。全部で四、五十人はいるだろう。部屋が広いので窮屈な感じはしない。

「今日の催しにお力添えいただいたかたたちのための、打ち上げみたいなもの」

と美月さんは説明した。まだ誰も座っていない一番手前のテーブルに、手のひらを向ける。

「もしよかったら、お好きなものを召し上がって下さい。これからひとが増えてくると思うので、ちょっと落ち着かないかもしれませんけど」

中央に置かれた黒い漆塗りの桶《おけ》には、色鮮やかなちらしずしが、みっしりと詰まっている。

「え、いいんですか、おれらまで？」

口では言いながら、すでに安藤の目は豪勢なちらしずしに釘付けだった。

「じゃあ、お言葉に甘えて」

寺田がテーブルについた。正座した横に、安藤があぐらをかく。その向かい側へ美月さんと小笠原氏が回りこんだ。

「山根先輩」

寺田に声をかけられて、ぼんやりとつったっていた山根も、あわてて安藤の隣へ腰を下ろした。

「じゃあ、とりあえず乾杯しようか」

小笠原氏が奥のテーブルからすばやくビール瓶を持ってきて、四人分を順に注いだ。美月さんは自分でウーロン茶を用意している。全員に飲みものが行き渡ると、小笠原氏は朗らかにグラスをかかげた。

「乾杯！」

それぞれグラスを打ちつけあう。山根はまず安藤と、そして斜め前の小笠原さんと、それから安藤の背中越しに手を伸ばしてきた寺田とも、乾杯した。対角線上に座る美月さんとだけは、グラスを合わせられなかった。

一番にビールを飲み干したのは、もちろん安藤だ。美月さんが取り分けてくれたちらしずしをさっそく口に運び、うまい、と絶叫する。隣りあわせに座った美月さんと小笠原氏は、どちらもゆっくりと、安藤の何分の一かの速度で箸を動かしている。テーブルを挟んで向きあってみて、ふたりが幼なじみだというのが山根にもつくづく腑に落ちた。なんというか、並んでいる姿がいかにも自然で、しっくりくる。水素原子がふたつ集まってはじめて、水素分子として安定するように。

帰りたい、と山根は思った。

帰りたい。月灯寺の門をくぐったときから、寄せては返す波のように何度も襲ってきていたその気持ちは、今やひときわ高く白いしぶきをあげている。

「山根、食わへんの？」

箸も取らずにぐずぐずとグラスをもてあそんでいる山根に、安藤が不思議そうに聞いた。

「もう大丈夫なんやろ？　来る前には、食欲戻っとったやん」

「先輩、大丈夫ですか？」

「え、山根くん、具合が悪いの？」

寺田や小笠原氏にまで心配されて、山根はしかたなく箸を取った。口に含んだ美しいちらしずしは、味がしなかった。

当然ながら、美月さんは集まってくる人々の大多数と顔見知りのようだった。そばを通るついでに挨拶と世間話をかわすひともいれば、わざわざテーブルまでやってきて声をかけるひともいた。小笠原氏にも話しかけてくるのは、近所のひとたちだろうか。

安藤が猛然と食べ進んだので、大きな寿司桶《すしおけ》の中身はまたたくまに三分の一ほどに減った。ひと通り食べ終えたところで、美月さんが床の間に視線をやった。

「そうそう、あの掛け軸も有名なものなんですよ」

「え、ほんまに？　近くで見せてもろてもいいですか？」

大量のちらしずしが胃におさまっているとは思えない俊敏さで、安藤がさっそく立ち上がる。寺田と美月さんも続いた。

「われわれは、花より団子だな」

立ちそこねた山根のグラスに、小笠原氏がビールを足した。帰りたい、と山根はまた思う。むろん、酌をしてくれている小笠原氏にまったく落ち度はない。快活で気さくで爽やかな好青年である。山根もこういう状況でなければ、楽しく飲みかわすことができたはずだった。現に、美月さんが現れる前は、初対面にしては会話もはずんでいた。でも今は、一刻も早く帰りたい。できれば、美月さんが戻ってきて、また小笠原氏の隣におさまる前に。ぽっかりと空いた席を、山根は眺めるともなく眺めた。しばらくしてそこに座ったのは、しかし美月さんではなかった。広間に入ってきた着物姿の小柄なおばあさんが、小笠原氏をみとめるなり、いそいそと近寄ってきたのだった。

「こんばんは」

山根にも軽く会釈して、美月さんの座っていた席にちょこんと正座するやいなや、おばあさんは怒濤《どとう》のように話し出した。京都の蒸し暑さへの愚痴、共通の知りあいらしき誰彼の近況、祇園祭の準備の段取り、そのひとつひとつに、小笠原氏は丁寧に相槌を打っていた。山根のほうは、小鳥のさえずりのように続く京都弁を聞き流しながら、所在なく床の間のほうへ目をやった。三人はまだ掛け軸の前で話しこんでいる。

「ほな、ぼちぼち失礼」

ひとしきり話し終えると、おばあさんはおもむろに立ち上がった。

「すんまへんなあ、長々お邪魔して」

上の空で座っている山根にも愛想よく声をかけてから、思いついたように小笠原氏に向き直る。

「そうや、お式ももうすぐなんやって？　おめでとうさん」

それまで耳を素通りしていたふたりの会話が、はじめて耳にひっかかった。お式？　おめでとう？　小笠原氏はもうすぐ結婚するのだろうか。

「これからどんどん忙しなるやろけど、おきばりやっしゃ。困ったことがあれば、なんでも言いよし。あても力になるえ」

「おおきに、ありがとうございます」

神妙に頭を下げる小笠原氏に、おばあさんはしみじみと続けた。

「けど、ほんまにうれしいわあ。あんたと美月ちゃんは、ほら、あてにとったら孫みたいなもんやし」

波が、山根をのみこんだ。暗くて冷たい水の中に、おばあさんの甲高い声が響き渡る。

「仲良くせなあかんえ。いくら長いつきあいいうても、夫婦になったらまた別なんやからね」

15 引越し

いる、いらない、いらない、いる、いらない。

ふたつできた雑誌の山は、どちらも同じくらいの標高になった。あぐらをかいた山根の、ちょうど目の位置に当たる。左のほうに最後の一冊を積み終えて、山根はうんと伸びをした。こき、こき、と関節が鳴る。腕を上げたまま上半身をひねった拍子に、壁際に並べたダンボール箱の傍らに、まだ何冊か雑誌がはみ出しているのが目に入った。

山根は手を下ろしてため息をついた。寮からの退去日は七月末に決まった。それまでにこの部屋の一切合財を、ダンボール箱かゴミ袋のいずれかに詰めこまなければならない。四年と少しの間にたまった荷物は生半可な量ではなく、ここ最近、空いている時間をずっと部屋の片づけに費やしている。

いらない、いらない、いや、やっぱり、いるかもしれない。ようやく雑誌の箱がいっぱいになりかけたところで、十冊ほどの漫画本を手にした安藤がやってきた。

「山根、これいらん？」

「いらん」

山根は即答した。自分の持ちものを整理するだけでやっとなのに、他人の分までひき受けていられない。

「そうかあ。めちゃくちゃおもろいねんけどな」

「じゃあ持ってけばええやん」

「せやけど、全部で十巻もあるし。かさばるやん？」

「いや、おれもおんなじ状況やから」

残念そうに首をかしげている安藤に、山根は釘を刺した。引越しの準備をはじめてから、こういう攻防が寮のあちこちで繰り広げられている。ものを捨てられる性格かどうか、荷物をどの程度ためこんでいるか、といったいくつかの要素によって、持ちこむ側になるか、持ちこまれる側になるかが決まる。相対的に見れば、安藤は前者、山根は後者である。

「冷たいなあ。お前もよう読んどったのに」

安藤が恨めしそうに言って、ぱらぱらとページをめくる。その足もとに転がっていたガムテープを拾い上げ、山根は完成した箱の口を封印した。雑誌、とマジックで大書する。気に入っていた本や雑誌を古紙回収に出すのがつらいという気持ちはわからないでもないけれど、いちいち情けをかけていてはきりがない。こっちこそ、できればひきとってほしい荷物はたくさんある。

新しいダンボール箱を組みたてはじめた山根を横目に、安藤は観念したように漫画を抱え直した。

「しゃあないな、自分で持ってくわ。ここより広いんやから、全部持っていったって入りきらんてことはないもんな?」

寮長が手配してくれた引越し先は、大学の北側、白川通を入ったところにある三階建ての賃貸アパートである。先週、現地で部屋を見せてもらったところ、日あたりも抜群で住み心地は悪くなさそうだった。新しいとはいえないものの、築年数は明らかに寮より浅く、各部屋に風呂とトイレもついている。しかも家賃は寮の部屋代と変わらない。むろん相場ではもっとかかるはずのところを、家主と寮長が知りあいなのでだいぶまけてもらった上に、大学からも多少は補助が出ることになっている。寮生十人が皆そこに入るわけではなく、山根と同じところに住むのは安藤だけだが、似たような条件のアパートが他にもいくつか用意され、それぞれ二、三人ずつが割り振られている。

「ああ、いややなあ」

安藤がぽつりとつぶやいた。いつになくしんみりとした口調に、山根はようやく手を休めて安藤を見上げた。あれほど楽観的だった安藤が憂鬱そうに肩を落としているのは、遅々として進まない荷造りのせいばかりでもないのだろう。

「引越したないわ」

「ほんまやな」

山根も小声で同意する。

新居はそれなりに快適そうだ。他の寮生たちもすぐそばに住んでいるから、その気になればいつでも会える。少なくとも、隣同士の安藤と山根に関しては、これまでと変わらず腐れ縁が続いていくに違いない。

それでもやはり、この寮を離れるのは気が進まない。さびしいとか悲しいとか大仰に騒ぐつもりはないものの、引越しの日が近づくにつれて、今まで何気なくふれていたすべてにいっそう愛着がわいている。

もうこの食堂でラジオ体操をすることはない。この受付に立ち寄って、管理人にただいまと告げることもない。この階段で川本とすれ違うことも、この扉から寺田が顔を出し、ゲームをしようと誘ってくることもない。寮の中でなにかが目にとまるたびに、そんなことを考えてしまう。それは山根だけではないらしく、最近は寮のいたるところで、寮生たちがぼんやりと立ち止まり、周りを見回しているのをよく見かける。

「おれもうちょい片づけるわ」

しょんぼりと出ていく安藤を見送ってから、山根は気を取り直して押入れの襖を開けた。次は洋服だ。

実家で母親に衣類を管理してもらっていた頃はともかく、寮へ越して来てからというもの、衣替えという概念はきわめて薄くなっている。その時季によく着る服が押入れの手前、そうでないものが後ろのほうにつっこんであって、季節ごとにそれぞれの位置が適当に変わっていく。たとえば夏が本格的にはじまろうとしている今であれば、半袖のシャツや短パンが前のほうにひっぱり出され、セーターやジャンパーが奥へ追いやられている。秋にはそっくり逆の流れになる。

暮らしている分には特に不都合は感じなかったけれど、こうして箱に詰めようとすると、あまりに混沌としていた。どこから手をつけたらいいものか迷った末に、とりあえず両腕を広げ、抱えられるだけの服を出してみる。畳の上に半ば投げ出すように置くと、どこかのポケットに入っていたのだろう、小さな紙きれが山根の足もとにはらりと舞い落ちた。

山根は膝をついてそれを拾い上げ、裏返してみた。

レシートだった。一番上に店名と日付が読める。五月の初旬、およそふた月前である。その下には数行にわたって、カタカナの言葉が印字されている。

アンティパスト・ミスト。フェットチーネ・ポモドーロ。モンテビアンコ。エスプレッソ。呪文のような単語の連なりが、白いテーブルクロスの上に並べられていたカラフルな皿を、山根の脳裏に呼び起こした。それぞれの名がどの料理を指していたかはもう定かではないが、あの魅力的な食卓は忘れようにも忘れられない。脚からすると力が抜けて、山根は畳にぺたんと尻餅をつく。引越しの準備は手間がかかって煩わしいだけでなく、こういう罠《わな》がしかけられているのも厄介だ。

蛍の宴以降、美月さんには会っていない。連絡も取っていない。ひと月かけて、山根はなんとか記憶を胸の底に沈めてきた。それなのに、せっかくほぼ元通りの日常を取り戻したところで、またこうして揺さぶりをかけられるとは。

美月さんと小笠原氏は、この秋に結婚式を挙げるそうだ。

小笠原家は京都でも有名な古美術商の老舗だという。野々宮家とは家族ぐるみのつきあいらしい。

「向こうの一族に結婚を認めてもらうために、小笠原さんはかなり苦労したみたいです」

蛍の宴からの帰り道、寺田は訳知り顔で言った。

「なんで?」

安藤が訝しげにたずねた。

「家族ぐるみのつきあいってことは、仲がええんとちゃうん？」

「それと結婚とはまた別問題ですよ」

いつになく大人びた表情で、寺田は答えた。

「小笠原さんの親御さんたちは、当然、長男に家を継いでほしいと考えていたはずですからね」

家族に反対されても、小笠原氏はくじけなかった。美月さんにひとめぼれしたのはまだ幼稚園にも上がる前だったらしいから、実に二十年以上もかけて結婚までたどり着いたことになる。

「美月ちゃんにお嫁さんになってもらう、って宣言したらしいですよ」

それ以降ずっと、一途に初恋の彼女を想い続けてきたというからたいしたものだ。よそ見をしなかった小笠原氏も、そして、させなかった美月さんも。

小笠原氏は市内の私立中学に進んだ。中高一貫の男子校で、関西で三本の指に入る難関校であり、進学校でもある。ところが高校に上がる頃に美月さんとつきあいはじめると、親の猛反対にもかかわらず、仏教系の学校に転校した。そこで寺の住職としての素養を身につけ、さらに大学では学問として仏教を専攻しながら、寺社の建築や美術作品についても研究を進めた。院からはうちの大学に通ったらしい。仏教と美術の融合を扱った論文を発表したところ、学会で高く評価され、若くしてその分野ではちょっとした有名人になっている。

「多才っていうか、本当になんでもできるひとなんです。研究者としても優秀なので、大学側もひきとめたがっていたみたいですが」

息子の努力と成功を目の当たりにして、さすがに親も折れた。幸い家業は弟が継いでくれることになって、万事まるくおさまった。野々宮家のほうでも、一人娘の結婚相手として、気心の知れた小笠原氏は大歓迎だった。婚約した後も、たまに寺の行事を手伝う以外は学問に主軸を置いてきたのは、美月さんの両親が熱心にそう勧めたからだという。結婚したら寺に入ってもらうのだから、独身のうちはあまり縛られず、自由にやってほしいという配慮らしい。

「姓は小笠原でもいいんじゃないかって話もあったんですけど、結局、正式に婿養子に入ることになったそうです」

と寺田はしめくくった。

「伯父様たちもご満悦ですよ。住職としての役目を果たせるっていうだけじゃなくて、お人柄にしてもお姉様への気持ちにしても、まったく不安がないですから」

山根が太刀打ちできるはずもない。

なんというか、レベルが違う。その華麗な経歴にせよ、美月さんや野々宮家との関係の深さにせよ、とてもかなわない。美月さんを幸せにしたいという気持ちの強さだけは張りあえるとしても、ほんのふた月前に知りあった山根と、二十年もそばで見守ってきた小笠原氏とでは、年季からして勝負にならない。彼は言ってみれば、最愛の姫君のために、ひたすら騎士道を邁進《まいしん》してきた。幼少時から英才教育を受けてきたようなものだ。

しかも山根は、小笠原氏と会ってしまった。その誠実さを、聡明《そうめい》さを、美月さんとの仲睦まじさを、実感できてしまった。たかが数時間でなにがわかるものかと思いもする反面、逆に、詳しい事情を知らないままに向きあったからこそ、感じたところがそのまま素直に胸へ染みこんだというのもあるだろう。そもそも小笠原氏の人徳が、それだけ濃くにじみ出ていたのだ。わずかな時間を共に過ごしただけで、その内面が隠しようもなく伝わってくるほどに。

かないっこない。がんばってどうにかなる次元ではない。だからせめて、早く忘れてしまいたい。

そういう意味では、引越しの準備にまぎれてあわただしく時間が過ぎていくのは、山根にとってかえって好都合でもあるのだった。こういう奇襲攻撃さえ、なければ。

山根はレシートをつまみ上げ、残っている雑誌の山ににじり寄った。層になっている「いらない」雑誌の、真ん中あたりを適当に持ち上げて、紙きれを押しこむ。ビニール紐を十字にかけて上で結ぶと、思い出の埋葬はあっけなく完了した。

雑誌の束はひどく重かった。山根はよろよろと階段を降り、一階の廊下を奥まで進んで、つき当たりの部屋に入った。

かつて龍彦が住んでいたここは、四月以降しばらく空室になっていたが、今週から臨時のゴミ置き場として使われている。なまもの以外ならなんでも置いていい。各人の部屋から出てくる大量のゴミを、いったんここに集めておいて、ゴミ収集の日程に合わせて順次出していくしくみである。

すでに部屋は半分ほど埋まっていた。四畳半の四隅にはそれぞれ、燃えるゴミ、燃えないゴミ、粗大ゴミ、資源ゴミ、と貼り紙がしてある。山根は雑誌を部屋の右奥まで運んだ。同じように紐で縛られた本や雑誌がいくつか置かれている。ひとつはてっぺんに爬虫類の図鑑がのっている。あとのふた山は、どちらもプロレス雑誌だった。

部屋の中央にも、箱や紙袋がひとかたまり置かれている。分別に自信がなかったのか、それとも単に考えるのが面倒くさかったのか、一見しただけではどこに寄せていいものか判断しかねる品々である。手前にある紙袋には大量のねじとばねが詰めこまれ、その狭間で赤や黄のコードがのたくっている。隣の木箱では、招き猫の貯金箱、真鍮《しんちゅう》のドアノブと水道の蛇口、それからなぜか小ぶりのクリスマスツリーが同居している。傍らのビニール袋には赤くてまるいボールのようなものが透けていた。一見ツリーの飾りかと思ったが、しゃがんでよく見てみると、大小の達磨がいくつもひしめいていた。

かがんだ姿勢から畳に尻をつけ、山根は四畳半を見回した。集合しているがらくたは、持ち主に捨てられたものという前提で眺めるせいもあってか、そこはかとなく哀愁を漂わせている。ほしいものがあればもらい受けてもいいことになってはいるものの、食指は動きそうもない。

「おつかれさまです」

声をかけられて振り向くと、入口のところに寮長が立っていた。

「順調ですか?」

「いいえ」

山根は力なく答えた。順調という言葉ほど今の山根にふさわしくないものもない。

「不調、ですか」

寮長は困ったように唇の端を曲げ、部屋の中に入ってきた。山根の隣に正座し、達磨の袋に手を伸ばす。ビニールがさらさらと乾いた音を立てた。

「大丈夫ですよ。日が経てば、ちゃんと順調に戻ります」

この寮はなくなってしまいますが、と続けた口調は、寮長らしくもなく沈んでいた。

「困ったことがあれば、いつでも連絡して下さい。なんでも相談に乗りますよ。こんな形でばらばらになってしまって申し訳ないです。できる限り、皆さんの支えになりたかったんですけれど」

山根は顔を上げた。似たような言葉を、前にも聞いたことがある。

「お知りあいだったんですね」

無意識に、つぶやいていた。寮長はほんの少しだけ目をみはってから、ゆっくりと口を開いた。

「野々宮さん、ですか？」

山根は黙ってうなずいた。

「すてきな女性ですね」

寮長が目を細める。

「お目にかかれて光栄でした。いや、幸運といってもいいかもしれない。彼女に出会えて本当によかった」

お互いに、と言い添えて、山根の肩をぽんぽんとたたく。

「そうでしょうか？」

思わず、疑問が口をついて出た。「すてきな女性」という評価には、まったく異存はない。しかし、寮長はともかく山根にとって、美月さんと出会ったことが、はたして幸運だったといえるだろうか。

どうせ手の届くはずのないひとだったのに、こうして出会ってしまったせいで、さんざんじたばたともがき苦しむ羽目になった。むだな夢を見て打ちのめされるくらいなら、いっそ最初から存在そのものも知らないほうがよかったかもしれない。そうすれば山根も今までどおり、のんびりと平穏に暮らしていられた。研究に打ちこみ、安藤や龍彦とつるみ、たまにひとりで花火を上げる、穏やかな毎日が続いていたに違いない。まさについこの間まで、ずっとそうしてきたように。

「後悔しているんですか？　彼女と出会ったことを」

寮長は大きく目を見開き、まじまじと山根を見つめた。珍しい動物を発見したような目つきである。

「よかったに決まってるじゃないですか？　野々宮さんと一緒に時間を過ごせて、楽しかったんでしょう？」

山根は返事に詰まった。

楽しいときが、なかったわけではない。ふたりでコーヒーを飲みながら話していたときも、吉田山の公園でぶらんこをこいでいたときも、月灯寺でお気に入りの石仏について思い出話を聞かせてもらっていたときも、確かに楽しかった。体はまるで宙に浮き上がっているように軽かったし、目に入る景色はぴかぴかと光っていた。けれど、たまに訪れるその美しい時間は、いつもあっというまに過ぎてしまった。

迷ったり悩んだり、おちこんだりしていた時間のほうが、その何倍も、何十倍も長い。今も含めて。

「楽しくなかったわけじゃないですけど」

曖昧に言葉を濁しかけ、しかし寮長を相手にごまかしてもしかたがないと思い直して、正直に続けた。

「でも、会わないほうが楽だったかなとは思います。親しくなれないんなら、結局は意味ないですしね」

「意味がない？」

まだ怪訝そうな表情を浮かべている寮長に、山根は説明した。

「美月さんはもうすぐ結婚しはるんですよ」

「ほお」

「相手は、すごく……」

言いかけて、ふいに喉が詰まった。息を吸い、なんとか続きをしぼり出す。

「すごく、いいひとみたいで」

「そうでしょうね」

寮長が冷静に言った。

「彼女が選んだひとなら、きっと間違いないでしょう」

つまり、と首をかしげる。

「山根くんの言いたいのは、こういうことですか？　彼女には立派な婚約者がいる。どうせ気持ちを受け入れてもらえない。だから出会ってもむだだった」

山根は無言でうなだれた。単純な三段論法に、反論の余地はなかった。つくづく自分が情けなくなってくる。

「彼女にはすでに別の相手がいる。それは確かに大きな問題ですね」

寮長が認めた。

「でも、それだけなんでしょうか？」

「へ？」

山根は虚をつかれて聞き返した。

「そうですね、じゃあ、もし彼の存在がなかったとしたらどうですか？」

今度は山根がきょとんとする番だった。寮長はなにを言い出すのだろう。

「万が一、野々宮さんに完璧な婚約者なんていなかったとしたら。それなら、なんとかなったと思いますか？」

「さあ」

ようやく質問の趣旨がのみこめて、山根は肩をすくめた。そんな仮定の話をしても、それこそ時間のむだだし、意味がない。

「そうじゃないと思うんですよね、わたしは」

山根が話に乗ってこないのは気にもとめず、寮長はあっさりと言った。

「どういう意味ですか？」

山根の頬がかっとほてった。自分が美月さんにふさわしくないことくらい、ちゃんとわかっている。今さらうぬぼれるつもりもない。それでもやはり、他人からこうもはっきりと言われてしまうと腹立たしい。

「そんなに怒らないで下さい。山根くんをけなそうとしているわけじゃありません」

寮長が苦笑した。

「そうとしか聞こえません」

山根はむっつりと答える。

「落ち着いて、ちゃんと最後まで聞いて下さい。いいですか、彼女のそばにいるためには、すべてを背負わなければいけない」

「わかってます」

それくらいは山根にだってわかっている。だから、美月さんのために寺に入ろうと決意した。月灯寺の人間として美月さんを支えようと、一度は真剣に考えたのだ。

「寮長は、おれには無理やって言いたいんですね？　そんな大役、おれなんかに務まるはずがないって」

声を荒らげた山根に向かって、意外にも、寮長は静かに首を横に振った。

「いいえ」

山根は面食らって口をつぐんだ。決めつけないで下さい、と啖呵《たんか》を切るつもりだった。おれはやります、やってみせます、やってみなきゃわかんないでしょう、と。本当は、主張する相手が違うのだろうが。

「その気になれば、山根くんにはできるでしょう。住職にだってなれるでしょう。学ぶ時間は必要でしょうが、いずれきっと。でも」

寮長はそこで言葉を切った。

「すべてを背負うということは、他のものを捨てるということです。残念ながら、住職を務めながらエネルギーの研究はできない」

正面から見据えられて、山根は姿勢を正した。口を開こうとしたら、またしても先回りされた。

「それでもいいと山根くんは言うかもしれない」

寮長の笑みはすっかり消えていた。深い声が、まっすぐに山根の耳へ届く。

「でもそれを、彼女は喜ぶでしょうか？　山根くんのためにもそれが一番いい選択だと、心から納得できるでしょうか？」

ふいに周りからがらくたの山が消えた。代わりに広がっていく夕方の風景を、山根は呆然として眺めた。寮長の顔に、石仏の柔らかい微笑が重なった。

思い出した。

気持ちはうれしいです、でもわたしは大丈夫です。あの日、山根の申し出を断った美月さんは、最後に小声で言い足したのだった。

「それは、山根さんのためにもなりませんから」

美月さんの指摘は正しいと、山根にもちゃんとわかった。要は、美月さんのためになることと、山根のためになることが、重ならないのだ。さらに、美月さんが本心から心配してくれているということも、伝わってきた。山根のためにならない選択を、美月さんが決して望まないだろうことも。

あの一瞬で、いろいろなことがわかってしまった。そして、そのすべてが、山根を打ちのめした。自分はまだ社会にも出ていない貧乏学生だとか、仏教についてまったくの門外漢であるとか、当時は知らなかった美月さんの婚約とか、そういった数々の障害とはまったく違うやりかたで、しかしもっと激しく。

美月さんの気持ちを理解できたからこそ、山根の脳はあのひと言を覚えておくことを拒否したに違いない。記憶は瞬間凍結されて、今の今まで心の奥底に押しこまれていた。寮長が熱湯をかけてくれなかったら、ずっと溶けずに山根の胸を冷やし続けていたかもしれない。

「わたしには、とやかく言えません。出会わなければよかったと思うのは、個人の自由ですから」

しかし、と寮長はそっとつけ加えた。

「野々宮さんのほうはたぶん、そう思っていない気がします」

薄れていく月灯寺の光景に、山根は目をこらす。こちらをじっと見つめる美月さんの瞳には、夕暮れの光が封じこめられている。

16　救世主

夜の食堂に、鋭い悲鳴が響き渡った。

「残念やったな、寺田。悪いけど、この勝負はおれがもろたわ」

へなへなと座りこんだ寺田を見下ろして、安藤が不敵に笑った。

「なに言うてんねん、お前なんかに負けてたまるか」

向かいに立った川本が、安藤をにらみ返す。険しい目つきで互いをねめつけあっているふたりの向こうでは、料理長が腕を組んで仁王立ちしている。脱力しきった寺田の肩へ、山根はそっと手を置いた。

「準備はええか？」

料理長がどすのきいた声で問いかけると、安藤と川本はすぐさまうなずいてみせた。山根も含め、集まっている他の寮生たちの間にも、緊迫した空気が走る。皆が静かに見守る中で、三人は荒々しいかけ声とともに、大きく腕を振り上げた。

料理長が手のひらをいっぱいに開き、顔の前にかざした。こぶしを握りしめた川本が悲痛な声で絶叫して床にくずおれる。片や安藤は、ピースサインを頭上にかかげてぴょんぴょんと跳びはねた。ぱらぱらと気のない拍手が起こった。

寮からの引越しを明日に控えた晩、食堂ではじゃんけん大会が開かれている。厨房で使っていた調理器具や家電製品を、寮生たちで分けあうことになったのだ。料理長が細長いテーブルを前にして立ち、その向かいに椅子を半円の形に並べて寮生たちが座っている。卵焼き器、フライ返し、ざる、といろいろな道具を料理長がひとつずつ順にテーブルの上へ出してくるので、各人はほしいと思ったものが置かれたら立ち上がり、希望者が出そろったところで全員いっせいにじゃんけんをする。料理長に勝った者だけが残っていき、最後のひとりになるまで戦いは続く。

「やったあ」

安藤がいそいそとテーブルのほうへ歩み寄った。二十合炊きの業務用炊飯器はかなり人気があって、じゃんけんは七回戦にまで突入していたから、感慨もひとしおなのだろう。山根は初回であっさりふるい落とされた。

これまでの戦果からして、どうも料理長とはじゃんけんの相性が悪いらしい。今のところ、山根が勝ちとったのは料理用ガスバーナーだけだ。グラタンや焼きおにぎりの表面に焦げ目をつける、という用途を聞く前に、反射的に手を挙げていた。炊飯器などに比べて使い道がきわめて限定されたこの調理器具をほしがる男子学生がそうそういるはずもなく、すんなりと不戦勝が決まった。山根にしても、グラタンを作ったことも、これから作ろうという予定もないが、料理長がぶわりと炎を出してみせたのにやられた。深夜の通販番組なら、外国人のタレントが目をみはり、ワオ、こんなに小さなボディーなのにすばらしい火力じゃない、と感激してみせるところだろう。

「大事に使《つこ》てな」

料理長はどの道具を手渡すときにも、新しい持ち主にそう声をかけている。

「はい、もちろん。約束します」

いつになくしんみりとした料理長の口調につられたのか、安藤も真剣な表情で、巨大な炊飯器をうやうやしく押しいただいた。太い腕の中にうまくおさまっているにもかかわらず、どこかちぐはぐな印象を受けるのは、料理長が抱えているのを毎朝見てきたせいだろうか。

あるべきものが、あるべきところにない。その違和感は、今や寮全体に漂っている。

数十足がひしめいていた玄関口には、すでに人数分の靴しか残っていない。共同の風呂場に置きっぱなしになっていた歯ブラシや髭剃《ひげそ》りや色とりどりのタオルも、物干し場のハンガーや洗濯ばさみも、どこかの段ボール箱に押しこめられている。寮の中がどこもかしこもひどくがらんとして殺風景になっていくのを見るにつけ、別れがいよいよ迫っていることをいやおうなく思い知らされた。

「たきこみごはんは、白米より少なめの分量で炊かなあかんで」

「わかりました」

「たまに磨いたると機嫌がようなるわ」

「了解です」

取扱説明書さながらに注意事項を並べる料理長をさえぎったのは、鬼気迫る叫び声だった。

「皆さん、聞いて下さい！」

皆、ぎょっとして背後の扉を振り返った。厳かな炊飯器授与式に集中していて、それが開いたことには誰も気がついていなかったのだ。

「中止です！」

寮長だった。ぱんぱんと手を打ち鳴らし、さらに声を張り上げる。

「中止です！　中止ですよ！」

ひたすら連呼しながら、つかつかと食堂を横切ってくる。甲高い大声だけでなく、熱に浮かされたような目つきもせわしない足どりも、ふだんとまるで雰囲気が違う。あっけに取られている一同を尻目に、寮長は椅子の輪の内側へ入り、安藤と料理長の間に立った。

「そのへんも全部、返してもらわないと」

皆を、というより皆の手もとにあるそれぞれの戦利品をぐるりと見回して、満面の笑みで言う。切れ長の目はしっとりと潤み、着物の襟もとも心なしかはだけていて、なんとも妙な気迫がみなぎっている。

「ああ、これもですね」

寮長は安藤の炊飯器に手をかけて、力任せにもぎとろうとした。友達のおもちゃをほしがる幼児を思わせる、強引な仕草である。

「ええ？　なんですか、急に」

安藤が口をとがらせて、炊飯器をひっぱり返す。

「もうおれのもんですよ。せっかくじゃんけんで勝ち残ったんやから、今さらやめるって言われても」

「でも、もう決まりなんですよ。誰がなんと言おうが、中止です」

寮長も譲らない。酒が入っているのだろうか、と山根はちらと疑った。酔っぱらっているのを見たことはついぞないけれど、日が日だし、悪酔いしても無理はない。

「そんな無茶な。じゃんけん大会をやろうって、もともと寮長が言いはったんやないですか」

安藤が顔を赤くして言い募る。

「だから、中止になったんですってば」

寮長は得意そうに言い放つと、なにを思ったか、だしぬけに炊飯器から手を離した。

「うわっ」

後ろにのけぞった安藤の体は見事な放物線を描き、どすんと鈍い音とともに尻から床へ着地した。炊飯器を腹と手足で挟みこんでかばっているのは、さすがだ。

「いってぇ」

目を白黒させている安藤には目もくれず、寮長は歌うように言った。

「取り壊しが、中止になりました」

高らかに宣言したとたん、寮長はガソリンが切れたかのようにすとんと座りこんでしまった。

「寮長⁉」

料理長が寮長の傍らにしゃがみ、華奢な肩をがくがくと揺さぶる。山根たちも椅子から立ってふたりを囲んだ。よろよろと起き上がった安藤も輪に加わった。腰をさすりながらも、もちろん炊飯器は手放さない。

寺田が厨房から水をくんできた。寮長はコップを受けとってまたたくまに飲み干し、ぱちぱちと何度もまばたきをした。焦点が定まっていなかった瞳に、いつもの理知的な光がさしてきた。

「面目ない。少々、取り乱してしまいました」

正気を取り戻した寮長はまず全員に謝り、それから申し訳なさそうに安藤を見上げた。

「すみません。大丈夫ですか」

心配してみせるのをさえぎって、川本がもどかしげに問いかける。

「そんなことより、中止ってどういうことですか？」

そんなことよりって、と安藤がぶすっとして繰り返したのを無視して、他の寮生たちも寮長を質問攻めにした。

「どっからそういう話になったんです？」

「おれらはここにいられるってことですか？」

口々にたずねる寮生たちを両手のひらで制し、寮長は答えた。

「大学側が計画を変更したそうです。建てる研究棟の背を高くしたら、使う土地は予定していた半分の面積でまかなえるらしくて」

左右のひとさし指で、横長と縦長の長方形を空に描いてみせる。

「すっかりおさわがせして申し訳ありませんでした。とにかく、寮はこれまで通りです」

寮生たちの表情が、みるみるうちに驚きから安堵《あんど》へと変わった。寺田はすでに目を潤ませている。

「じゃあ、引越しも必要なくなりましたね」

「あんなに苦労して荷造りしたのに、また戻さなあかんな」

肩をすくめた安藤も、口もとはほころんでいた。腰の痛みも忘れているようだ。

「しっかし、急な話ですよね。もうちょい早う言ってくれたってええのに、なんでこんなにぎりぎりなんやろ。いつ決まったんかな」

「それが、実はわたしもわからなくて」

寮長が首を振った。電話がかかってきたのはついさっきだが、いつ頃に決まったのかは知らされなかったらしい。聞けば教えてくれたのかもしれないけれど、そこまで頭が回らなかったという。いつもの寮長ならともかく、あの興奮ぶりではいたしかたないだろう。

「だいたい、大学や役所が連絡をよこすのは、いつも直前になってからですからね」

「小役人め」

吐き捨てた先輩を、寺田がなだめる。

「まあ、まるくおさまったわけですし、いいじゃないですか」

「そうですね。終わりよければすべてよし」

寮長がにっこり笑った。着物の懐を探り、折りたたまれた紙を取り出す。

「取り壊しに反対する嘆願書が決め手になって、学長が意見を変えたそうです。ファクスをもらったので読みますね」

長い抗議文を、寮長は朗々と読み上げてくれた。

「寮生たちは日々、勤勉に研究に取り組んでおります。むろん、それだけなら他の学生にも当てはまりますが、共同生活という形は昨今ではなかなか珍しく、お互いに刺激しあい、切磋琢磨《せっさたくま》することで、得られるものも多いはずです。そもそも、他者との関係性が希薄になりがちな現代にあって、同世代の若者たちが寝食を共にするというのは、たいへん有意義かつ貴重な経験となりえます。この寮はそのような環境を提供する場として、長きにわたって、若い才能の育成に貢献してきました。時に侃々諤々《かんかんがくがく》たる議論で夜を明かし、時に手を取りあって励ましあう中で、学問の道を追求するだけでなく精神的な成長も望めるに相違ありません……」

「なんや、すごいな」

安藤が山根にささやきかけた。内容がすこぶる好意的なのはいいとして、大学側への文書だからか、それとも書き手の趣味によるものか、全体になんだか大時代な言い回しが耳につく。

「カンカンガクガクって、なんや？」

川本がつぶやいた。誰も答えられなかった。

「それより、激しくほめられてませんか、僕たち？」

「ちょっとほめすぎよなあ」

言い回しだけではなく中身にも、仰々しい箇所がところどころまじっている。理解できない表現をとばしても、とにかく手放しでほめちぎられているようだというのは伝わってきた。

「一体どなたが書かれたんでしょうね？」

首をひねった寺田が、はっとした顔になって身を乗り出した。

「ひょっとして、先輩が？」

寮の取り壊しに断固として反対していた法学部の先輩に、皆の視線が集まった。日がな一日六法全書を読んでいれば、こういう堅苦しい熟語にも強くなるだろう。

「いや、おれじゃないよ」

先輩が首を振った。

「おれならこんな情緒的には書かない。もっと論理的に、実際の判例に則して論破してみせる」

なんとなく、悔しそうである。お株を奪われたようで不服なのかもしれない。

「これ、寮長ですよね？」

と先輩は続けた。

「おれたちのために直訴してくれたんでしょう？」

「なるほど」

「さすが、寮長」

皆が納得しかけたが、違いますよ、と寮長は苦笑して手を振った。

「それならもっと早く話はついていたはずでしょう。わたしではなくて、学長と親しい理事が、説得して下さったそうです」

「理事？」

「はい。この大学で名誉教授をなさっているかたです。専門は確か、日本の古美術だったかな」

「古美術の先生か。いかにも教養高い文章って感じやもんな」

安藤が感心してみせる。

「ええと、それがですね」

寮長がまた口を挟んだ。

「よく聞いてみたら、この文章を書いたのは、理事ご本人ではないそうなんです」

「へ？」

「わたしからもお礼を申し上げたくて、さっそくお電話してみたんです。そうしたら、自分が言い出したんじゃないっておっしゃって。確かに言われてみれば、特に寮とゆかりがあるかたではないんですよねえ」

寮生たちは顔を見あわせた。先輩が代表して先をうながす。

「じゃあ、誰なんです？」

「理事の教え子だそうですよ。何年か前に院を卒業なさったそうですが、今でもかわいがっておられるご様子でした」

取り壊しの話を聞きつけた彼は、それをなんとか阻止すべく思案した結果、恩師である理事のところへ直談判《じかだんぱん》に赴いたのだった。学長からの信頼も篤《あつ》く、大学内での影響力も強いので、どうにかできるのではないかと踏んだらしい。理事のほうも、彼が言うことなら間違いはないだろうと、快く学長に話を通してくれたという。

「あ、わかった」

川本が手を打った。

「その教え子ってひとが、元寮生なんですね？　世話になった寮のピンチを知って、ひと肌脱いでくれたってわけや」

「まさに救世主ですね」

寺田がうなずく。寮生たちも得心した表情になった。

「おれらやって、卒業してもこの寮のことは忘れられんやろうしなあ」

「そらそうや。おれも後輩のためやったらがんばるで」

　これで謎は解けた。すっきりした、と思いきや、

「いいえ」

　と寮長はまたしても否定してみせた。

「そのかたも、直接この寮と関係のあるかたではないみたいです。お名前に心当たりがありませんでしたから」

「へえ。なんや不思議な話やな」

　安藤が首をかしげる。山根も、おそらく他の皆も、同感だった。寮の関係者ならいざしらず、赤の他人がこんなに本格的な嘆願書を書いて訴えてくれるなんて、親切を通り越して奇特と表現したほうがいい。

「もしかして、寮長が忘れてはるってことは……」

　言いかけた料理長は、眉をひそめている寮長に途中で気づいたらしく、あわてて言い直した。

「ないですよね、それは。ない、ない」

「ないですよ。過去三十年分くらいなら、ちゃんとみんな覚えてます。しかも彼はまだ二十代らしいので、住んでいたとしたら最近の話ですし」

　寮長が憮然として答えた。

「三十年?」

「二十代?」

ばらばらと驚きの声が上がる。

「そんなに若いんや。おれらとあんまり変わらんやん」

安藤が目をまるくして言った。理事の協力があったとはいえ、いったん大学が決めた方針を覆した立役者である。もっと年配者だと山根も思いこんでいた。

「それなら、キャンパスのどこかですれ違ってるかもしれないな」

先輩が首をかしげる。ここにいる寮生たちのうち最もその確率が高いのは、四年連続で留年中の彼だろう。

「可能性はありますね。うちの大学は院からららしいので、少し時期は短いですけど」

ご専門が仏教ってことでしたから、と寮長は続けた。

「学部の四年間は専門の大学に通われた後に、仏教美術をより深く学びたくて、理事の研究室に入られたそうです。その分野ではかなり優秀なかただとうかがいました。なんでも、近々、市内のお寺を継がれるらしいですよ」

山根は寺田を見た。向こうもこちらを見ていた。

「それって、まさか」

つぶやいて、安藤がふたりを見比べた。

八月十六日の昼下がり、山根が銀閣寺に着くと、門前には長い列ができていた。日本有数の観光名所とはいえ、ここまで混みあうのは珍しい。おそらくこれは一年のうちでも指折りの混雑だろう。

列の先に建つ白い屋根の仮設テントでは、今晩の送り火で使う護摩木《ごまぎ》が売られている。長さ三十センチほどの細長い木の板に、先祖供養の言葉や無病息災といった願いごとを書き入れてもらい、それを保存会でひきとって火床にくべる。書き手の想いが熔《と》けこんだ炎でもって、お盆に帰ってきた祖先の霊が再び冥土に戻っていくのを送るのだ。一時に何本も買い求めて書いているひとも多く、テントの周辺はすさまじい人だかりである。販売に当たっているのは、大文字の送り火の保存会の人々や、山根たちのようなボランティアだ。山根も昨日は手伝った。なんというか、大げさにいえば使命感のようなものさえ味わった。死者にまつわる願いごとにしても、生者のそれにしても、大切なものを預かることになる。

山根は人垣の脇をすり抜けて境内へ入った。他のボランティアたちと落ちあい、手分けして消火用のバケツや松明《たいまつ》を持って、如意ヶ岳を上りはじめる。青い空の下、夏の陽ざしが大文字をくっきりと照らし出している。

行者《ぎょうじゃ》の森を過ぎたら、そこから本格的な山道になる。木陰とはいえ十分暑い。前日に続いて日頃の運動不足を後悔しつつ、荷物を肩に食いこませ、だらだらと汗を流して歩き続けた。さっきの護摩木が山積みになったリフトが頭上をゆっくり追い越していくのを、恨めしく見上げた。人間のほうは、楽をできない。

途中の湧き水がありがたかった。喉を潤してから千人塚を越え、息を切らして急な階段を一気に上りきると、さっと視界が開けた。目の前に、山肌を横切るように一直線の道が延びている。

見たとたん、疲れが薄らいだ。これが大文字の一画目、横棒の「一」にあたる。容赦なくじりじりと降り注ぐ日光にもかまわず、山根はまっすぐな道へと飛び出していた。

足下には市街が広がり、その周りを囲む山々も綺麗に見渡せる。なかなか見られない眺望にみとれつつしばらく歩き、こぢんまりとした建物の前まできた。

弘法大師堂である。ここがちょうど大の漢字を構成する三画のまじわるところ、いわば大文字の真ん中になる。堂の正面に据えられている、ひときわ大きな火床は金尾《かなわ》いと呼ばれ、一番に火がともされる。

今晩、点火の直前には、この大師堂で法要が行われる。小さな仏堂の表には、紋を白く染め抜いた紫の幕がめぐらされ、かかげられた赤い提灯に「大文字保存會」の六文字がひとつずつ配されている。入口の前には背の高い笹《ささ》が四本立てられ、それを正方形の頂点にして紐を張った内側に、紙袋がいくつも置いてあった。一昨年にはじめて目にしたときにはなにかのおまじないかと思ったこれは、納所《なっしょ》である。去年の消し炭、つまり送り火の後に残った炭や、古いお札が納められ、護摩木とともに火へくべられる。

　山根は荷物を置き、紫のたれ幕をくぐって堂内へ足を踏み入れてみた。祭壇にはろうそくが立てられ、果物や花も供えられている。日陰なので少しは涼しく感じたが、壁にかかっている古びた温度計に何気なく目をやって、気が遠くなった。気温を示す赤い棒は四十度の目盛りに届こうとしている。

なにも見なかったことにして、外へ出た。強い陽ざしに射貫《いぬ》かれて目がくらむ。ぎゅっと目を細め、視力が戻るのを待って、山根は再び街を眺めた。糺の森も、鴨川も、吉田山も見える。月灯寺はどこにあるのか、おおまかな方角しかわからない。

　この界隈をうろついていたここ数か月間の記憶が、どっと押し寄せてきた。

四月一日、嵐の下鴨神社。五月十五日、上賀茂の参道をゆるりゆるりと進む葵祭の行列。六月、夜空に吸いこまれていく無数の蛍。北白川で見上げた雨上がりの虹。じっとこちらを見つめる三条通のマトリョーシカ。夕陽を浴びて微笑む小さな石仏。

　色とりどりの思い出が溶けあい、にじみ、すうっと波のようにひいていった後も、眼下の街は幸福な色あいを帯びていた。

ひとつ、大きく深呼吸をする。

やっといつもの自分が戻ってきた気がした。過酷な有酸素運動に刺激を受けて古い細胞が生まれ変わったのか、老廃物よろしく体内にわだかまっていた悩みが汗と一緒に流れ落ちたのか、ともかく、夏休みに入ってからもずっとこびりついていたもやもやが、さっぱりと消えていた。

「ほな、はじめましょか」

保存会のリーダーの号令が、後ろで聞こえた。もう一度深く息を吸いこんで、山根はゆっくりと振り向いた。

17 満月

かんじーざいぼーさーつぎょうじんはんにゃーはーらーみっーたーじーしょうけんごー、うんかいくうどーいっさいくーやくしゃーりーしーしきふーいーくうくうふーいーしきしきそくぜーくうくうそくぜーしきじゅーそうぎょうしきやくぶーにょー、ぜーしゃりーしーぜーしょーほうくうそう――。

独特の抑揚をつけ、わずかな息継ぎを挟んで、声は連綿と続いている。風に乗って広がり、闇に溶けていく。

弘法大師堂で般若心経《はんにゃしんぎょう》を唱えているのは、浄土寺の住職だ。保存会の面々が厳かに唱和し、さらに時折、鉦《かね》の音が加わる。少し離れた火床の脇に立ち、山根は読経に耳を傾ける。周りにかたまっているボランティアの学生たちも、同じように聞き入っていた。下準備に励んでいた昼間とは違う厳粛な面持ちを、堂からこぼれる黄色い灯《とう》明《みょう》の光がおぼろげに浮かび上がらせている。

いよいよ点火の時間が近づいている。

去年と一昨年の経験で思い知らされてはいたものの、半日がかりの準備はかなりの重労働だった。

まず、リフトで運ばれてきた護摩木や割り木を、バケツリレーの要領で金尾近くまで運ぶ。いったん全部を集めた後、今度は金尾からそれぞれの火床に向けて、再びバケツリレーである。「大」の字を構成する火床は全部で七十五か所もあり、そのそれぞれに割り木を五束と護摩木を一箱ずつ割り当てなければならない。

山根は金尾のすぐ右下に配置された。火床に沿って斜面に階段が設けられ、そこに保存会やボーイスカウト、ボランティアのメンバーがいりまじった老若男女が、間隔を空けて並んでいる。なんとなく小学校のときの朝礼や運動会を想起させる光景だった。大学に入ってからは、こうしてずらっと一列に並ぶ機会というのはそうそうない。こんなふうに大勢で力を合わせ、ひとつの目的に向かって体を動かすということも。

「ほんま、あっついなあ」

ひとつ上の段から山根に割り木を渡しながら、保存会のおじさんがぼやいた。最初は薄いねずみ色だったらしいTシャツは、すでに黒っぽくまだらに変色している。

「これですからね」

山根は木の束を下へ送り、手首まで伸びるシャツの袖口をつまんでみせた。腕がむきだしになっていると、薪を両手に抱えるときに怪我をしてしまうので、皆しかたなく長袖を着ているのだ。

「まあ、ええダイエットになるわ」

おじさんのすぐ上に立っているおばさんが、手の甲で汗を拭って相槌を打った。まるい顔が真っ赤にほてっている。

「どっちかっちゅうと拷問ちゃうか」

おじさんが切り返す。また新しい護摩木がやってくる。

薪の後は、消火用の水が入ったポリタンクも用意した。赤いポリタンクが、これまた重い。直射日光と相まって、確かにほとんど拷問である。しかも、この山腹では強烈な太陽をさえぎるものがなにひとつない。腹をくくって、膨大な光エネルギーを浴びるしかない。ふだん運動というものに縁のない山根にとっては、浴びているエネルギー量だけでなく消費するそれのほうも、年間最高記録になるのは間違いなかった。

それでも幸いばてて動けなくなるような醜態はなく、毎年「火事場のばか力」だと安藤にはからかわれている。

しかし、火事場、とは。関係者に聞かれたら大目玉を食らいそうな問題発言だ。この送り火に携わる人間にとって、火事というのは不吉きわまりない禁句になる。そもそもこのポリタンク自体もそのために準備しているのだ。万が一の飛び火を防ぐため、夕方には消防隊員がやってきて、火床の周りに生えている草木にポンプで水をまく。どうせなら人間にも水をかけてほしいくらいだ。もっとも、Tシャツも短パンもその下のトランクスもすでにびしょ濡れになっているから、水をかぶっても見た目には変わらないかもしれない。前髪がべっとりと額にはりつき、汗が目の中にまでどんどん流れこんできて、山根はしきりにまばたきを繰り返した。

「あれ、山根、泣いてんの」

今度は下の段に立っている顔見知りの学生ボランティアが、からかうように声をかけてきた。

「泣いてへんって」

見ると、軽口をたたいている相手の顔もまた汗まみれである。

「お前こそ、顔ぐちゃぐちゃやで」

「ぐちゃぐちゃって、なんてこと言うねん。失礼やわ」

言いあいながら、子どものときに似たような会話をかわしていたのを、山根はなぜか思い出していた。

泣いてるんちゃう？　あほか、泣いてへんわ。

あの頃は、泣くという行為はどうにもみっともなく照れくさいものだった。もし涙が出ていても、絶対に認めるわけにはいかなかった。最後に泣いたのはいつだっただろうと、山根はつらつらと思いめぐらせる。思考が脈絡なく広がっていくのも、暑さのせいだろうか。

それにしても、送り火を焚《た》くのが夜でよかった。この灼熱《しゃくねつ》の太陽のもとで火を燃やそうものなら、霊を送るどころかこちらが送られてしまいそうだ。死者の魂のほうも、熱中症で倒れて帰れなくなる危険性がある。なにせ皆さん、いつもひんやりした場所にいらっしゃる。

去年と同じだ。

取り散らかった意識の端っこで、山根はぼんやりと思いついた。もうすぐだ。二年分の経験から推測して、周りとのお喋り、とりとめのないもの思い、とふたつの段階を経て、最後は無心の境地にたどり着く。学生ボランティアの仲間うちでは、解脱、と言いならわされている。無心とか解脱とかいうとどこか高尚な感じにも聞こえるが、要は放心と表現するのが正しいだろう。

ようやくポリタンクが行き渡り、顔を上げると、真向かいに赤くばかでかい夕陽が浮かんでいた。いつのまにか、薪の束が山肌に刻む影もずいぶん長くなっている。時計を見たらもう六時前だった。

ボランティアが手伝えるのはここまでで、火床の組み上げは保存会の役目になる。

男性陣が中心となって、護摩木や割り木の間に麦わらや松葉も挟んで組んでいく。ただ火が点けばいいというものではなく、長持ちするように組み上げなければいけないので難しい。四角く積み上げられた木と木の隙間を念入りに微調整したり、一歩下がって腰に手を当て、目をすがめてバランスを確かめたり、手馴れた様子ではあるものの、細心の注意を払っているのがわかる。組みかたがまずいとすぐに焼け落ちてしまうらしい。

山根は他の学生たちと一緒に、作業の様子を見守った。スケールはまったく違うけれど、自分が打ち上げ花火を手にしているときと同じ気配を感じて、肩に力が入る。保存会に属する家庭の子どもたちも、親にまじって手伝いをしていた。こうやって送り火の行事は代々受け継がれていくのだろう。

だんだん空が暗くなり、下界の景色も青く染まりつつあった。ぽつぽつと街灯がともっていく。今晩は送り火が映えるように市内の照明は控えられるはずだが、三条や四条の繁華街のあたりにはちらほらとネオンが光りはじめていた。

寮はあのあたりだろうかと山根は見当をつけた。今日は寮の存続祝いもかねて、皆で物干し場から大文字の火を見物するという。もちろん、飲みながらである。どうせ一晩中続くから、山根もあせらずに帰ってこいと言い渡されている。

安藤はもう料理の支度をすませた頃だろうか。龍彦もそろそろ来ているだろうか。

この天気で、こんなに汗を流したなら、どんなにビールがおいしいだろう。炭酸の刺激がからからの喉を走った気がして、山根はごくりと唾をのみこんだ。

ジーンズの尻ポケットで携帯電話が震えたのは、読経がはじまってしばらく経ってからだった。

「山根くん？　今、大丈夫？」

花だった。山根は暗がりで腕時計に目をこらし、点火まであと十分ほどあるのを確かめた。ボランティアの群れからそっと離れて、読経の邪魔にならないようにひそひそと答える。

「大丈夫やで。花ちゃん、もう京都なん？」

「うん、寮にいるよ。みんなと一緒」

「ああ、まにあったんや」

山根はほっとした。花は今日、仕事の都合で来られるかどうかわからなかったのだ。お盆の週とはいえ、社会人ともなると、平日の休みは取りにくいらしい。

「新幹線まで全力で走ったんだよ」

花が機嫌よく応じた。勝気に目を細め、心もち顎をそらして言ってのけるさまを、山根は思い浮かべる。

「京都に着いたら今度は地下鉄まで走って、今出川からはたっくんが自転車で走って。今日は走りっぱなし」

「おつかれやな」

「だって見たかったんだもん、山根くんの晴れ姿」

「いや、別におれが点けるわけやないけど」

送り火は誰かひとりだけが点けるものではない。保存会のひとたちはもちろん、ボーイスカウトも消防隊員もボランティアも、今、山の上にいる皆の手で、今夜の火はともされる。

「わたしたちにとっては、送り火といえば山根くんだからさ」

花はきっぱりと言った。そうやそうや、とすかさず背後からはしゃいだ声が聞こえてくる。叫んでいるのは安藤だろう。

「もうじき点くんだよね？　まだ喋ってても平気？」

「あと十分くらいあるし、ちょっとなら大丈夫やで」

「じゃあ、ちょっとたっくんにもかわるね。もうみんなかなり盛り上がっちゃってるよ！」

電話に出てきた龍彦は、花と同じことを聞いた。

「もうすぐ点くんやろ？　喋ってて大丈夫なん？」

「うん、あと十分くらいやな」

山根も同じことを答えた。正確には、八分ほどだろうか。

龍彦と花は、本当にどんどん似てくる。前に当人たちにもそう言ったところ、わあ、ありがとう、と花はしごく満足そうに目を輝かせ、別段ほめたつもりでもなかった山根は、どう反応していいものやらまごついてしまった。でも山根くんと安藤くんのペアにはまだまだかなわないよ、と花ははにかんでもみせた。なぜそこではにかむのか、山根には理解不能だったのだが。

「花ちゃんがまにあってよかったな。龍彦もめっちゃ走ったんやって？」

やや恥ずかしげな声が返った。きまり悪そうに鼻をこすっているのが目に浮かぶようだ。

「おう。まあな」

「なんか、そういう競技の選手になったみたいやった。花はせかすし、パトカーには怒られるし、さんざんやったで」

全力疾走の余韻か、送り火への期待か、それともビールの効果なのか、口数の少ない龍彦にしては珍しく、一息に言う。

「烏丸丸太町《まるたまち》の角に交番あるやん？　あそこでな……」

龍彦が話している途中で、

「ちょっと、おれにも喋らせてや」

と今度は安藤が割りこんできた。声がくぐもっているのに気づいて、山根は苦笑した。

「安藤、なんか食ってるやろ？」

「あ、ばれた？」

安藤は悪びれずに認める。それならわざわざ割って入らずに、食べ終えてからかわってもらえばいいのに、酒が入った安藤はいつにもまして無敵だ。

「いや、のみこむから平気平気」

ごくん、と喉の鳴る音を境に、発音がいきなり明瞭になる。

「やっぱ、送り火には焼鳥とビールやな」

「ええなあ、うまそうやなあ」

ここでうらやましがっては安藤の思う壺だとはわかっていたが、ついつい食いついてしまった。なにしろ腹がへっている。

「しかも、そこいらで買ってきたできあいの焼鳥とちゃうで。焼きたてのほやほや」

「え、安藤が焼いてんの？　物干し場におるんとちゃうん？」

「うん。ここで焼いてるねん。これはもう、できたら即食うしかないやろ」

せっかくのお祝いだからと寮長に頼みこみ、特別に火を使う許可が下りたという。

ちゃんと水の入ったバケツを横に置いておくことと、後からやってくる料理長や管理人にも味見させてあげることが条件だそうだ。

「お、砂肝もええ感じに焦げ目がついてきたわ。火がだいぶ安定してきたな。龍彦、それちょっと見張っといてや」

いつもなら山根が火を熾《おこ》すところを、今日は安藤がしきっているらしい。ますます黙って聞いていられなくなって、山根はそわそわと質問を重ねてしまった。

「バーベキューコンロ？　川本のとこの？」

川本の研究室では、生態観察やら昆虫採集やらで山や森に野宿する機会が多いせいか、キャンプ用の立派なバーベキューセットをいくつも持っている。前にも一度借りたことがあった。

「うん、最初は頼むつもりやってん。ほんで、炭は自分で買えって言われたからホームセンターに行ってんな。そしたら……」

ふふふ、と安藤は思わせぶりな笑い声をもらし、言葉を切った。ビールを飲む音が挟まる。

「見つけてもうてんよ、こいつを」

「こいつ？」

「七輪、買ってもた！」

安藤は興奮ぎみに告げた。

「これからも使えるやろうと思ってんけど、大当たり。やっぱ遠赤外線の力は侮れへんな。味だけやなくて、焼くのも普通のバーベキューコンロよりずっと楽しいし。火の調節は難しいけど、そこがまたええねん」

よほど気に入ったらしく、得々と説明する。

「うわあ」

心底うらやましそうな声がもれるのを、山根はおさえきれなかった。もはや完全に安藤の思う壺だ。

「ええやん、お前は今からでっかいのを燃やすんやから」

安藤が今さらなだめるような口調になってつけ加える。

「そうや、また来月、月見でもしようや。一緒に焼こう」

「うん。約束やで」

安藤を喜ばせるのは癪《しやく》にさわるが、山根は念を押してしまった。

「月見まで待たんと、八月中にももっぺんやりたいな。夏はやっぱり外で飲むのが一番やろ。夜ならさすがに暑さもましやわ、だいぶ風も出てきたし」

安藤の言葉をなぞるかのように、突風が山根の頬をなでた。この風も、山を下り、街を抜け、寮まで届くかもしれない。

「みんなでうまいもん食って酒飲んで、ほんま最高やわ。そっちは腹ぺこやのに、おれらばっかりくつろいでしもて申し訳ないくらいや」

朗らかな大声は、ちっとも申し訳なさそうに聞こえない。安藤の後ろからも楽しげな笑い声がもれてくる。

「いや、気分は最高やで」

山根も負けずに声を張り上げる。

やせがまんではなかった。七輪にかなり心を動かされてしまったとはいえ、こっちだって最高だ。相変わらず喉は渇いているし、腹も空っぽだけれど、かわりになにか別のものが体中に満ち満ちている。

「そうか、そうか。そりゃええわ」

安藤が高笑いし、山根は電話を耳から遠ざけた。何時から飲み続けているのだろうか、耳がしびれるような大音量である。

「お前は三度のめしより火が大事やもんな。それでこそ、山根や」

そうやそうや、と背後から再びにぎやかな合いの手が飛んでくる。それからまた数秒置いて、さらに別の声が届いた。

「もしもし、先輩？」

「寺田？」

「はい。もうすぐですね、がんばって下さい」

電子音がかすかに聞こえてくる。通話中にも、いや、そもそも宴会の最中なのに一時停止のボタンを押していないということは、ゲームが佳境にさしかかっているのだろう。

「ありがとうな。じゃ、また後で」

がんばる局面はもう終わっているのだがそうは言わずに、山根は電話を切りかけた。気を悪くしたわけではなく、せっかくだから送り火がはじまるまでにゲームを一段落させてやったほうがいいと慮ったのである。

「あ、ちょっと待って下さい」

寺田が言った。がさがさと雑音が入る。順番に手渡されてきた電話を、持ち主のところまで戻しているようだ。

「もしもし」

聞こえてきたのは、でも花の声ではなかった。山根は息を詰め、電話をきつく握りしめた。

「美月です」

と、美月さんは言った。

「山根です」

名乗るまでもないとわかってはいたが、動転して他の言葉を思いつかなかった。短い沈黙の後で、山根はようやく言わなければならないことを思い出した。

「寮のこと、ありがとうございます」

取り壊しの計画を見直すように、学長を動かしたのは理事で、理事を動かしたのは小笠原氏だ。その三人ともに、もちろん山根たちは感謝しなければいけない。寮には縁もゆかりもないにもかかわらず、救いの手を差し伸べてくれたのだ。

学長や理事はともかくとして、立派な嘆願書を書いてくれた小笠原氏でさえ、おそらく寮には足を踏み入れたこともないだろう。見ず知らずのひとがどうしてそこまで手間ひまをかけてくれたのか、寮生たちは不思議がっていたが、小笠原氏と面識のある山根たちにとってはその答えは明らかだった。底抜けに親切で面倒見のいいひとなのだと寺田は皆に説明していた。

しかしもうひとつ、謎は残る。足を踏み入れたこともないはずなのに、寮がどんなところか、寮生たちがどういうふうに日々を過ごしているのか、あの文書には克明に記されていた。あんな細かいことを、小笠原氏はどうやって知ったのか。

寺田から伝わったのかと思いきや、本人は否定した。小笠原氏に寮の話をした覚えはないという。勘違いだろうということでその場はおさまったものの、山根だけはひそかに違う結論に達していた。

寺田を除けば、小笠原氏に寮の実情を話せるひとは、ひとりしか思い当たらない。

「美月さんが、取り壊しをやめるように働きかけて下さったんでしょう？」

確信があった。学長を動かしたのは理事で、理事を動かしたのは小笠原氏で、その小笠原氏を動かしたのは、美月さんだ。

「お礼を言いたかったんですけど、なかなか機会がなくて」

言いながら、山根は自分の言葉の空々しさにうんざりしてしまう。機会だなんて、われながら卑怯《ひきょう》な言い逃れだった。花なら、そんなものは待つのではなく作るのが筋だと憤慨してみせるだろう。

「遅くなってしまって、すみません。せっかく助けてくれはったのに……」

言葉がうまく続かない。山根はいらいらして目を閉じた。

出会わなければよかった、などといじけるつもりはもうなかった。せめてメールくらいは送っておこうと何度も電話を手に取ってもみた。それでも、どうしても積極的に連絡を取る気になれなかった。みんながどんなに喜んでいるか、小笠原さんとお姉様にもお伝えしました、と寺田に聞いて、情けないくらい安堵した。いじましいとは思った。思ったものの、結局はうやむやなまま今日まで放っていた。

「いいえ、とんでもないです」

　美月さんが柔らかく言った。

「この寮が残ることになって、わたしもうれしいので」

　山根はまぶたを開けた。大師堂の灯りが、目にしみた。

「ここからも送り火が見えるんですね。すごく楽しみ」

　今伝えるべきなのは謝罪ではなく感謝なのだ、と山根はあらためて思いいたる。そしてそれは、寮についてだけではないのだった。本当にありがとうございました、と山根が繰り返そうとしたところで、美月さんが意外なことを言った。

「それにわたしのほうこそ、ずっとお礼を言いたかったんです」

「お礼？」

　大師堂から運び出されていく灯明の、ちらちらと揺れる炎を横目に、山根は問い返した。

「ええ。山根さん、どうもありがとう」

　大人の背丈よりも長い、点火用の大きな松明の先に、とうとう火がともされた。

「いろんな話を聞かせてくれて」

　松明が金尾へと近づいていく。赤い炎が暗闇を裂き、火花がぱちぱちと華やかにはぜる。

「いろんなところに連れていってくれて、いろんなものを見せてくれて」

最初の火が、金尾に移された。会長が松明を振り、大をかたちづくる火床に向かって順に呼びかける。

南の流れ、よいか。

北の流れ、よいか。

字頭、よいか。

一文字、よいか。

威勢のいいおたけびが返る。そこに読経の声と拍子木の音が重なる。

「とっても楽しかったです」

あたりは騒然としているのに、美月さんの声はまっすぐに山根の耳を貫いた。

「わたし、山根さんと一緒に過ごした時間のこと、忘れません」

電話越しに届く澄んだ声、こちら側で響き渡る雄々しいかけ声、ふたつが左右の鼓膜を震わせ、頭蓋骨の中でまじりあう。

「山根さん、本当にどうもありがとう」

はじめは小さかった炎が、強い風を受けて高く舞い上がる。電話の向こう側で、わあ、と声が上がった。髪が焦げそうなほどの熱気が迫り、木の燃えるにおいが鼻をつく。風にあおられた火の粉がそこら中に飛び散って、小さな子どもたちが悲鳴とも歓声ともつかない声とともに駆け回っている。

山根は動かなかった。

火を眺めて、笑い出したくなったり走り出したくなったりするのはいつものことだ。けれど涙があふれてくるのは、今回がはじめてである。

変化が起きるときには必ずどこかに兆しがある、と寮長はいつか言った。なにかいつもと違うしるしが見つかるはずだ、と。

去年と今年でなにが変わったのかなどとは、しかし山根は考えていなかった。ただ、じっと炎に見入っていた。本当に、どうもありがとう。耳の奥でこだまし続けている声は確かに美月さんのものだけれども、自分も一緒に叫んでいるような気分だった。

五山の火がもうすぐそろう。妙法、船形と鳥居形、左大文字。燃えさかる大の字に続き、今は黒く沈んでいる他の山々に浮かび上がるはずの光を、山根は静かに待つ。眼下に広がる京都の街の片隅で、仲間たちも山を見上げ、同じように待っているだろう。安藤も、龍彦と花も、寺田も、それから美月さんも。

火の柱が闇を切りひらき、夜空に向かって伸びていく。頰をつたうしずくを拭いもせず、山根はふと天をあおいだ。大きなまるい月が、ひっそりとすべてを見守っていた。

解説

藤田香織

突然ですが質問です。

もしも今、仲間うちでのランチや、飲み会の席で、「ねぇ初恋っていつだった？」と訊《き》かれたら。あなたはすぐに応えられますか？

問いかけつつ自分でも考えてみたのですが、現在四十六歳の私には、あまりにも遠い記憶すぎてなかなか思い出せません。というより、そもそも「初恋」の定義が私にとっては曖昧なのです。幼稚園のときも、小学校低学年だった頃にも、好きな男の子がいたような気はするけれど、もう相手の名前さえ憶えていないそれを「初恋」と呼んでいいのか。クラスのアイドル的男子に対して、周囲の友人たちと盛り上がった経験は、恋とは違う気もするし、ちょっといいな、と思いはしても、なにひとつアプローチもしないままいつの間にやら熱が冷めてしまったことなど、何度もあったような。

たとえばこれが「初めて告白したのは？」とか、「初めて付き合ったのは？」という質問なら、思い入れも強く、思い出の数も多く、応えるのは簡単です。でも「初恋」となると……。果たして「どれ」をそう呼べばいいのか。もちろん、初恋の相手とそのまま結婚したり、今尚《なお》深く胸に残るほど強い思いがあった、という人もいるとは思うけれど、すぐには思い出せないほど曖昧な記憶でしかない、という人も、実は案外多いのではないでしょうか。

小説誌「きらら」にて連載された後、二〇一二年四月に単行本が発売された本書『左京区恋月橋渡ル』は、主人公にとって恐らく、いや絶対に一生忘れることのない「初恋」の物語です。

主人公の山根は、京都市内の大学の工学部工業化学科から院へ進んだばかり。さらさらのおかっぱ頭に華奢《きゃしゃ》な体で童顔の、エネルギー全般を研究し「火薬」を愛する理系男子。物語はまず、そうした彼の背景が描かれていきます。

二階建て男子寮でひとつ屋根の下共に暮らすなにかとうるさい仲間たちと、個性際立つ寮長、料理長、管理人。寮はいかにもむさくるしそうだけど、近所の三角洲でひとり花火を振り回してはしゃぎ「女の子はよくわからない」という山根は、それなりに充足した日々を過ごしている様子。ところが、ある春の日、その平穏を揺るがす事態が起きてしまう。

それは実験結果のミスを担当教授から穏やかに指摘（これがまた地味に怖い！）され、気分転換に出かけた下鴨《しもがも》神社でひとりの女性と出会ったことがきっかけでした。

突然降り出し激しさを増していく雨。薄闇の中、浮かび上がる満開の山桜。真紅の楼門の太い柱に寄り添い、雨宿りをする白いワンピース姿のひと。鳴り響く雷。ひらめく稲光。唐突に駆け出し、ずぶ濡《ぬ》れになりながら自分のさしていた傘を差しだす山根――。と、この場面はいかにもドラマティックで印象的ですが、それもそのはず、そうして出会った女性こそが、山根の初めての恋の相手となるのです。

しかし、なにせ山根は二十二年間、恋愛はおろか、誰かに恋心さえ抱いたこともなく生きてきた男。ゆえに、その直後に高熱を出しても、単純に雨に濡れて風邪《かぜ》をひいたのだと思い込み、寮長から暗に恋の病に罹《かか》ったのだと指摘されてもピンとこないし、熱がひいても自分がどこかいつもと違う理由にも気づきません。

そんな山根にこれは恋なんだ、と自覚させたのは、かつて同じ寮仲間だった龍彦の恋人・花でした。

既に御承知の方も多いと思いますが、本書は二〇〇九年に刊行された『左京区七夕通東入ル』（↓二〇一二年小学館文庫）の姉妹編という位置付けでもあり、山根には、管理人さんによる寮の電話取り次ぎの壁に阻まれ、知り合ったばかりの龍彦と連絡が取れずにいた花を花火に誘い、彼女が次の一歩を踏み出すきっかけを作った、という過去がありました。その後、花はやはり色恋とは縁遠かった龍彦との距離を次第に縮めることに成功し、晴れて恋人同士になったわけですが、そうなるまでの過程でも、山根は「やっぱ龍彦にとって花ちゃんってなんや違うと思うで。特別っていうんかなあ」などと、花を励まし（本人は正直な感想を口にしたに過ぎなかったかもしれないけど！）てきたのです。

だからこそ、恐らく花には、今度は自分が山根の力になりたい、という気持ちがあったのでしょう。「好きなひと」という概念すらなかった山根の話を辛抱強く聞き出し、〈それが恋というものなりけり〉、と理解に至らせ祝福を贈った。

以来、花は、恋愛の指南役となってくれる友人など他に期待できない山根の頼もしいアドバイザーとなり、あれこれ知恵を貸すことになるのですが、まず命じたのは、名前も連絡先も知らない「姫」と再会するために、出会った下鴨神社に日参すること。ここでの「会えないだろうってあきらめるのは、逃げだよ。会えなかったときにがっかりするのがこわいからだよ」「あきらめたら、うまくいくものもうまくいかなくなっちゃうもん。やれること全部、やりつくさなきゃだめだと思う」という花の言葉は、山根だけでなく、恋に臆病になっている読者の心にもきっと深く刺さることでしょう。

かくして、山根の初恋は、ようやく具体的に動き始めます。もう少しだけ先を明かすと、山根は下鴨神社ではなく意外な場所で「姫」と再会し、スマートに、とは言い難いものの名前や連絡先を聞き出すことにも成功。「好きなひと」との初めてのメール、初めての約束、初めてのデート。経験値ゼロの山根の初体験の数々は、とても微笑《ほほえ》ましく、自分の過去を思い出し、ついつい頰が緩んでしまうはず。けれど同時に、多くの読者は姫＝美月さんの言動から、ある種の予感を抱くのではないでしょうか。乳母がいた。たぶん五ケタの古い絵本を、躊躇《ちゆうちよ》なくカードで購入する。危ないから、と親に止められ、花火をしたことも自転車に乗ったこともない。どんなお嬢様なんだよ、これはちょっと「初恋」の相手としては、ハードルが高いのでは？　と。

正直に明かすと、私はこの初デートの場面を初めて読んだとき、少し美月さんのことを疑いもしました。見るからに女慣れしていない山根のような理系男子を転がす手段なんて、それなりに経験を重ねた女子なら朝飯前。相手に機嫌よく話をさせ、優しい言葉をかけることとぐらいお手の物だし、雨ざらしのブランコにワンピースで無邪気に乗るのも、いやいやあざといですなー、とさえ思っていました。

でも、だけど。それは「計算」なんかではなかった。美月さんは……そう、正真正銘の「姫」だったのです。

美月さんの素性を知った山根に、どんな感情が生まれるのか。果たして彼の初恋はどんな決着をみせるのか。あえて結末は記さずにおくので、ぜひじっくりと見守って下さい。

さて。先にも触れましたが『左京区七夕通東入ル』の姉妹作でもある本書には、けれど前作とは大きく異なる点もあります。おしゃれで男友だちも多い、いまどきの文系女子である花が、自分とは真逆のタイプであるたっくん（龍彦）と出会い、心惹《ひ》かれていく姿を描いた前作は、そんな花の気持ちに寄りそった一人称で綴《つづ》られていました。対して本書は、いわゆる三人称の神視点。山根自身が語るのではなく、登場人物たちの姿を俯瞰《ふかん》して、神の視点で見守る、という形が取られているのです。この距離感の違いは、花は著者である瀧羽さんと同性（だから気持ちがわかる）であり、山根は異性だということもあるかもしれないけれど、それ以上に、少し距離を置いて「見守る」ことで、読者もまた、多くのことに気づく、という効果があるのではないか。恋愛でも仕事でもその渦中にいるときには見えていなかった物事が、少し離れてみたらよく分かった、という経験はみなさんにもあると思いますが、温かな瀧羽神の視点で綴られた本書は、山根だけでなく、私たちにもたくさんの「気づき」を促してくれるのです。

心に残る場面はいくつもあります。たとえば、物語の序盤に記された中学時代の回想シーン。理科の準備室で、担任教師が学生時代に描いた元素記号とイラストのポスターの美しさに魅せられた山根が、それについて訊《たず》ねてきたこと自体は、担任教師にとってそれほど珍しいことではなかったかもしれません。けれど、「絵が上手なんですね」と少しずれた言葉を口にした山根に、先生は何かを感じたのでしょう。

「君はどの元素が好きですか？」

「水素」

「いいですね。シンプルで身軽で、それなのにパワーがある」「君に似ているかもしれない」

「ありがとうございます」

会話の一部分だけ書き出してみると実にそっけないけれど、私は読んでいて、ああ、と、胸が熱くなってしまいました。ここで瀧羽さんは、山根が水素というものの魅力に気づいた、とは書いていない。けれど、読者である私たちは、それに「気づく」。同時に今まで目にとめたこともなかった、そこにあると認識したこともなかった物事に気づいて、自分のなかに新しい価値観が生まれた瞬間の悦《よろこ》びを思い出す。「初恋」絡みだけでなく、そうした、もうすっかり忘れかけていた大切な記憶を呼び戻すスイッチが、数えきれないほど埋め込まれていることもまた、本書の大きな魅力だと思うのです。

最後に。本書の単行本以降、二〇一五年一月の現在までに瀧羽作品は三作が刊行されています。本書の次作となった『オキシペタルムの庭』（二〇一二年／朝日新聞出版）は、ごく普通の細やかな幸せを願う三十二歳の主人公・茭子が、付き合って二年になる恋人の思いがけない秘密を知り、心を揺らし葛藤《かっとう》する姿を描いた長編作です。その秘密とは、恋愛絡みではなく、気の合う友人にもなかなか相談し難い、けれど決して珍しいわけではない問題で、自分ならどうするかを考えずにはいられなくなること確実。オキシペタルムとは、ブルースターとも呼ばれる、青い花を咲かせる半つる性の植物のことで、花言葉は「信じ合う心」。タイトルの意味もまた実に深く残ります。

続く『いろは匂へど』（二〇一四年／幻冬舎）は、本書と同じく京都を舞台にした物語。小さな和食器店を営む紫は、瀧羽作品の主人公のなかではいちばん年上になる、ひとりで生きることにも慣れた三十代半ばの独身女性です。そんな紫が、ある日、十五歳年上の草木染め職人の光山と出会い、次第に心惹かれていくのですが、個性が強く人生経験も豊かな「人たらし」である光山の危うさが分かる年齢だけに飛び込む勇気がもてない。今さら面倒臭い相手と恋をして振り回されることになるぐらいなら、このまま平穏に暮らしたいと迷う紫の気持ちは、恋愛最盛期を過ぎた女子（私もです！）には大いに共感できるはず。

対して現時点での最新刊となる『ぱりぱり』(二〇一四年／実業之日本社)は、十七歳で詩人として鮮烈なデビューを果たしたすみれについて、その周囲の人々の視点から描かれる連作短編集です。自分の興味があることにしか目が向かない「普通」とはちょっと違う娘に戸惑う母。自由奔放で才気溢《あふ》れる姉と、平凡な自分を比べずにはいられない妹。約束というものがことごとく守れず、向上心もないすみれに苦悶《くもん》する担当編集者や、その才能を最初に見抜いた国語教師など、ある種の才能を持って生まれたすみれに対し、語り手の六人は様々な感情を抱いています。自分にないものを持った人に対し、羨望や嫉妬、困惑や敬愛といった複雑な感情を抱くことは珍しくないけれど、自分は自分の道を進むしかない。自分にとって大切なものは何なのか。六つの物語の余韻をゆっくりと味わって下さい。

二〇一五年の今年は、本書の後、二月に短編集『サンティアゴの東 渋谷の西』の発売が決定しているほか、何冊かの刊行予定もあるそうです。そして更に。『左京区七夕通東入ル』から、この『左京区恋月橋渡ル』へと続いてきたシリーズは、この春から小説誌「きらら」で第3弾の連載が始まると聞いています。タイトルはその名も『左京区桃栗坂上ル』。龍彦、山根、ときたからには、次は気は優しくて力持ち、「図体はでかいのに研究対象はミクロ」な安藤くんの出番？ と予想するのですが、果たしてどうなるのか。「適切に強く適切に弱い」寮の仲間たちとの関係も、ようやく頭のなかに描きかけてきた「左京区」の地図に今度はどんな景色が足されていくのかも、とても楽しみです。

その一方で、個人的にはいつの日にか瀧羽さんの描く「悪人」も見てみたい。かつて私は、書評などで何度か瀧羽さんのことを「当代一の胸キュン作家」と書いたことがあるのですが、眩《まぶ》しく愛《いと》おしいだけではない、できることなら目を逸《そ》らしていたかった、と思うような物語を読んでみたい。人生肯定力抜群の瀧羽さんに、そんな小説を望むなんて我ながら嫌らしいと思いますが、興味のある読者は私だけではないはず（と思いたい）。

そこではどんなことを気づかせてくれるのか――。震えながらページを捲《めく》る日が来ることを、密《ひそ》かに待ち続けています。

（ふじた・かをり／書評家）

本書のプロフィール

本書は、小学館より二〇一二年四月に刊行された単行本『左京区恋月橋渡ル』を文庫化したものです。

小学館文庫

左京区《さきょうく》恋月橋《こいつきばし》渡《わた》ル

著者　瀧羽麻子《たきわあさこ》

二〇一五年二月十一日　初版第一刷発行

発行人　稲垣伸寿
発行所　株式会社 小学館
〒一〇一-八〇〇一
東京都千代田区一ツ橋二-三-一
電話　編集〇三-三二三〇-五一二二
　　　販売〇三-五二八一-三五五五
印刷所 ―――― 大日本印刷株式会社

この文庫の詳しい内容はインターネットで24時間ご覧になれます。
小学館公式ホームページ　http://www.shogakukan.co.jp

ISBN978-4-09-406124-6

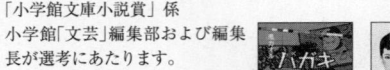